ROSEMARIE J. SICHMANN

AF280860

DAS
ASCHE
TATTOO

FOREVER

Roman

Bibliografische Information der Deutschen
Nationalbibliothek:
Die Deutsche Nationalbibliothek verzeichnet diese Publi-
kation in der Deutschen Nationalbibliografie; detaillierte
bibliografische Daten sind im Internet über dnb.dnb.de
abrufbar.

Lektorat und Korrektorat: Anke Unger
Bild- und Covergestaltung: Tobias Sichmann

Verlag:
BoD · Books on Demand GmbH, In de Tarpen 42,
22848 Norderstedt
Druck:
Libri Plureos GmbH, Friedensallee 273,
22763 Hamburg
ISBN: 978-3-7583-4288-2

Rosemarie J. Sichmann

DAS
ASCHE
TATTOO

FOREVER

Immer wenn ein Mensch stirbt,
küssen sich Mond und Sonne.
Aus dieser Berührung heraus
entsteht ein funkelnder Seelenstern.

Eira

Prolog

Das Sterben beginnt mit dem Eintritt ins Leben. Nicht immer ist mir dies bewusst. Doch nun, da ich mich an der Schwelle in die Anderswelt befinde, erscheint mir alles glasklar, bis ins letzte Detail.

Wenn da nicht in mir noch ein kleiner Überlebensfunke wäre, der mich von dieser bedrückenden Gefahr warnt und verzweifelt versucht, Licht ins Dunkel zu bringen. Aber da sind noch diese dunklen Schatten, die an mir zerren und drücken. Mich in die Arme des Todes treiben, indem sie ihre Krallen in meine zarte Haut schlagen und meinen Geist umnebeln.

Ich fühle schmerzhaft die Hölle mit ihrem Feuerdunst und rieche die rauchigen Schwaden. Wer kann diesen Albtraum aufhalten?

Nun ist es also so weit, mein Tod ist in greifbare Nähe gerückt. Wer kann mich noch vor diesem furchterregenden schwarzen Engel, der vor mir seine mächtigen Schwingen ausbreitet, retten? Ohne sichtbare Einwirkung von außen spüre ich eine übernatürliche Kraft, die nach mir tastet, während ich in die dunklen Augenhöhlen dieser Erscheinung starre. Langsam spüre ich die Kälte in mein Herz dringen und es durchströmt mich das Gefühl der Verlassenheit. Noch nie sehnte ich mich so nach einer helfenden Hand, die mir Trost spendet. Denn in meinem Kopf wütet die Angst vor der Anderswelt, welche mich gleich verzehren und meinen Körper rückstandslos inhalieren wird. Der furchtbare Gedanke, dass in wenigen Minuten meine Existenz auf ewig völlig ausgelöscht ist, als ob ich nie jemals existiert hätte, legt mich völlig lahm. Meine Seele erschaudert bei diesen Gedanken.

So habe ich mir mein Ende nicht vorgestellt. Vielleicht kann ich mich doch noch retten, wenn ich das Angebot annehme?

Doch will ich das wirklich?

Das Licht der rostigen Straßenlaterne blendet mich. Habe ich da einen Schatten neben dem alten Haus gesehen? Vielleicht ist es ja ein Tier auf Futtersuche, hungrig die Umgebung durchkämmend. Wenn man vom Teufel spricht, kommt er herbei. Sein Anblick erschreckt mich aber nicht mehr. Er ist mir inzwischen wohlbekannt. Immer öfter kreuzt er meinen Weg. Wie zwei goldene Sterne leuchten seine Augen auf. Fast schwarz erscheint dieser dunkle Schatten, als er sich heranpirscht und kurz die Umgebung auslotet. Bevor der Fürst der Dunkelheit zum Finalsprung ansetzt, duckt er sich flach auf den Boden. Mit einem Satz ist das Fellbündel neben mir und durch seine Unberechenbarkeit und seiner dämonischen Fellzeichnung erinnert er mich kurz an meine Urangst vor dem Bösen in der Welt.

Jetzt fehlt nur mehr das vertraute Schnurren, wenn er um meine Beine streift. Eigentlich liebe ich diese Samtpfoten, wenn sie nicht gerade voller Spinnweben sind. Dieses Exemplar wartet jeden Morgen auf mein Erscheinen. *Mister Newton* haben ihn seine Besitzer genannt. Er macht seinem Namen wirklich Ehre. Mit unendlicher Neugier pirscht er sich lautlos an alles heran, was sich bewegt. Auf dem Boden, aber auch in höheren Regionen. Sein Namensvetter hatte ja auch ambivalentes Interesse an Unerreichbarem in wissenschaftlicher Form. Das für die damalige Zeit für die Menschen nicht wirklich greifbar war.

Ich bewundere alles, was ich durch mein Sehen als schön empfinde und was ich auch gelegentlich anfassen kann. Besonders diese Stubentiger, in allen Farben und Größen. Manchmal allerdings haben die Vierbeiner wirklich keine Manieren, liegen in fremden Gärten herum oder hinterlassen ihre Ausscheidungen auf Blumenbeeten und Wiesen. Doch was kümmert mich das. Ich bin spät dran, sollte schon längst vor dem Schulgebäude sein.

Das Aufstehen fiel mir heute wirklich schwer. Seit der goldene Herbst sich verabschiedet hat, um dem ewigen Nebel der letzten Novembertage Platz zu machen, hat sich auch meine gute Laune verabschiedet. Wer ist nicht gereizt und verdrossen von dem milchigen Schein, der entschieden hat, den ganzen Tag über in unserer Siedlung zu bleiben und uns mit seinem Weiß zu blenden? Sonnentage ade, willkommen trübes Wetter, das mich nun wieder ständig begleitet, auf Schritt und Tritt. Mit seinem nasskalten Wind durchdringt es jede Jacke und ummantelt mich fröstelnd wie eine zweite, eisige Haut. Da kann man doch nur Trübsal blasen.

In diesem verschlafenen Nest tut sich auch wirklich nichts, was einem Freude machen könnte. Außerdem hat mich meine beste Freundin Pia einfach alleine gelassen. Sie ist zu ihrem Vater ins ehemalige Elternhaus zurückgezogen. Obwohl sie sich bei mir immer ausgeweint hat über seine autoritäre Erziehung. Seit sie denken kann, hat sie darunter gelitten. Mit den vielen Regeln und Bestrafungen kam sie nie zurecht. Erst in den Sommerferien kommt sie wieder zu ihrer Mutter zurück. Bis dahin muss ich meine Langeweile totschlagen. Oder mir eine neue Freundin suchen.

Ich glaube es nicht. Da kommt ja wirklich eine Person aus diesem alten Haus heraus. Ich dachte immer, es steht leer.

Mit dem Geräusch der zufallenden Tür verabschiedet sich *Mister Newton* so plötzlich, wie er aufgetaucht ist. Blitzschnell verschwindet er unter dem nächstgelegenen Busch. Durch sein fast schwarzes Fell taucht er unter, bis die ersten Sonnenstrahlen des

Tages diesen Nebel durchdringen. Nur mehr die weiße Schwanzspitze ist bei genauem Hinsehen zu erkennen. Ich weiß es seit Langem: Fremde scheut dieser Kater wie der Teufel das Weihwasser.

Angestrengt spähe ich zurück. Meine Augen müssen sich erst an die Dunkelheit gewöhnen, noch immer sind sie etwas geblendet vom Lichtstrahl der Laterne. Aus der Entfernung heraus und der Statur nach zu schließen, steht dort ein junger Mann. Sein Jackenkragen ist hochgestellt, daher sehe ich nicht, um wen es sich handelt. Darunter trägt er einen dunklen Hoodie und die Kapuze dieses guten Stückes hat er sich tief ins Gesicht gezogen. Sollte dieses unheimlich wirkende Haus wieder einen neuen Bewohner haben? Mum hat gar nichts davon erzählt, ansonsten weiß sie doch immer alles was sich hier tut.

Manchmal ist es ja ein Vorteil, wenn man eine gesprächige Mum hat, die auch öfter mal tratscht und sich überall einmischt. Besonders gerne und häufig in mein Leben. Wie oft geht mir das auf die Nerven.

»Hoppla, es tut mir leid!«

Ganz in Gedanken versunken, habe ich gar nicht bemerkt, dass dieser Typ vom alten Haus neben mir geht und mit seinem Arm meinen Rucksack fast heruntergerissen hätte.

»Hab nicht aufgepasst, sorry. Zeigst du mir den Weg zur Schule?«

Meine dunkelbraunen Augen inspizieren neugierig seine Statur. Obwohl ich wegen der dicken Jacke kaum den Körper darunter erkenne, mustere ich ihn möglichst unauffällig. Die Stimme klingt auf jeden Fall interessant. Tief und dunkel, mit einem Hauch von etwas, was ich nicht benennen kann. Es erzeugt auf meiner Haut eine Vibration. Meine Härchen auf den Armen stellen sich auf. Gänsehaut pur. Das ist mir schon lange nicht mehr passiert. Ohne den Neuankömmling wirklich gesehen zu haben, reagiert mein Körper. Ich bin wirklich überrascht, wie schnell mein Stimmungsbarometer in die Höhe schnellt. Ein Augenblick – und alles sieht anders aus. Mein Herz klopft immer schneller und das Echo wandert an meinem Hals hoch. Fast glaube ich, dass diese Schwingungen nun sichtbar aus meinem Mund strömen. Dieser Gedanke lässt mich lächeln und mein Gegenüber reagiert sofort darauf.

»Du bist hübsch, wenn du lächelst.«

Dabei zeigt er mir seine Grübchen auf der Wange. Die weißen Zähne in seinem Mund blitzen kurz auf.

Unbeschreiblich gut sieht er aus. Verlegen schlage ich meinen Mantelkragen hoch, um irgendwas zu tun, was die Situation entschärft. Vorsichtig schiele ich in sein grinsendes Gesicht. Diese Augen machen mich richtig nervös. Wie ein klarer Bergsee strahlen sie in einem fast unnatürlichen Türkis. Nur der Rand seiner Iris wirkt etwas dunkler.

Um mich nicht ganz darin zu verlieren, senke ich meinen Kopf und starre wieder auf meine Schuhspitzen. Der Gedanke, wie diese Pupillen bei Sonnenlicht wohl aussehen, lässt mich nicht mehr los. Bevor ich mich wieder einmal in meinen eigenen Gedanken verliere, beginne ich lautlos die Straßennamen meiner bisherigen Wohnorte rückwärts aufzuzählen. Bisher hat mir das immer geholfen und mich wieder ins Hier und Jetzt zurückgebracht. Es war schlechthin das Wundermittel in einer Zeit, in der es mir sehr bescheiden ging. Nach dem Unfall meines Vaters suchten mich besonders nachts Panikattacken heim. Erst in der Selbsthilfegruppe für Hinterbliebene, die ich gemeinsam mit meiner Mum besuchte, lernte ich diese Methode zur Stressbewältigung kennen. Ein wirksames Mittel, das mir schon so oft geholfen hat.

»Na dann sehen wir uns vielleicht wieder einmal. Bis bald.«

Und schon lenkt er seine Schritte von mir weg, direkt auf eine Schülergruppe zu. Das habe ich wieder einmal gründlich vermasselt. So eine Gelegenheit bekomme ich nicht so schnell wieder geboten. Bevor ich mich selbst zum tausendsten Mal innerlich verurteile, bin ich schon an der Eingangstür der Schule angelangt. Das Stimmengewirr und der typische Geruch dieses Gebäudes katapultieren mich augenblicklich in meinen Alltag zurück. Willkommen in meiner Welt.

Endlich läutete die Schulglocke den Pausenanfang ein. Noch ein paar Monate die Schulbank drücken und dann bin ich endlich erwachsen. Bereit für die große weite Welt.

Während ich meinen Laptop zuklappe und das Naturkundebuch in dem olivgrünen Rucksack verstaue, beobachte ich aus dem Augenwinkel Hanna und ihre Freundinnen. Einzelne Wortfetzen dringen bis zu mir, obwohl der Nachhall der Schulglocke immer noch in meinem Innenohr nachsummt.

»Hast du den Neuen von der Parallelklasse schon gesehen? Der sieht aber auch ... wie direkt aus der Serie von ... den möchte ich auch ... ob er schon eine Freundin ...«

In meinem Kopf rattert es schon wieder unaufhörlich. Reden die von dem Typen mit dem Grübchen? Haben sie etwa auch ein Auge auf ihn geworfen? Kaum einer meiner Mitschülerinnen ist sein gutes Aussehen entgangen. Das kann noch lustig werden, wenn die Mädels um seine Aufmerksamkeit buhlen. Und wo stehe da ich? Gehe ich wieder unter oder behaupte ich mich auch einmal?

Nun, vorerst muss ich mich um wichtigere Dinge kümmern als um Klatsch und Tratsch. Mein Blick wandert zur vorderen Fensterecke, von der ich den Haupteingang des Schulgebäudes überblicken kann. Schon stürmen viele der jungen Menschen nach draußen, um endlich den tristen Schulalltag hinter sich zu lassen. In wenigen Minuten werde ich mich dieser Masse anschließen.

Mein Magen knurrt laut und erinnert mich daran, dass niemand zu Hause mit einer warmen Mahlzeit auf mich wartet. Mum hat Nachmittagsdienst im örtlichen Krankenhaus und kommt erst spät am Abend nach Hause. An solchen Tagen darf ich auf dem Heimweg von der Schule die Lebensmittel einkaufen und in eine schmackhafte Mahlzeit verwandeln. Transformationsmenü aus der galaktischen Küche, nennen Mum und ich das. Manchmal ist es ja lustig, neue Gerichte auszuprobieren. Doch immer öfter erscheint mir dies als unangenehme Pflicht. Dementsprechend einfach fallen auch meine Mahlzeiten aus. Meine Mum aber beschwert sich nie darüber. Sie findet eher ein paar lobende Worte für meine Mithilfe im Haushalt. Dafür übernimmt sie dann den Abwasch und das seit der Früh verlassene, chaotisch aussehende Badezimmer. Ihr Ordnungssinn ist viel ausgeprägter als meiner. Ob sich das mit zunehmenden Alter noch entwickelt? Da bin ich mir nicht sicher. Was soll's.

Inzwischen bin ich längst in der Garderobe angelangt und hangle nach meiner Jacke, die wieder einmal nicht an ihrem vorgesehenen Platz hängt. Mir wäre das viel zu blöd, ständig diesen kindischen Unfug, Sachen von Mitschülern zu verstecken, mitzumachen. Wie ein Erstklässler benehmen sich manche von ihnen.

Endlich angezogen, bewege ich mich mit dem Schülerstrom durch das Schultor ins Freie. Wie leergefegt sieht indessen der Platz davor aus. Wo eben noch vom oberen Ausblick aus Massen von Schülern zu sehen gewesen waren, gähnt zwischen vereinzelt durchblitzenden Sonnenstrahlen die Leere. Nur ein paar verdorrte Blätter tanzen über den aufgesprungenen Asphalt. Die am Rande gepflanzten Birken haben inzwischen eine stattliche Größe und dementsprechend weitläufig wachsen ihre Wurzeln, bis tief in den Zugangsbereich vor dem Gebäude.

Nachdenklich schlurfe ich über den unebenen Boden, und sinniere, was ich heute noch besorgen darf. So in meine Gedanken versunken, bemerke ich erst fast zu spät den Schatten, der sich mir, von der Seite aus, nähert.

»Denkst du gerade an mich?« Der Schalk sitzt ihm im Gesicht und die durchdringend blauen Augen strahlen mich an.

Wie kann es sein, dass mich jemand so durcheinanderbringt? Aus meinen Gedanken gerissen, stammle ich belangloses Zeug und meine Gesichtsfarbe wechselt von fast weiß zu tomatenrot. Wie peinlich mir das ist. Als ich zum Sprechen ansetzen will, klingt meine Stimme, wie immer, wenn ich emotional bin, belegt, kratzig und unangenehm schrill.

»Hallo, habe dich gar nicht kommen gesehen. Bist du auch auf dem Heimweg?«

Wie aus der Ferne klingen meine Worte für mich selbst. Klischeehaft und unbeholfen reagiere ich auf seinen netten Versuch, an den Kontakt von heute Morgen wieder anzuknüpfen. Doch er lässt sich von meiner Unsicherheit nicht beirren. Lässig, die Hände in seinen Hosentaschen, schlenkert er neben mir her. Seine Jacke steht trotz der Kälte offen und so kann ich den bunten Aufdruck auf seinem anthrazitfarbenen Hoodie erkennen. Ein goldenes Tattoo ist darauf abgebildet, auf dem sich Sonne und Mond umarmen. Darunter kann ich Folgendes lesen: *Golden Star Tattoo Studio – Tattoos that get under the skin.* Sein Blick aus dem Augenwinkel bestätigt mir, dass er mich mit Argusaugen beobachtet.

»Ist das Tattoostudio meines Vaters. Aber bald werde auch ich dort regelmäßig Tattoos stechen. Darauf freue ich mich schon sehr.«

Ein stolzer Zug überzieht sein Gesicht.

»Was, du kannst Tattoos stechen?«

Bewundernd, mit offenem Mund bestaune ich sein Grübchen auf der Wange.

»Ja, ich bin gerade fleißig am Üben. Gestern habe ich mich an einem komplizierten keltischen Ornament versucht und es ist mir ganz gut gelungen.«

Ich bleibe stehen und starre ihn mit großen Augen an. Noch nie habe ich einen Tätowierer kennengelernt. Nur an vereinzelte Tattoos auf Armen und Beinen von Männern und Frauenschultern im Schwimmbad kann ich mich erinnern. Wie das aber wirklich gemacht wird, ist mir wenig bis gar nicht bekannt. Ein lautes Brummen in meinem Bauch erinnert mich an das, was ich statt Gespräche über Tattoos noch machen sollte. Das Magengeräusch in meinem Inneren wird immer lauter, sogar mein Gegenüber lächelt verstohlen.

»Da hat wer ordentlich Hunger. Wie wäre es, wenn ich uns eine Kleinigkeit zum Essen mache? Dabei kannst du mir gerne ein paar Fragen stellen. Es wäre die ideale Gelegenheit, uns ein wenig näher bekannt zu machen.«

Er grinst verlegen.

»Oh übrigens, ich bin Finn. So viel ich mich an heute Morgen erinnern kann, haben wir uns noch gar nicht vorgestellt.«

Mit einer kleinen Verbeugung unterstreicht er theatralisch seine Vorstellung.

»Ähm, ich bin Mara.«

Meine Mundwinkel ziehen sich leicht nach unten vor Verlegenheit. »Und normalerweise gehe ich nicht mit Fremden in ihr Haus mit.«

»Heißt das, dass du bei mir eine Ausnahme machst?« Finn lacht laut auf.

»Du bist bei mir sicher und alleine sind wir auch nicht. Meine Eltern arbeiten beide von zuhause aus und sind fast immer da.«

Er unterbricht kurz seinen Redefluss und zieht den Rucksack am Rücken etwas fester an sich, indem er seine Finger unter den Schulterriemen schiebt.

»Also, keine Sorge. In meiner Familie ist es üblich, jemanden mitzubringen. Unsere Tür steht meistens offen.« Kurz nickt er als Bestätigung mit seinem attraktiven Kopf.

»Wenn das so ist, nehme ich die Einladung gerne an. Zeigst du mir dann auch euer Tattoostudio? Das interessiert mich alles sehr. Eigentlich will ich mir auch einmal eines stechen lassen.«

Finn runzelt kurz seine Stirn, bevor er den Weg langsam fortsetzt. Automatisch passe ich mich seiner Schrittlänge an. »Das sollte man sich sehr genau überlegen. Auf keinen Fall aus einer momentanen Laune heraus.«

So vertieft waren wir in unser Gespräch, dass wir gar nicht bemerkten, bereits am Haus von Finn angekommen zu sein.

»Also hier bin ich nun zuhause. Eigentlich erst seit ein paar Tagen. Meine Eltern haben das Haus geerbt und es sehr liebevoll renoviert. Unbemerkt ist dies bei Nachbarn sicher deshalb geblieben, da diese Straße wegen Kanalarbeiten und dem Verlegen von Leitungen lange gesperrt war.«

Er deutet mit seiner linken Hand auf die alte Fassade des Hauses.

»Außen muss aber noch allerhand passieren, damit es auch wieder im alten Glanz erstrahlen kann. Danach kann auch unser Werbeschild über dem Anbau endlich angebracht werden. Darauf freue ich mich besonders, denn ich durfte es mitgestalten.«

Nachdenklich runzelt er wieder die Stirn.

»Das wird noch viel Arbeit ...!«

In diesem Moment höre ich ein lautes Geräusch, als ob ein Motor starten würde.

»Oh, Mum arbeitet wieder hinter dem Haus im Garten.«

Eilig lenkt er seine Schritte zur Gartentür, die einladend offen steht. Mit einer winkenden Bewegung fordert er mich auf, ihm zu folgen.

In der Luft liegt der schwere Geruch von nasser Erde und gehäckseltem Strauchwerk. Wilde Haufen voller Laub kann ich am Boden bereits erkennen, bevor eine kleine, zarte Frau in einem blauen Overall, der Kopf mit einer alten Schirmmütze bedeckt, auftaucht. In ihren Händen trägt sie ein Häufchen Reisig, das vereinzelt bereits mit Moos überzogen ist. Daneben steht ein alter Häcksler, den sie gerade stillgelegt hat.

»Hallo Mum, ich habe jemanden mitgebracht. Das ist Mara.«

Freundliche Augen mustern mich kurz von oben bis unten. Ein warmherziges Lächeln folgt gleich darauf.

»Wie schön, dass du uns besuchst. Ich freue mich, das Finn schon Kontakte knüpfen konnte. Es ist anfangs immer schwer, nach einem Ortswechsel neue Freunde zu finden. Du bist herzlich willkommen in unserem Haus.«

Bestätigend nickt sie mit ihrem Kopf, sodass sich einzelne Haarsträhnen unter ihrer Mütze lösen und vor ihren strahlenden Augen hin- und her baumeln.

»Habt ihr Hunger? Ein Gemüseeintopf steht am Herd. Ihr könnt euch gerne bedienen.«

Geschäftig sieht sie sich im Garten um.

»Ich möchte hier noch ein wenig Ordnung schaffen und komme erst später ins Haus. Der Garten zeigt trotz meiner Arbeit immer noch wilde Spuren der Natur.«

Schon brummt wieder der Motor los. Das durchdringende Surren lässt uns schnell durch die Hintertür ins Haus flüchten.

Neugierig blicke ich mich um. Von außen habe ich mir das hier ganz anders vorgestellt. Antik und mit dem typischen Geruch von alten Häusern, die lange leer gestanden sind. Aber was mich hier erwartet, übertrifft meine kühnsten Vorstellungen. Hell und freundlich strahlt die Einrichtung und es riecht nicht nur nach dem Gemüseeintopf, sondern eine blumige Note nach selbstgemachter Seife lässt sogleich ein Wohlgefühl in mir entstehen. Die Vorhänge im Landhausstil, mit den kleinen Blumen und Gräserdrucken, sperren den nebeligen Dunst, der immer noch draußen ist, aus. Durch das kleine sonnengelb bezogene Sofa im Flur kommt sogleich Urlaubsstimmung bei mir auf.

»Wo ist denn euer Tattoostudio?«

Bis jetzt konnte ich noch nichts entdecken, was irgendwie daran erinnert, welchen Beruf Finns Vater ausübt.

»Meine Großtante, der das Haus früher gehörte, hat den Anbau zur Garage hin dazu benutzt, um ihre Heilkräuter zu trocknen. Sie fertigte Räucherwaren für alle möglichen Anlässe an, mischte sie zusammen und belieferte damit die ganze Umgebung.«

Er nickt kurz mit dem Kopf und zwinkert mir zu.

»Sie war eine sogenannte Kräuterhexe. Leider habe ich sie nie persönlich kennengelernt.«

Nach einer kurzen Pause erzählt er weiter.

»Lange nach ihrem Tod roch es hier immer noch nach wilden Kräutern, bis meine Eltern aus diesem Anbau ein Studio mit der modernsten Tattooausstattung gemacht haben.«

Kurz zieht er seine Schultern hoch.

»Tätowiert deine Mum auch?«

Hoffentlich erscheine ich nicht zu neugierig. Doch Finn hat meine Frage gar nicht mehr gehört. Mit seinen Gedanken ist er momentan definitiv nicht hier. Nach seinem Gesichtsausdruck zu schließen, kann er auch gerade in einer anderen Welt schweben. Irgendwie wird mir etwas schummrig. Mir wird bewusst, dass ich mich mit einem Fremden in einem unbekannten Haus aufhalte.

Erst vor ein paar Wochen ist wieder ein kleines Kind verschwunden. Einfach weg, von einer Minute auf die andere. Was ihm wohl passiert ist? Hoffentlich taucht es wieder gesund und munter auf. Immer mache ich mir so viele Gedanken um andere Menschen. Passiert das auch Gleichaltrigen wie mir? Oder bin ich wirklich sehr empathisch veranlagt? Ich hoffe, Finn hält mich für normal. Es wär mir wirklich wichtig. Gerade viele Freunde habe ich nämlich nicht.

»Finn an Mara ... bitte kommen!«

Verwundert blickt er mich an.

»Wo bist du gerade mit deinen Gedanken? Ach, ich will es gar nicht wissen.«

Er klatscht in die Hände.

»Die Führung geht weiter, damit wir unseren Magen mit dem köstlichsten Gemüseeintopf der Erde füllen können.«

»Sorry.«

Ich räuspere mich kurz und überbrücke die fühlbare Spannung, die von mir Besitz nimmt.

»Manchmal bin ich etwas gestresst, wenn ich Neuland betrete. Dann verliere ich mich in meinen Gedanken.«

Meine Füße trippeln hin- und her, unruhig bewegen sich auch meine Hände. So, als würden sie nicht zu mir gehören. Schon wieder weiß ich nicht, was ich mit ihnen anfangen soll.

»Dieses Gefühl kenne ich auch.«

Finn flüstert es fast in mein Ohr. »Das erzähle ich normalerweise aber keinem.«

Seine Augenlider zucken leicht.

»Nur dir, obwohl ich dich fast nicht kenne.«

Seine linke Hand ergreift meinen Ärmel und zieht mich in den nächstgelegenen Raum.

Mir fällt nun auch noch das Schlucken schwer. Wie ein großer Kloß im Hals, der einfach nicht der Schwerkraft folgen möchte. Finn bemerkt meine vergeblichen Schluckversuche und drückt mir schnell ein Glas Leitungswasser in die Hand.

»Das hilft mir immer. Trink langsam, dann geht's dir wieder besser.«

Wieso versteht mich dieser Typ, obwohl er mich nicht kennt? Meine Augen weiten sich. Er hat ja recht. Nach einigen kleinen Schlückchen Wasser fällt es mir wieder leicht, tief Luft zu holen. Das enge Gefühl im Hals ist verschwunden. Bevor ich meine Stimmbänder in Vibration bringe, sieht er mich mit seinen magischen Augen an.

»Psst, nicht reden. Wir essen und dann kannst du mir mehr über dich erzählen. Wenn du magst. Ich glaube, wir sind uns ähnlicher - als erwartet. Auch ich habe diese Momente …!«

Während er spricht, nimmt er zwei Suppenschüsseln aus dem offenen Regal und stellt sie vorsichtig neben den Herd. Gerade als er mit der Schöpfkelle die erste Schüssel füllt, breitet sich die Panik in mir aus.

Wie der Blitz fährt dieses unangenehme Druckgefühl direkt in mein Herz und lässt mich starr und steif werden. Meine Gedanken rasen und ich möchte nur noch eines: Schnell fort von diesem wunderbaren Ort, der mich mit einer Erinnerungswelle überschwemmt, wie schon lange nicht mehr. Es fühlt sich an, als ob alle schönen Erinnerungen meiner Kindheit auf einen Schlag hochgewirbelt werden und in tausend Teile zerspringen. Nicht mehr für mich fassbar, sondern auf ewig verloren im Nirgendwo. Im Bruchteil eines Augenblickes glaube ich, alles hinter mir zu lassen. Ehe ich in die aufgestellte Falle tappe. Blind und voller Emotionen, gepaart mit Wut auf mich selbst. Wieder einmal, wie so oft.

Mit einem kurzen Gruß greife ich nach meiner Jacke, schultere meinen Rucksack und fliehe wieder einmal mehr vor mir selbst - als vor den Anderen. Ich kann Finn auf keinen Fall in die Augen sehen. Ansonsten frisst mich der Schmerz von innen her auf. Dann bohren sich die Splitter der Erinnerung solange in meinen Körper, bis der letzte Funke meiner Selbstachtung verlöscht. Und nur eine leere Hülle von mir bleibt zurück.

Die Tür schlägt krachend hinter mir zu, doch dies ist nicht wichtig. Fühlen kann ich mich sowieso nicht mehr richtig. Erst als mich der kalte Luftzug zwischen der nächsten Häuserreihe voll erwischt, bemerke ich, wie Tränen über meine Wangen rollen. Unaufhörlich tropfen sie auf meine Jacke. Der einzige Gedanke, der sich hämmernd in meine Gehirnwindungen einbrennt, ist der Gleiche, der mich die letzten fünf Jahre begleitet hat.

Wann hört das endlich auf?

Genauso habe ich es mir vorgestellt. Als wäre mein altes Weltbild neu übermalt. Plötzlich ergibt es ein völlig anderes Bild, obwohl das gleiche Motiv darauf zu sehen ist. Schon seit langem zähle ich nicht mehr mit. Immer wieder scheitere ich an kleinen Alltagsdingen, die mich triggern und aus meiner hart erarbeiteten Wohlfühlzone herausreißen. Ich presse meine Lippen zusammen und fange wieder einmal an, alle Straßen in denen ich gewohnt habe, rückwärts aufzuzählen: *Palumstraße 4, Am Kreisweg 7, Tulpenstraße 2, Heldenplatz 59* und nicht zu vergessen mein Lieblingswohnplatz *Waldstraße 1.* Hier habe ich gemeinsam mit meinen Eltern gewohnt und meine erste Schule besucht. Da war meine Welt noch in Ordnung. Zahlreiche Freundinnen gingen auch bei uns ein und aus. In dieser Gegend, nahe am Waldrand, wurde keine Haustür abgesperrt. Jeder half jedem und Zeit für die neuesten Nachrichten mit dem Nachbarn hatte selbst mein vielbeschäftigter Vater. Wir waren füreinander da.

In einem kurzen Augenblick, bei Finns Eltern in dem alten Haus, glaubte ich, dass die Zeit irgendwie angehalten hat. Ich fühlte mich zurückversetzt in meine glücklichste Lebensphase. Erst das Geräusch, als Finn den Eintopf in die Schüssel füllte, brachte mir die bittere Erkenntnis zurück, dass es nur ein Traum war. Der nie wieder von mir gefühlt und gelebt werden darf. Wie konnte ich mich nur dazu hinreißen lassen, so tief in die Vergangenheit einzutauchen?

Seit dem Unfall meines Vaters versuche ich, im Hier und Jetzt zu leben. Möglichst wenig an solche Momente zu denken. Denn die überrollen mich wie ein Lastwagen und drücken meine Gefühle mehr als platt. Diese Emotion zieht mir die Luft aus den Lungenflügeln und konfrontiert mich mit der Schwärze des Lebens. Einem undurchdringbaren Schatten, der mich hineinsaugt, aber nicht wieder ausspuckt. Darum bekomme ich mein Leben nicht mehr auf die Reihe. Haltlos werde ich vorwärtsgeschoben von Pflichten und Erwartungen, die meinen Alltag füllen.

Was wird wohl Finn von mir denken? Oh, ich habe das alles gründlich verbockt. Manchmal wünsche ich mir, dass von irgendwo magische Unterstützung kommt. Dass diese mir den richtigen Gedanken einpflanzt, der mich zur glücklichsten jungen

Frau auf Erden macht. Eine Supermacht, die mich emporhebt und strahlen lässt. An Abenden, nach schwierigen Tagen, beame ich mich gedanklich in den Weltraum und fliege zwischen den Sternen und Planeten spazieren. Schwerelos gleite ich, ohne nennenswerte Widerstände, an schwarzen Löchern vorbei mit erhobenen Mittelfinger. *Ihr könnt mich mal alle*, lautet da meine Flugdevise. Kein Zeit- und Raumgefühl stört mich bei dem Betrachten der farbenintensiven Milchstraße. Nur ein Funkeln und Summen wird von mir wahrgenommen. Irgendwann nimmt mich dann die Traumwelt in ihre Fänge und lässt mich von einer Sequenz zur Nächsten taumeln, bis der Wecker mit seinem Ruf die Rückkehr in den schweren Alltag einläutet. So ist es eben, wenn man ein einfacher kleiner Mensch in diesem unendlich weiten Universum ist.

Automatisch lenke ich meine Schritte in den kleinen Lebensmittelladen. Schnell habe ich die notwendigsten Nahrungsmittel in den Einkaufskorb gepackt. Wie froh bin ich, dass am frühen Nachmittag so wenig los ist. Kein blödes Fragespiel muss ich ertragen. Das hätte ich sowieso nicht ausgehalten. Doch meine Ohren nehmen eine Stimme hinter dem Regal wahr, als ich an der Kasse anstehe.

»Hast du schon gehört, dass das alte Haus der Kräuterhexe wieder bewohnt wird?«

Die Frau, zu der die Stimme gehört, räuspert sich laut.

»Stell dir vor, ein Tätowierer ist da eingezogen. Als ob wir so was hier brauchen. Ich glaube, die bleiben nicht lange. Wer sollte von uns schon dorthin gehen? Nur Knastbrüder und Asoziale lassen sich tätowieren.«

Ein Lachen ertönt, etwas tiefer als die erste Stimme.

»Und die Jungen nicht zu vergessen, die nicht arbeiten wollen und die der Gesellschaft auf der Tasche liegen. Aber für so etwas haben die immer Geld.«

Langsam rücke ich vor und lege meinen Einkauf auf das kurze Förderband. Dieses belauschte Gespräch bestätigt mir das ungesunde Tratschklima in diesem kleinen Ort. Jeder redet über jeden, und natürlich nicht immer nur positiv. Ein Kälteschauer trifft meinen Rücken. Die automatische Tür hat sich bereits geöffnet und lässt die nasskalte Luft herein. *Ach, deshalb sitzt die Kassiererin mit einer dicken Jacke an ihrem Arbeitsplatz.* Mein Vorsatz, nach den Prüfungen eine solide Ausbildung anzufangen, bestätigt sich von alleine. So einen Beruf will ich nie ausüben müssen. Den ganzen Tag mit diesen launischen Tratschtanten zu verbringen, kann nicht das Gelbe vom Ei sein.

Nach wenigen Metern erreiche ich unsere Wohnungstür. Suchend nach dem Schlüssel, taste ich meine Jackentasche ab. Ach, hier hat er sich versteckt. Eine wohlduftende

Wolke von Essensgeruch aus der Nachbartür erinnert mich daran, dass ich immer noch nichts im Magen habe.

Schnell sind die Einkäufe verstaut und mein Appetit hat sich verdreifacht. Während die vorgefertigten Bohnenbratlinge in der Pfanne schmoren und die Kartoffel über Dampf kleine Rauchwolken ausstoßen, schnipsle ich den knackigen Eissalat. Immer wieder wandern ein paar kleine Exemplare der geschnittenen Salatteile in meinen Mund. Saftig und frisch schmeckt er auch ohne Dressing. Dieses mixe ich aber sogleich penibel zusammen. Flink decke ich nebenbei den Tisch. Mum wird in zehn Minuten hier sein und dann können wir das Festmahl gemeinsam beginnen. Schnell noch zwei Gläser mit Leitungswasser dazustellen und ein paar Löffel Rahm mit Kräutern und Salz vermischen. Voilà, alles fertig. Ein Grinsen überzieht mein Gesicht. Vergessen ist alles, was mich belastet. Nur mehr die Freude am Essen dominiert meine Gedankenwelt. Wenn es doch immer so einfach wäre, den Denkteufel auszuschalten.

»Uiii, da riecht es aber gut.«

Mum zieht sich schnell die Sachen aus und wäscht sich die Hände im Badezimmer. Da ist sie sehr sorgfältig, um keine Keime aus der Arbeit in unseren Wohnbereich mitzubringen.

»Grüß dich, mein Schatz, wie war dein Tag?«, begrüßt sich mich mit einem Kuss auf meine Stirn.

Das tut gut. Bevor ich aber zum Erzählen anfange, teile ich die von mir gekochte Leckerei auf zwei Teller auf. Ich schiebe ihre Portion zu dem Platz, an dem sie ihre müden Füße unter den Tisch streckt.

Endlich ist der knurrende Magen besänftigt. Wohlwollend streiche ich über meinen leicht gerundeten Bauch und strecke mich lang. Ein Gähnen rundet meine Bewegung ab. Mum sieht mich lächelnd an.

»Wie hübsch du heute bist. Warst du ein wenig an der frischen Luft, deine Wangen sind ganz rosig. Das steht dir gut.«

Ihre Komplimente machen mich verlegen und während ich mit ihr gemeinsam den Tisch abräume, berichte ich über den täglichen Kleinkram. Über meine Lippen kommt aber nichts, das mich an Finn erinnert. Noch ist es mein Geheimnis. Erst muss ich mir klar werden, ob ich diese Bekanntschaft vertiefe. Den wichtigsten Faktor dabei unterschlage ich wissentlich. Mag mich dieser junge Mann überhaupt? Gefalle ich ihm, oder sieht er in mir nur einen Zeitvertreib? Diese Fragen machen mich fertig. Schnell lenke ich mich mit einer Netflix-Serie ab. Hier träume ich vor dem Fernseher vor mich hin. Im Hintergrund höre ich Mum in der Küche werkeln und das Geschirr wegräumen.

»Morgen hast du einen freien Nachmittag«, ruft sie mir aus dem Nebenraum zu. »Ich treffe mich mit Isabell, meiner Arbeitskollegin. Sie braucht einen guten Rat.«

Jaja, denke ich noch, bevor ich wieder in meinen persönlichen Aufnahmemodus gehe. Bilder ansehen, Töne dazu hören und abschalten. Herrlich nach dem doch fordernden Tagesgeschehen. Langsam tritt alles in den Hintergrund. So einfach können Momente sein.

Der nächste Tag beginnt gleich mit Stress. Ich habe verschlafen. Mein netter Kumpel, der sich Wecker nennt, hat mich im Stich gelassen. Natürlich konnte das nur passieren, weil ich vergessen habe, den kleinen roten Knopf zu drücken. Was soll's. Schnell packe ich meine Siebensachen zusammen und verlasse mit fliegender Jacke das Wohnhaus. An der Kreuzung stehe ich mindestens drei Minuten auf der gleichen Stelle, da ein abbiegendes Fahrzeug von einem entscheidungsunwilligen Menschen gelenkt wird. So viel zu einem guten Tagesanfang. Bevor ich aber weiter darüber sinniere, sehe ich vor dem alten Haus Finn warten.

Hat er mich wirklich noch nicht abgeschrieben? Bekomme ich von ihm eine zweite Chance? Wie soll ich mich bloß nach diesem abrupten Abgang gestern verhalten? Möglichst locker versuche ich, auf ihn zuzugehen.

»Guten Morgen«, schmettert er mir gutgelaunt entgegen. »Hast du heute nach der Schule schon etwas vor?«

Die fragenden Augen und das Sichtbarwerden seines Grübchens machen mir die Lage etwas leichter, normaler.

»Nö, eigentlich nicht!«, murmle ich leise.

Von der Seite aus kontrolliere ich sein weiteres Verhalten. Ist er mir wirklich gutgesinnt nach meinem Fauxpas von gestern? Doch ich bemerke keine negativen Schwingungen.

»Mein Vater hat heute eine Schulung und Mum hat Besuch von den Nachbarinnen. Sie gibt ein kleines Kennenlernfest für alle, die sie noch nicht persönlich begrüßen konnte. Das wäre eine ideale Gelegenheit, dir das Studio zu zeigen. Wenn du wirklich magst, könnte ich dir auch ein Freundschaftstattoo stechen. Traust du dich?«

Er grinst verwegen und fast ein wenig schadenfroh.

Mir bleibt der Mund wieder einmal offen stehen. Damit habe ich nicht gerechnet.

»Das überlege ich mir noch mit dem Tattoo. Aber das Studio möchte ich gerne sehen. Außerdem habe ich viele Fragen zum Tätowieren.«

Nervös spiele ich mit der Kordel der Jacke.

»Natürlich, ich habe es dir ja gestern versprochen.«

Bestätigend nickt er. Dabei rutscht ihm die Mütze fast vom Kopf. Geschickt fängt er sie und zieht sie wieder bis über seine Ohren.

Etwas Dunkles blinzelt unter seinem linken Ärmel dabei hervor. Vielleicht ein Tattoo? Mal sehen, wenn er nachmittags die Jacke ablegt. Da werde ich sicher genauer hinsehen. Nachdenklich stolpere ich fast über einen großen quadratischen Randstein. Er hat sich gelockert und steht ein wenig vor. Blitzschnell stelle ich eine Verbindung zu meiner verstorbenen Oma her. Ihr Spruch war: *Füße heben, nicht schlurfen*! Ich verdrehe meine Augen und lächle vor mich hin. Das waren noch Zeiten … in wenigen Jahren werde ich das vielleicht zu meinem eigenen Nachwuchs sagen. Alles geht so schnell vorbei, die Zeit fliegt dahin. Wie sehr ich meine Großmutter mütterlicherseits vermisse, wird mir bei solchen Erinnerungsblitzen wieder bewusst. Ihre ruhige Art war wie ein Fels in der Brandung für mich. Gab es Streit daheim, konnte ich mich bei ihr ausruhen. Sie verstand mich immer, ohne meine Eltern zu kritisieren oder ihnen in den Rücken zu fallen.

Trotz des trüben Wetters zwitschert ein Vögelchen munter vor sich hin. Wie gut, dass Vögel den Kalender nicht kennen. Ansonsten wären sie nicht so voller Zuversicht, dass der Frühling bald ins Land zieht. Denn bis dahin dauert es sicher noch lange.

Endlich ist der Geographieunterricht zu Ende. Die Entstehungsgeschichte der Hawaii-Inseln ist eher wenig unterhaltsam. Immer das gleiche Prozedere. Erst ein unterirdischer Vulkanausbruch, der sein Magma nach oben schleudert und seine Lava draußen verteilt. Dann entsteht eine öde Insel, auf der sich Tiere und Pflanzen schnell ausbreiten. Naja, schnell hört sich lustig an, wenn man von Jahrtausenden spricht.

Vor der alten Linde warte ich auf Finn. In meinen Gedanken übe ich mal alle Fragen, um keine zu vergessen. Still und lautlos schleicht er sich von hinten an. Erst ein lauter Puster in meinen Nacken bringt mich sofort in die Gegenwart zurück. Da ist es nicht verwunderlich, dass ich mich über ihn erschrecke, obwohl ich ihn ja erwartet habe. Wird das zur Gewohnheit?

»Da bist du ja endlich. Hat aber lange gedauert.«

Mit dieser Begrüßung teile ich ihm mit, das Mädchen ungern bei einem Rendezvous warten.

»Aber, aber, meine Schöne. Hattest du geglaubt, dass ich dich versetze?«

Schelmisch grinst er mich an. Verlegen blicke ich zur Seite und tue, als ob ich meinen Jackenärmel abputze. Diese blitzenden Augen halte ich fast nicht aus, ohne daran zu denken, was er bei mir alles verbesserungswürdig befindet. Meine Unsicherheit tanzt vor mir ihren altbekannten Tango, damit sein Blick von dem abgleitet, was ich nicht so schön an mir finde. Was mir hingegen gut an mir gefällt, ist zum Beispiel meine kleine

Stupsnase und die vollen Lippen. Auch das Muttermal über meinem linken Mundwinkel kann sich sehen lassen. Irgendwie passt es genau dorthin. Hingegen gefallen mir weder meine Augenfarbe noch meine großen Ohren. Letztere kann man leicht unter einer Haarpracht verstecken. Weht ein laues Lüftchen blitzen sie dennoch manchmal hervor, um von meinen schnellen Fingern wieder in ihr Versteck zurückgedrängt zu werden. So geht das Spiel mit der Schönheit.

»Was möchtest du denn alles wissen über die Tattoos?«

Mit schnellem Schritt gibt er unser Tempo an. An ein paar Stellen hüpft er fast über die Gehsteigkante, um daraufhin wieder in meinen Gleichschritt zu verfallen.

Der tanzt sicher phänomenal gut, denke ich mir, bevor ich seine Frage beantworte.

»Eigentlich alles. Wie hat das begonnen bei deinem Vater und wann hast du festgestellt, dass du in seine Fußstapfen treten möchtest? Was muss beim Tätowieren beachtet werden und kennst du ein totales No-Go bei dieser Tätigkeit?«

Mit einem Fragezeichen auf meiner Stirn blicke ich zu ihm auf. In meinem Gehirn sind noch die belauschten Einstellungen kleinkarierter Hausfrauen abgespeichert. Die werde ich augenblicklich löschen, wenn vernünftige Wahrheiten diesen Platz einnehmen.

»Durch dein hübsches Köpfchen sausen ganz schön viele Fragen. Aber ich denke, sie sind berechtigt und leicht zu beantworten. Bin ja fast noch in meinen Windeln gelegen, als ich damit konfrontiert wurde.«

Ein heiserer Lacher lässt seine Atemluft sichtbar werden. Wir blicken uns kurz in die Augen, bevor ich wieder einmal die Reißleine ziehe und mich auf die danebenliegende Fahrbahn konzentriere.

Etwas verhaltener beginnt Finn endlich zu sprechen.

»Mein Vater erzählte mir immer Geschichten über Tattoos und ihre Besitzer. Wenn man sich ein Hautbild stechen lässt, dann tritt eine Veränderung ein. Manche Menschen werden dadurch selbstbewusster, andere bekommen einen Motivationsschub. Bei ihm selbst brauchte alles ein wenig mehr Zeit. Während seine Geschwister draußen spielten, widmete er sich in einer Zimmerecke seinen Malereien. Mit neunzehn Jahren kaufte er sich ein gebrauchtes Tätowier-Maschinenset und begann bei sich selbst und bei Freunden zu experimentieren. Mit sehr mäßigem Erfolg. Vermutlich war seine Linienführung sehr zittrig, vor Angst etwas falsch zu machen. Erst Jahre später bekam er eine fundierte Ausbildung und von da an entwickelte er eine enorme Freude daran. Diese Leidenschaft am Tätowieren, sein Wissen und die langjährige Erfahrung halfen mir sehr bald schon, Spaß daran zu finden.«

Seine Stimme bekommt eine andere Klangfarbe, voll Euphorie und Lebensfreude.

»Was tun, wenn etwas danebengeht? Wenn es nicht den Vorstellungen des Kunden entspricht?«

Ich stelle mir das gerade bildlich vor, wie ein angepisster Auftraggeber die Nerven verliert und wild um sich schlägt.

»Das habe ich noch nie in unserem Tattoostudio erlebt. Eher das Gegenteil davon. Viele beschäftigen sich vorher sehr lange mit dem gewünschten Motiv. Und da gibt es ja noch die Kunsthaut, die zum Üben anfangs verwendet wird. Aus einem synthetischen, hautähnlichen Material hergestellt, ermöglicht sie das Üben. Oft habe ich zu Beginn auch auf Bananen- oder Orangenhaut geübt.«

Ein herzhafter Lacher entringt sich seiner Brust.

»Meine Mutter konnte nicht genug von dem Obst kaufen. Bis eine Verkäuferin ihr riet, auch mal etwas anderes zu essen als Obst.«

Gemeinsam kommen wir bei dieser Vorstellung gar nicht mehr aus dem Kichern heraus.

Etwas befreiter beginnt Finn weiterzuerzählen.

»Wir müssen vor allem auf absolute Sauberkeit achten. Du weißt, Hygienevorschriften und so. Das muss man echt ernstnehmen. Sonst können sich die tätowierten Hautstellen entzünden oder im schlimmsten Fall stecken sich die Kunden mit HIV oder anderen Viren, wie zum Beispiel Herpes, an.

Nicht nur der Tätowierer ist durch Blut und austretendes Wundwasser gefährdet, auch zwischen den Kunden besteht diese Gefahr. Wir arbeiten deshalb nur mit Einweghandschuhen und desinfizieren die ausgewählten Hautstellen. Das Händewaschen vor- und nachher hat oberste Priorität.«

Finn bleibt kurz stehen, dreht seinen Kopf von mir weg und räuspert sich, bevor er wieder zu mir aufholt.

»Ich habe mich oft gefragt, ob jede Hautstelle vor dem Tätowieren rasiert wird. Sogar bei mir wachsen feine Härchen auf vielen Stellen der Haut.« Verlegen blicke ich wieder auf den Gehweg.

»Tatsächlich stören auch feine Haare. In diesem Fall wird mit einem Einwegrasierer die Hautstelle geglättet. Die werden dann entsorgt und nicht wie die anderen Geräte gereinigt.«

Inzwischen sind wir fast bei Finns Elternhaus angekommen. Schnell ist die Zeit vergangen bei dem interessanten Gespräch.

Während Finn die Haustür aufschließt, fällt ihm noch eine Antwort zu meiner ersten Frage ein.

»Du wolltest wissen, was ein absolutes No-Go dabei ist. Naja, für jeden Tätowierer gibt es da verschiedene davon. Zum Beispiel Menschen vor ihrer Volljährigkeit zu tätowieren oder zum Tattoo zu überreden. Schwangere und stillende Frauen gehören auch zu den

Verboten, genauso wie Personen die ein Drogen- oder Alkoholproblem haben. Blöde Sprüche und verstörende Bilder würde ich auch nie tätowieren.«

»Aber du hast mich doch heute Morgen gefragt, ob ich mich traue, ein Freundschafts-Tattoo stechen zu lassen?«

Hat er mir echt ein totales No-Go angeboten?

Bevor ich mich weiter darüber wundere, bekomme ich einen leichten Stoß von ihm.

»Das war doch nur Spaß! Ein Körperbild muss gut überlegt werden. Nicht nur das Motiv, auch an welcher Stelle es positioniert wird.«

Kurz zucken seine Schultern.

»Es gibt Menschen, die sehen irgendwo ein Bild und möchten es sofort auf ihrer eigenen Haut haben. Ohne sich über die Konsequenzen klar zu sein. Nicht nur das Bild hat Aussagekraft, sondern auch die Position, die der Mensch in der Gesellschaft und im Arbeitsleben hat.«

Wieder schüttelt er seine lockigen Haare.

»Glaubst du, dass der Manager eines Konzerns und ein Bauarbeiter die gleiche Hautstelle für Tattoos bevorzugen?«

Mit einer lässigen Bewegung streicht er eine vorwitzige Locke auf seiner Stirn zurück. Ich stelle fest, dass ihm jede Frisur passen müsste. Auch Frisuren verändern nicht nur das Aussehen, sondern auch die Wirkung auf andere Menschen. So schöne Menschen wie

Finn könnte ich unentwegt anstarren. Wie bei einem Kunstwerk sieht Finn je nach Lichteinfall immer völlig anders aus. Manche Menschen sind wirklich bevorteilt von der Natur.

»Komm herein. Erst essen wir eine Kleinigkeit und dann zeige ich dir das Studio. Mum ist noch im Bad. Ihre Gäste kommen erst in einer halben Stunde. Bis dahin sollten wir fertig sein.«

Nach dem Ausziehen meiner Jacke und dem Abstreifen meiner Stiefel gehe ich sofort in die Wohnküche. Dieses Mal kenne ich den Weg. An der Küchenbar steht schon alles für uns bereit. Finns Mum hat Leckereien gezaubert und geschmackvoll dekoriert. Die Häppchen schmecken mir sensationell gut. Einfach, aber mit Kräutern gewürzt und bunten Blüten verziert, ergibt es für mich neue Varianten. Genussvoll schlecke ich meine Lippen ab, bevor die Serviette mit dem Smiley darauf zum Einsatz kommt. Der schwarze Johannisbeersaft, verdünnt mit Leitungswasser, löscht meinen Durst auf vortreffliche Weise und schmeckt fruchtig, mit einer süßen Note.

»Hmm, das war lecker!«

Ein Seufzer entringt sich meiner Brust.

»Ja, meine Mama hat das richtig gut drauf mit dem Kochen und Dekorieren.«

Während er noch den Satz beendet, balanciert er schon den Teller hinüber zum Abwasch. Schnell ist auch der letzte Krümel beseitigt und alles in der Spülmaschine verstaut.

»So ein Gerät möchte ich auch zu Hause haben. Dann braucht Mum nicht immer abzuwaschen.«

Finn zwinkert mir zu.

»Vielleicht bekommt ihr auch bald so einen Küchenhelfer. Inzwischen sind sie beim Discounter günstig zu erstehen.«

Gerade kommt, mit einer schwungvollen Bewegung, Finns Mum herein.

»Ihr Lieben, hat es euch geschmeckt? Passt alles bei euch?«

»Alles paletti, wir verkrümeln uns gleich ins Studio.«

Er nimmt meine Hand und zieht mich Richtung Gang.

»Danke!«, rufe ich noch zurück, bevor die Tür ins Schloss fällt.

»Nun schließe deine Augen«, befiehlt mir Finn. »Lass dich überraschen.«

Etwas mulmig ist mir schon dabei. Doch brav schließe ich sie und Finn führt mich sicher durch den langen Flur. Anhand der Temperatur erkenne ich den Übergang vom Haus zum Anbau. Ein klein wenig kälter erscheint es mir, bis ich in einem angenehm warmen Raum stehenbleibe. Ein fremdartiger Geruch durchströmt beim Einatmen meine Nase.

»Was rieche ich da?«

Kurz rümpfe ich meine Nasenspitze.

»Das ist das Desinfektionsmittel und vielleicht auch die Farbe«, meint Finn daraufhin.

Über meine Haut zieht ein Schauer. Es fühlt sich an, als ob wir nicht alleine im Raum wären.

»Ist da noch jemand?«

Ich kann es zwar nicht benennen, doch ein eigenartiges Gefühl beginnt im Inneren meines Körpers hochzukriechen.

»Nein, wir sind alleine. Was du spürst, ist Freude, Angst und Schmerz der Klienten. Dies hinterlässt energetische Spuren, die mit dem Lüften des Raumes nicht von alleine verschwinden. Von Zeit zu Zeit räuchert meine Mutter das Studio mit ihrer Freundin aus. Mit Hilfe der Kräuter kann sie wieder eine normale Ausgangsenergie hereinzaubern. Das hat sie alles von meiner Großtante übernommen und es ist sehr hilfreich, damit sich unsere Klienten hier behaglich fühlen.«

»Kann man sich wohlfühlen, wenn der Schmerz stundenlang anhält?« Diese Frage beschäftigt mich so sehr, dass ich von Finn gar keine Antwort erwarte.

»Jeder Mensch hat eine andere Schmerztoleranz. Was für den einen fast nicht auszuhalten ist, kann sich für den Nächsten wie das Kratzen einer Katzenpfote auf der Haut anfühlen. Ungemein wichtig ist es eine gute Einstellung zu haben.«

Finn nimmt meine Hand und zieht leicht daran. Ich höre hinter mir das Einschnappen der Tür. Vorsichtig wage ich drei weitere Schritte in den Raum hinein.

»Wenn das Gehirn sich daran gewöhnt hat, diese Art Schmerz zu verarbeiten, kann sogar ein meditativer Zustand erreicht werden. Allerdings nie beim ersten Mal.«

Seine Finger gleiten sanft an meiner Handinnenfläche entlang, bis er sie ganz loslässt.

»Man muss es erlebt haben, um dies zu verstehen.«

Ich vermisse sofort seine warme Berührung. Seltsam leer wirkt meine Hand, obwohl noch immer ein kribbelndes Gefühl darauf zu spüren ist. Dazu kommt noch das eigenartig ziehende Bauchgefühl, das seit dem Betreten des Raumes meine Aufmerksamkeit einfordert.

»Öffne nun deine Augen und sieh dich ein wenig um. Wenn du Fragen zu den Geräten hast, melde dich einfach ungeniert bei mir.«

Mein Blick schweift umher. Was ich sehe, gefällt mir sehr gut. Ordentlich aufgeräumt und mit viel Farbgefühl möbliert, zeigt sich das Studio von seiner schönsten Seite. Die schwarze Massageliege mit ihren vielen Verstellungsmöglichkeiten und die große Vitrine mit dem ganzen Zubehör, das zum Tätowieren benötigt wird, harmonieren gut im Raum. Grün gepolstert thront ein bequem aussehender Sessel in der Mitte des Raumes, direkt neben dem gleichfarbigen großen Sofa. Ein besonderer Blickfang sind die ausgestellten, großformatigen Fotos an den Wänden.

Verschiedene Techniken, dargestellt auf tätowierten Hautstellen, lassen jedes der menschlichen Kunstwerke im gut ausgerichteten Lampenlicht natürlich wirken.

»Wo bist du tätowiert und wie lange hat das gedauert?« Unbewusst brennt diese Frage schon lange in meinem Unterbewusstsein.

»Schau mal.«

Noch bevor ich etwas dazu sagen kann, schiebt er seinen linken Ärmel bis über den Ellbogen hoch. In mein Blickfeld rückt ein zartes Tattoo, welches ich bei einem Mann nie erwartet hätte. Eine Hand, an deren Finger Marionettenfäden befestigt sind. Darunter baumeln ein paar Planeten, einschließlich unserer guten alten Erde.

»Wie schafft man es, diese Zartheit hervorzubringen?«

Ich bin geflasht von der Ausdruckskraft dieses Bildes. Mein Blick starrt fasziniert auf das Muskelspiel, welches mir Finn nebenbei bietet. Indem er seinen Unterarm hin- und herdreht, kommt es mir fast vor, dass sich die Planeten von alleine bewegen und sanft im Weltraum baumeln.

»Sieht cool aus, oder? Das ist ein Dotwork-Tattoo. Der Ausbildner meines Vaters hat es mir gestochen.«

Stolz streicht Finn über sein wunderschönes Kunstwerk mit den blauschwarz verfärbten Hautlinien.

»Diesen Effekt erreicht man nur, wenn Hunderte von kleinsten Tattoo-Punkten zusammen eine Tätowierung ergeben. Hier steckt viel Arbeit drin und eine ruhige Hand. Die leichten Schattierungen zeigen einen 3-D-Effekt, der sich in der Bewegung super ausspielen lässt. Dadurch sieht es sehr echt aus.«

Finns Begeisterung steckt mich an.

»Mein vorerst letztes großes Tattoo zeige ich dir an einem anderen Tag. Noch ist es verklebt, da die Haut erst abheilen muss. Bald ist die sogenannte Silberhaut glänzend sichtbar, dann beginnt die Zeit des Juckens. Das ist sehr unangenehm, da ich mich selbst nicht kratzen darf, um keine Vernarbung anzuregen. Außerdem werde ich mit einer tollen satten Farbe belohnt, wenn ich mich daran halte.«

Widersinnigerweise fühle ich mich bei seinen Worten angeturnt. Obwohl einerseits ein Schauer über meinen Rücken läuft, wünsche ich mir in diesen Sekunden nichts sehnlicher, als diese Erfahrung mit ihm zu teilen. Finn bemerkt mein Zögern.

»Welches Tattoo wäre denn für dich vorstellbar und an welcher Körperstelle würdest du es bevorzugen?«

Augenblicklich erscheint vor meinem inneren Auge das Bild eines Kolibris, der in der Luft schwebend auf eine wunderschöne Blüte hinab blickt. Durch die Schattierungen, die in meiner Vorstellung vorhanden sind, sieht es aus, als ob man den zarten Flügelschlag des grazilen Tieres fühlen könnte. Nach ein paar Sekunden schildere ich Finn mein Wunschbild.

»Dieser Vogel sollte mehrere Regenbogenfarben aufweisen. Aber vorrangig darf er in deiner Augenfarbe brillieren.«

Beschämt, über seine klare Ansage, auch in Bezug auf meine Augenfarbe, senke ich den Blick.

»Gute Wahl!« Finns bestätigender Blick lässt meine Wirbelsäule gleich viel gerader werden. Fast mit einem Ruck strecke ich mich und sehe im freistehenden Ganzkörperspiegel mindestens um zwei Zentimeter größer aus.

»Doch würde ich dir raten, erstmalig ein ganz kleines Tattoo zu wählen. Ohne Farbe, nur in Schwarztönen.«

Unabsichtlich streift er meinen Oberarm. Nervös beiße ich auf meiner Unterlippe herum. Solch eine Nähe macht mich irgendwie unrund, obwohl es sich gut angefühlt hat.

»Warum? Glaubst du, ich bin wehleidig?«
Ich runzle kurz meine Stirn.

»Nö, denke ich nicht von dir. Aber an der Hautreaktion sieht man, ob du auf die Farbe allergisch reagierst. Wir verwenden zwar qualitativ hochwertige Farben, jedoch ist nie eine Reaktion der Haut auszuschließen. Für Veganer bieten wir sogar vegane Farbe an, die ohne Pigmente von den Lackschildläusen, ohne Wollwachs oder Knochenkohle auskommt.«

»Igitt, was alles darin vorkommen kann.«
Verwundert schüttle ich den Kopf.

»Gibt es noch mehr von diesen Kuriositäten?«

»Ja natürlich, am moralisch skurrilsten sind die Farben mit diversen Zusätzen.«

»Was meinst du damit?«

Meine Neugier ist bis zum Zerreißen meiner Nerven gespannt. Jetzt wird es auch noch spannend.

»Das ist ein schwieriges Thema. Manchmal kommen trauernde Menschen zu uns. Väter, die sich die Bilder ihrer verunfallten Kinder stechen lassen, um nie ihr Aussehen zu vergessen. Mütter, die ihr Kind an Krebs verloren haben und dadurch wieder Nähe mit ihnen erfahren. Großväter, die immer mit einem Porträt an ihre Schuld und Verantwortung erinnert werden möchten.«

Tief atmet er in sein Zwerchfell und sieht durch mich hindurch, als ob ich nicht vorhanden wäre. Diesen Blick kenne ich von mir selbst. Er erinnert mich daran, was bei mir immer folgt. Das Aufzählen der Straßen, in denen ich gewohnt habe. Um herunterzukommen von dieser intensiven durchdringenden Emotion.

»In Amerika gibt es einen neuen Trend. Sie mischen den Farben Asche der verstorbenen Person bei. Aber bei uns ist das offiziell noch nicht erlaubt. Wegen der Verunreinigungen,

die beim Verbrennen eines Leichnams entstehen.«

Die quälenden Bilder, die mich an das Kre-
matorium erinnern, in dem mein Vater seine
irdische Hülle abgestreift hat, tragen nicht zu
einem ruhigeren Pulsschlag bei. Melancho-
lisch berührt lenke ich mich ab, indem ich
mir die alte Spulenmaschine ansehe.

»Mit diesem Apparat tätowieren wir nur
mehr ganz selten.«

Finns Stimme klingt wieder klar und rein.

»Viel lieber arbeiten wir mit der Rotary-Ma-
schine. Sie ist wesentlich leiser und vibriert
viel weniger. Durch das leichtere Gewicht
und den geringeren Verschleiß ist sie nicht so
umständlich und einfacher zu bedienen.«

»Vermutlich war sie deshalb auch teurer in
der Anschaffung, oder?«

Fragend suche ich den Augenkontakt zu
ihm.

»Du hast recht. Aber sie ist die ideale All-
rounder-Maschine für viele Arten wie
Sketchy, Comic, asiatische Tattoos und auch
die von den Maoris. Momentan boomen auch
biomechanische Vorlagen und Trash Polkas.«

Obwohl ich keine Ahnung habe, wovon er
spricht, nicke ich eifrig mit meinem Kopf.

»Nun zu dir. Möchtest du erfahren, ob
deine Haut für ein größeres Tattoo geeignet
ist?«

In meinem Kopf wirbeln die Gedanken
durcheinander wie Blätter in einer Windrose.
Ganz nah und doch nicht wirklich greifbar

für mich. Wann habe ich zuletzt etwas wirklich Verrücktes gemacht? *Du bist volljährig und kannst machen, was du willst*, dröhnt es in meinen Gehirnwindungen. Ein anderes Gedankenteufelchen flüstert mit verzerrter Maske, dunkel wie die Nacht, eine frische Demotivation zu: *Traust dich eh nicht, du Feigling.* Zu guter Letzt erscheint in meinem Kopf meine Mum. Sie droht mit erhobenem Zeigefinger: *Mach das nicht. Du kannst es nie wieder rückgängig machen. Es bleibt lebenslang auf deiner Haut.* Ich schüttle meinen Kopf, um all die lästigen Gedankengänge frei zu bekommen.

»Was ist los mit dir? Geht's dir nicht gut?«

Besorgt beugt sich Finn zu mir, legt mir seinen Zeigefinger unter das Kinn und hebt sachte meinen Kopf an. Sein Blick durchbohrt mich und ich stöhne leise auf.

»Nein, geht schon. Du holst mich nur gerade aus meiner Komfortzone heraus. Es ist absurd, dass ich vor einer Entscheidung stehe, die ich in Gedanken bereits hundertmal getroffen habe. Natürlich mache ich das Tattoo. Aber nur klitzeklein. Kannst du mir zwischen Zeige- und Mittelfinger der linken Hand einen kleinen Mond tätowieren?«

Finn zieht einen Schmollmund und denkt ein paar Minuten nach.

»Was bedeutet für dich dieses Motiv?«

»Luna, die Mondgöttin«, schießt es aus meinem Mund heraus. »Links deshalb, weil es die Seite für Anima ist und für meine Vergangenheit steht.«

So, jetzt ist es heraus. Meine Einstellung, wie ich über die mystische esoterische Seite denke. Seit dem Tod meines Vaters habe ich mich viel mit dieser Szene beschäftigt. Und mir alles einverleibt, was ich unter meine Finger bekommen konnte. Bücher, Zeitschriften, Vorträge, eben alles, was damit zu tun hat. Meinen ersten Grad in Reiki habe ich ebenfalls absolviert und für sehr gut befunden. Für mich persönlich ein absolutes Highlight. Ein Gamechanger vom Feinsten. Der mir mehr geholfen hat als die oft langweiligen Gespräche in der Selbsthilfegruppe, ständig unter Beobachtung meiner Mum. Vermutlich meinte sie es nie böse, aber ihre Schwingen über mir waren immer ausgebreitet. Als Schutz, aber mit großem, beengenden Gefühl für mich.

»Eine gute Wahl. Meinst du den Gegenpol zu meinem Tattoo?«

Er streckt mir seine rechte Hand entgegen und spreizt mit seiner Linken Zeige- und Mittelfinger. Vor mir sehe ich genau die männliche Variante mit der Sonne. Ich werde verrückt, ticken wir wirklich so gleich?

»Augenblicklich habe ich das Gefühl, dies alles ist schon mal passiert. Ein Déjà-vu vom Feinsten.«

Mit weit aufgerissenen Augen starre ich den jungen Mann vor mir an, als ob er ein Alien wäre. Direkt aus dem Weltall gefallen.

Die quälenden Bilder in meinem Oberstübchen sind blitzartig verschwunden. Eine Bestätigung dieser Art hätte ich nie erwartet.

»Seit ich dich kennengelernt habe, steigt das gleiche Gefühl immer öfter in mir hoch.«

Seine Finger spielen mit seinem blonden gelockten Haar.

Das anschließende Schweigen tut mir unendlich gut. Meine Füße setzen sich, unbeachtet meines Verstandes, fast von selbst in Bewegung. Angesteckt von meiner Unruhe, spielt Finn mit den am Tisch abgelegten Farbfläschchen.

»Was ist jetzt, packen wir es an?«

Seine Frage beendet meine Wanderung durchs Studio. Die Entscheidung ist gefallen. Egal wie dies alles ausgeht, fühle ich mich irgendwie anders. In meinem Bauch strahlt eine neue Sonne. Mein Solarplexus wird warm und strahlt Zuversicht bis zu meinem Kopf aus. Einfach so. Ich bin im Jetzt angekommen und bereit. Bevor ich es mir wieder anders überlege, setze ich mich auf den bequem aussehenden Sessel und lege meine linke Hand auf die Armstütze.

Finn legt alles für mein Tattoo bereit. Wie in einem Film verschwimmt die Umgebung für mich. Mein Fokus ist auf die Maserung des Tisches gerichtet, auf dem er gerade das Stencilpapier anfertigt. Danach legt er die Schablone in den Thermokopierer, um bei Bedarf das Motiv ein weiteres Mal verwendbar zu machen. Das Säubern der Hautstelle mit dem Desinfektionsmittel, lässt mich in eine gleichgültige Phase hineingleiten.

»An dieser Stelle tut es ein wenig mehr weh. Aber nur ganz kurz, da es ein sehr kleines Bild wird.«

»Warum?«

»Stellen, die dicht über dem Knochen liegen und wenig Fett und Muskeln als Polsterung haben, spürt man intensiver. Ich könnte dir aber ein wenig Zaubernuss auftragen. Dann tut es fast nicht mehr weh.«

Er streckt mir die Tube mit der flüssigen Hamamelis entgegen.

»Nein, brauchst du nicht. Ich halte das schon aus.«

Schnell schließe ich die Augen, als das erste Summen seine Schwingungen in den Raum sendet. Was nun folgt, ist für mich nicht nachvollziehbar. Später werde ich mich an Details nicht mehr erinnern. Der Schmerz ist aber erträglich. Ein leichtes Brennen und ein Ziehen bis zum Ellbogen. Danach nur mehr die Erkenntnis, es geschafft zu haben. Freude und Stolz brennen mehr in meiner Brust, als die tätowierte Stelle wehtut.

Meine Haut zwischen den Fingern ist von den vielen kleinen Stichen leicht gerötet. Lächelnd sieht mich Finn an und hält seine Hand dazu. Gemeinsam betrachtet wirken unsere Tattoos, als wären sie ein Ganzes. Sonne und Mond umarmen sich. Es sieht perfekt für mich aus.

»Ich reinige nochmal die Stelle und trage eine Salbe auf.«

Er werkelt an meiner Hand umher, ohne dass sie in meinem Sichtfeld ist. Sein Körper verdeckt völlig die Stelle.

»Außerdem decke ich sie dir mit einer Frischhaltefolie ab.«

Erst als Finn fertig ist, wird mir bewusst, dass es vorbei ist. Auf dem Tisch liegen noch gebrauchte Abwischtücher und die Einweghandschuhe. Schnell ist alles entsorgt und Finn wäscht sich mehrmals die Hände in dem tiefen Waschbecken hinter einem schön bemalten Paravent.

»Lass keine direkte Sonne darauf scheinen. Sollte sich ein Schorf darauf bilden, bitte nicht abkratzen, ansonsten sieht die Farbe nicht schön aus. In wenigen Tagen ist die Stelle abgeheilt. Ich werde es täglich kontrollieren, neu eincremen und abdecken.«

Seine Stimme klingt von weit her, gedämpft wie durch eine unbestimmte Entfernung.

In meinem Inneren beginnt eine komische, nicht beschreibbare Empfindung. Wie ein pulsierender Takt breitet sie sich bis in meinen kleinen Zeh aus. Auch nach oben steigt das sanfte Vibrieren und dehnt meinen Brustraum aus. Was passiert da mit mir?

Verwundert sieht Finn, der sich gerade mit einem kleinen Handtuch die Finger abtrocknet, auf die Vitrine. Hier sind die Fläschchen mit den Tattoofarben geordnet hinter Glas aufgereiht. Er schüttelt seinen Kopf, als ob er … unsicher ist.

»Ist alles okay?«

Durch das Beobachten lenkt er mich von meiner eigenen Empfindung ab. Diese tritt sogleich in den Hintergrund, als ob sie nie dagewesen wäre.

»Das verstehe ich nicht,« murmelt er. »Ich habe doch die Farbe noch nicht zurückgestellt. Wieso ist sie da drinnen?«

Von dem bereits gereinigten Tisch nimmt er das dunkle Fläschchen hoch, schüttelt es noch mal auf und hält es gegen das Licht.

»Ach egal, ich rede mal mit Pa darüber, wenn er heute Abend auftaucht. Kannst du abends noch mal vorbeisehen, damit ich alles überprüfen kann?«

Ich sehe ihm seine Unsicherheit an und fühle, dass irgendetwas ganz und gar nicht stimmt. Doch das Tattoo ist in Ordnung. Auch die Sicherheitsvorkehrungen hat er alle durchgeführt. Schnell bin ich beruhigt.

»Natürlich komme ich noch vorbei. Passt es so gegen zwanzig Uhr?«

»Du bist die Beste. Ja, das ist in Ordnung. Lege dich ein wenig aufs Ohr, damit die Selbstheilung sofort beginnen kann.«

Mit diesem Tipp hilft er mir in meine Jacke und begleitet mich direkt vom Studio nach draußen.

Die frische Luft tut mir gut. Wir verabschieden uns mit einer freundschaftlichen, kurzen Umarmung. Auf dem Heimweg kommt dieses eigenartige Gefühl langsam wieder zurück. Bevor ich mich aber weiter darauf konzentriere, bemerke ich, wie müde ich geworden bin. Voller Aufregungen war die letzte Stunde gewesen und sie hat mir viel von meiner Energie geraubt. Finn hat das vor mir bemerkt. Ich werde mich gleich hinlegen und ein wenig in der neuen Serie schmökern. So kann ich mich entspannen.

Kurze Zeit später, lassen mir ein Glas Wasser und meine kuschelige Decke wenig Chancen wach zu bleiben. Ich drifte ab in eine Traumwelt mit neuartigen Bildern. Hätte ich zu diesem Zeitpunkt bereits gewusst, was auf mich noch alles wartet, wäre ich nicht im Mindesten so entspannt auf meiner Couch gelegen.

Der restliche Nachmittag erscheint mir kurz, wie die Stoppeln eines Weizenfeldes nach der Ernte. Außerdem fühle ich an meiner linken Hand die Nachwirkungen der Verschönerung meiner Haut. Diese Stelle hat es in sich. Sie entpuppt sich zu einem stacheligen Gefühl, das mich an die Ährenstoppeln im Spätsommer erinnert. Genauso fühlte es sich als Kind an, wenn ich barfuß querfeldein über den geschnittenen Weizen lief. Nach oben offen, bis hin zum azurblau freigelegten Himmel. Unter meinen Fußsohlen der goldene Grund. Bei dem abendlichen Bad hörte man mich sicher kilometerweit stöhnen, weil die offenen Stellen wie Feuer brannten, an denen meine empfindliche Haut auf den Füßen von den abgeschnittenen Halmen angeritzt war.

Das weichste Handtuch mutierte zur kratzigen Reibeisenfläche. Auch wenn meine Mutter versuchte, die roten Stellen sachte abzutupfen. Unvergessliche Erinnerungen an flimmernde Hitze und den typischen Geruch der Freiheit stehlen sich in mein Gemüt und lenken von dem aktuellen Schmerz ab. Mein Blick auf die Uhr zeigt mir an, dass es höchste Eisenbahn ist, aufzustehen. Schließlich habe ich noch einen wichtigen Termin bei Finn. Doch irgendwie komme ich nicht in die Gänge. Wie Blei hängen meine unteren Extremitäten an mir. Auch der durch das ständige Aufwachen oft unterbrochene Schlaf konnte meine innere Unruhe nicht beseitigen. Kurz flammt ein Bild vor meinem inneren Auge auf, mit dem wachsbleichen Gesicht eines mir nicht bekannten kleinen Mädchens. Ihre großen Augen verfolgen mich bis in den Wachzustand. Erholung schreibt man anders. Beim Reflektieren meiner traumverbundenen Vision schwappt noch der Hall einer zarten Stimme in meinem Ohr nach. Sie forderte mich mit Nachdruck auf: *Hilf mir!* Vielleicht sollte ich auf keinen Fall mehr beim Fernsehen einschlafen. Es ist wirklich schwer, danach Realität und Filmhandlung auseinanderzuhalten. Indem ich mit mir selbst schimpfe, beruhige ich mein schlechtes Gewissen.

Der kurze Spaziergang hat mir gutgetan. Von weitem sehe ich das hell beleuchtete Haus von Finns Eltern. Was mich aber ein wenig beunruhigt, sind die Stimmen, die laut und deutlich zu hören sind. Obwohl ich glaube, dass niemand mein Klopfen an der Haustür gehört hat, öffnet sich sofort die Tür weit. Durch das Halogenlicht des Flurs geblendet, sehe ich von dunklen Feldern umrahmt in das aufgelöste Gesicht von Finns Mutter. Sie zieht mich sogleich zur Schuhablage hin, streift mir die Jacke ab und dabei knallt die halbangelehnte Tür laut zu.

»Oh, es tut mir leid. Das war keine Absicht. Wie gut, dass du da bist. Wir müssen etwas klären.«

Kalkweiß ist ihr Gesicht dabei. Hätte ich sie nicht anders kennengelernt, würde sie mir zu diesem Zeitpunkt wie eine fremde, egozentrische Person vorkommen.

Aus dem Studio höre ich Finn mit seinem Vater lautstark diskutieren.

»Wie konntest du nur ... ohne mein Wissen ... habe es dir verboten!«

Fremd und erschreckend durchdringend schallt die Stimme bis zu uns. Wie mag es da erst Finn damit gehen. Um jemanden kennenzulernen, ist das definitiv nicht der richtige Zeitpunkt.

»Ich mache mich lieber wieder vom Acker«, murmle ich in den Kragen meines Rollpullis.

»Nein, das geht auf keinen Fall. Wir müssen dringend mit dir reden.«

Immer aufgeregter wird die zarte Frau mir gegenüber.

»Es tut mir so leid. Ach, übrigens, nenne mich bitte Stella.«

Sie umarmt mich überraschend fest. Meine Arme baumeln immer noch neben mir.

Um den Zwischenraum meiner wunden Finger zu schützen, verstecke ich sie unter dem Ärmel. Nur mehr meine Fingerspitzen sehen hervor, weil ich vor Nervosität das Ende mit dem Daumen festhalte. Wir drehen beide den Kopf, da sich eine ungewöhnliche Stille im Raum ausbreitet. Aus dem Studio ist nichts mehr zu hören.

»Komm, wir gehen zu ihnen.«

Wieder zieht sie an meinem Ärmel, da sie meinen inneren Kampf und die sich ausbreitende Panik spürt.

»So schlimm wird es nicht werden. Für alles gibt es eine Lösung.«

Wo bin ich da nur hineingeraten? Inzwischen pulsiert mein Herzschlag wie in alten Panikzeiten. Anscheinend kann Stella es auch an meinem Gesichtsausdruck sehen, da meine Lippen längst wieder lautlos die Anti-Panik-Wörter herunterspulen: *Palumstraße 4, Am Kreisweg 7, Tulpenstraße 2, Heldenplatz 59 und Waldstraße 1. Ihr seid meine Rettung*, denke ich und bemerke, dass Stella einen Punkt an meinem Handgelenk drückt.

»Spürst du die Wirkung?«, fragt sie mich, indem sie überprüfend meine Halsschlagader beobachtet. »Es wirkt immer fast sofort. Bald fühlst du dich wohler.«

Ein sanftes Handtätscheln beendet einen Vorgang, den ich nicht nachvollziehen kann. Plötzlich bin ich auf einen Schlag völlig ruhig. Die Wirkung des Straßennamen-Rezitierens funktioniert zwar auch verlässlich, doch wesentlich langsamer. Ganz sicher bin ich immer noch nicht, was das eben war. Ich gehe davon aus, dass sie weiß, was sie tut. So gewappnet mit natürlichen Anti-Stress-Drogen lenke ich meine Aufmerksamkeit wieder auf das Jetzt.

»Da bist du ja.«

Finn kommt um die Ecke des Flurs und drückt mich fest an sich.

»Wie fühlst du dich? Fällt dir etwas Ungewöhnliches an dir auf? Konntest du ein wenig schlafen?«

So viele Fragen auf einmal. Schnell überfordert es mich, wenn meine Person im Mittelpunkt des Geschehens steht. Eigenartigerweise juckt mich das gerade nicht wirklich. Mein Pulsschlag ist fast nicht fühlbar. Was für mich bedeutet, dass alles zumindest mit meinem Körper in Ordnung ist.

»Ich fühle mich nur ein wenig benommen und durcheinander, aber es geht mir gut. Stimmt etwas nicht mit mir? Wieso seht ihr mich so eigenartig an?«

Und zu Stella gewandt, purzelt fast ohne mein Zutun, eine für mich wichtige Frage heraus. »Zeigst du mir, wie man das macht?«

Mein Finger deutet auf die besagte Stelle am Handgelenk, die durch Stellas Druckreiz so sagenhaft entspannend auf mich gewirkt hat.

»Gerne! Wenn dich das wirklich interessiert, können wir uns mal Zeit dafür nehmen.«

Ihre Augen sehen mich verträumt an. Wo ist der Schrecken von vorher geblieben? Wenn nur das Sprechen darüber so eine Auswirkung hat, will ich das unbedingt erlernen.

Finn blickt zwischen unseren Gesichtern hin und her. Das Fragezeichen steht in seinem Ausdruck geschrieben.

»Erst müssen wir wichtigere Dinge klären.«

Stella schiebt ihren groß gewachsenen Sohn und mich vor sich her, Richtung Studio.

Im Türrahmen steht ein dunkel gekleideter Mann. Wie eine Kopie von Finn, nur mit schwarzen Locken anstelle der blonden Haarpracht. Ein paar Falten im Gesicht mehr, dennoch sehr gutaussehend. Was mich aber irritiert, ist sein strenger Ausdruck. Seine Körperhaltung, steif und präsent, lässt ihn noch etwas größer erscheinen, als er tatsächlich ist.

»Das ist also Mara.«

Er nickt mir kurz zu und zieht sich sogleich ins Studio zurück, um uns Platz zu machen.

»Ich bin übrigens Oscar.«

Vorsichtig bewege ich mich, immer die Nähe von Finn suchend, in den Raum hinein. Noch vor wenigen Stunden habe ich dieses Zimmer völlig anders gesehen. Durch die

Schwärze der Dunkelheit von draußen leuchten die Lampen darin wesentlich greller. Bis in mein Inneres ausgeleuchtet komme ich mir vor. *Fast wie auf einer Theaterbühne,* antwortet meine innere Stimme.

»Wir müssen reden.«

Tiefklingend und mysteriös klingt der Bariton seines Stimmvolumens.

»Es gibt einen Vorfall, den wir dir nicht verschweigen können, auch wenn es uns die gerade erst begonnene Existenz kosten könnte.«

Was schwafelt dieser Mann da vor sich her? Als ob ich jemanden die Existenzgrundlage nehmen könnte. Wenn der wüsste, dass ich ständig mit meinen eigenen Gedankenteufelchen zu tun habe und damit bereits überfordert bin. Dass ich wirklich keine Zeit habe für die Sorgen anderer.

»Setzt dich hin«, fordert mich Finns Mum auf. »Es geht um folgendes ...«

Sie verstummt auf einen Wink von Oscar hin.

»Vor einigen Tagen«, begann er seinen Bericht, » ... kam ein Päckchen per Post für mich. Darin befand sich ein dubioser Brief, über den ich mit dir sprechen möchte.«

Sein Blick schweifte kurz zu Finn, bevor er weiterspricht.

»Es handelte sich um eine Anfrage zu einem besonderen Tattoo. Seit Jahren bin ich in der Szene bekannt, detailgenaue Porträts von Verstorbenen auf die Haut zu bannen.

Die Trauerzeit zu verarbeiten, hat viele Seiten. Jede Krise im Leben eines Menschen wird mit besonderen Emotionen verknüpft. Wenn ein geliebter Mensch stirbt, kann dies die Art sein, das Unaussprechliche mit diesem Symbol zum Ausdruck zu bringen. Manche möchten sich auch das Geburts- oder Sterbedatum dazu stechen lassen, um es niemals mehr zu vergessen.«

Tief atemholend pausiert er kurz. Auch bei ihm hört man eine gewisse Aufregung in der Stimme.

»Nun, oft bewegt man sich da aber am Rande des Erlaubten. Was in Amerika schon fast Tradition in der Tattookunstwelt ist, wird bei uns hier noch strengstens verboten.«

Jetzt komme ich gar nicht mehr mit. Was will er mir sagen? Ich habe doch nur ein kleines Tattoo mit meiner Mondgöttin erhalten! Fest drücke ich meine Augen zu, zwinkere ein wenig, um mir die Gegenwart bewusster zu machen.

»Bisher habe ich mich immer außen vor gehalten, wenn es um diese besonderen Wünsche ging. Da ich nicht das Gesetz brechen will, hagelte es von mir Absagen. Obwohl manche mich mit horrenden Summen verführen wollen. Doch ich blieb fest bei meiner Entscheidung und immer standhaft.«

Ein Schluck Wasser aus dem benützten Glas, hinterlässt einen sonderbaren Glanz auf seinen Lippen. War das vielleicht gar kein Wasser, sondern Gin oder Wodka? Finn zuckt mit seinen Schultern und presst seinen Körper tiefer in die grüne Polsterung des Sessels, auf dem er sitzt. Stella geht währenddessen immer auf und ab. Bis zum Schrank und wieder retour zum Fenster. Sie schleicht eher, denn die Schritte wirken wie lautlos und zeitlupenartig verzögert.

»Setzt dich doch endlich hin. Du machst mich noch unruhiger, als ich schon bin.«

Grimmig blickte Oscar in ihre Richtung.

»Lass mich in Ruhe. Bei diesem Thema kann ich nicht sitzen und nichts tun.«

Das war ein klares Statement von ihr.

»Nun gibt es noch ein weiteres Detail zu dieser Anfrage. Es handelt sich um einen Vater, der seine kleine Tochter, etwa fünfjährig, vor kurzem verloren hat. Sie wurde Opfer einer ungeklärten Straftat mit Todesfolge. Der Mörder wurde nie gefasst. Erst Tage später fand man die Leiche der Kleinen. Nach dem üblichen Prozedere der Spurensicherung konnte dem Vater, Wochen später, die Urne übergeben werden. Bevor er jedoch dieses Gefäß im Familiengrab bestattete, entnahm er einen kleinen Teil der Asche und ließ ihn von einem Anbieter aus den USA von Schwermetallen und Gasrückständen reinigen und mit einer Tattoofarbe mischen. Ziel war es, mit dieser Farbe ein Porträt seiner Tochter in seine Haut zu tätowieren, um eine ewige Verbindung mit ihr einzugehen.«

Eine kleine Pause entsteht zwischen seinen Worten, indem er seinen Gedanken nachhängt.

»Einen kleinen Teil dieser Farbe schickte er mir als Stechprobe in einem Paket. Um mich abends daran zu erinnern, eine Absage zu schreiben und die Farbe zu retournieren, ließ ich das Fläschchen mit der Farbe am Tisch stehen.«

Seltsam anders klingt seine Stimme. Voller Scham und durchtränkt von Schuldgefühlen.

»Finn hat diese Farbe zum Stechen deines Tattoos genommen. In der Annahme, dass es normale Farbe ist, die wir immer hier verwenden.«

»Und ich habe beim Saubermachen den Karton mitgenommen, der vielleicht Skepsis bei Finn hervorgerufen hätte.«

Stella wirkt verzweifelt, gleichfalls voller Gewissensbisse.

Meine Gedanken sind … still. Einfach still. Als ob sie nicht tagtäglich ihre Endlosschleifen in den gewohnten Bahnen ziehen. Wie ein Stoppschild in meinem Kopf, leuchtet es auf meiner inneren Leinwand nur rot auf. Das ist alles. Der einzige Gedanke, der noch vorhanden ist, pocht im Gleichklang unaufhörlich weiter: *Wer bist du nun?*

»Lasst ihr doch Zeit, sich zu sammeln. So eine Botschaft muss man verdauen. Nicht jeden Tag ereilt einen eine Nachricht dieser Art.«

Oscar greift nach meiner Hand.

Aber ich kann es nicht spüren. Von fern, wie ein sanftes Rauschen, höre ich meinen Lebenssaft in mir. Gleichmäßig zieht sich, im Takt meines Daseins, in meinem Herzzentrum ein unermüdlicher Muskel zusammen. Um kurz darauf wieder loszulassen. Daneben tickt eine Uhr. Die Zeit steht nicht still. Wie aus einer Ohnmacht erwacht, komme ich zu mir. Verflixte Situation, in die ich geradewegs hineingeflutscht bin. Mit einem tiefen Atemzug stemme ich mich aus der Polsterung des Sofas heraus und richte meine Wirbelsäule aus.

»Hier, trink. Es ist nur Wasser.«

Stella reicht mir ein milchig aussehendes Glas mit kleinen eingravierten Sternchen.

»Magst du eine Scheibe Zitrone dazu?«

Ihr fragender Blick bohrt sich in mich hinein. Eigentlich wollte sie mich sicher fragen, ob ich okay bin.

Manchmal macht der Mensch Dinge, wenn er gestresst ist, die später nicht mehr nachvollziehbar sind. Meine Reaktion auf diesen ganzen Mist ist nicht Flucht, sondern im Gegenteil, Angriff auf voller Linie.

»Ich möchte den Brief lesen.«

Ein kleiner Rülpser steigt in meiner Kehle auf und ich lasse ihn ungehindert nach draußen. Dieses Mal, ohne mich dafür zu schämen. Mir ist einfach danach.

Finn reicht mir zwei bedruckte Seiten. Ohne Schnickschnack präsentieren sich darauf die unschuldigen Buchstaben. Die mein junges Leben so verändern.

»Das Farbenfläschchen möchte ich auch in der Hand halten.«

Ohne Widerrede holt Oscar das inzwischen weggesperrte Plastikfläschchen mit der

Aschetinte darin.

»Hier ist auch noch ein Foto.«

Dieser einfache Satz löst die Handbremse in meinem Gehirn. Wie ein Sack falle ich um, direkt in die Arme von Stella. Der Aufprall wird durch ihr Abstützen gemildert, doch beide stöhnen wir laut auf. Blitzschnell laufen Finn und sein Vater zu uns und helfen uns auf die Beine. Etwas wackelig stehen wir uns gegenüber. Oscar hat immer noch die Tattoofarbe in der Hand.

»Wenn niemand verletzt ist, schlage ich vor, dass Mara in Ruhe den Brief liest und wir währenddessen in der Küche auf sie warten.«

Während er mich prüfend anstarrt, reagieren Finn und Stella sofort. Zügig verlassen sie den Raum. Oscar gibt mir das Farbenfläschchen in die Hand, folgt ihnen und schließt die weiße Holztür von außen.

Außer dem Ticken einer Uhr, die nicht zu sehen ist, holt mich die Stille des Studios wieder zurück in den Normalmodus. Zweifelnd wackle ich mit meinen Zehen, bewege die Arme mit dem zwischen den Fingern eingeklemmten Brief und suche den Arbeitstisch nach einem Foto ab. Mein Blick fällt sofort auf das Gesicht der Kleinen, welches mir längst bekannt ist. Seit meinem kurzen Traum am Nachmittag habe ich diese Augen ständig vor mir. Ich kenne sie und weiß trotzdem nicht, wer sie war. Sanft plumpse ich in den bequem aussehenden Sessel neben der Massageliege und beginne mit meiner Spurensuche, indem ich den Brief des unbekannten Vaters lese. Voller Emotion fühle ich mich in die Lage dieses Mannes ein. Wie würde ich reagieren? Könnte mich ein Gesetz aufhalten, das eine ewige Verbindung verbietet? Ist das wirklich verwerflich, was sich dieser tief betroffene Mensch sehnlichst wünscht? Anzugträger haben hier ethische Regeln für Handlungen aufgestellt, von deren Zustandekommen sie null Ahnung haben.

Nach einer gefühlten Ewigkeit starre ich noch immer auf das kleine blonde Wesen. Ihr Name ist Paulina Zopf. Doch ihre Haare waren nicht geordnet und geflochten, sondern standen wirr von dem zarten Kopf ab. Als ob sie gerade auf einer Schaukel am Spielplatz immer wieder Schwung geholt hätte. Dem blauen Himmel entgegengeflogen wäre, um zurück im Schatten einen neuen Anlauf zu starten. Fein und blond umrahmt das Gespinst auf ihrem Kopf einen fröhlichen Gesichtsausdruck. Die graugrünen Augen blitzen vor Übermut und Schalk. Unscharf zeigen sich ihre Hände. Wahrscheinlich war sie beim Fotografieren in Bewegung gewesen. Das kurze honigfarbene T-Shirt mit bunten Luftballons darauf zeigt eindeutige Gras- und Lehmspuren. Ebenso die umgeschlagene khakifarbene Hose. Dünne lange Beine staken in farbverblassten Mädchensandalen. Irrwitzig sehen die Lederstreifen darauf aus. Denn sie haben ihre frühere Farbe verloren. Vielleicht beraubten kleine wendige Finger sie ihrer Schönheit, indem sie unruhig hin- und her rieben. Auch ich habe als Kleinkind immer mit den Schuhbändern gespielt, wenn ich warten durfte. Wie gut verstehe ich Paulina. Nur eine Sekunde lang.

Gleich einer Tsunamiwelle spült die Gewissheit wieder diese Nähe fort. Sofort vernichtet diese empathische Gefühlswelle alles, an was ich glaube. Sie nimmt mir die Hoffnung auf eine bessere Welt und lässt mich in einem tiefen, schwarzen Tal zurück. Niemand wird mich je mehr finden und retten. Genauso wie Paulina werde ich verschwinden. Zumindest das, was mich bisher ausgemacht hat. Die Mara von gestern gibt es nicht mehr. Eine leere Hülle von mir sitzt, einen Brief und ein Foto in der Hand, mit tränenden Augen in einem fremden Tattoostudio. Und versteht die Welt nicht mehr. Wie konnte dies alles geschehen? Warum fühle ich so, obwohl ein Teil von einem Kind ganz nah bei mir ist?

Sollte ich nicht als Erstes an mich selbst denken? Vorsichtig lege ich die Utensilien zurück auf den Tisch. Unschuldig sehen sie aus. Wie eben ein Brief und ein Behälter mit Farbe sein sollen. Doch nicht in meinem speziellen Fall.

Langsam setze ich mich in Bewegung, in Richtung der aufgeregten Stimmen. Die Diskussion ist in der Küche immer noch im Gange. Leiser als vorhin, doch spinnt die Geräuschkulisse fleißig an einem Netz. Aus dem ich nicht mehr entkomme, egal für welchen Weg ich mich entscheide. Wie verfahren die Lage ist, wird mir heute nicht mehr im vollen Ausmaß bewusst.

Finn springt auf, als ich im Türstock erscheine.

»Komm an den Tisch, ich überprüfe noch das Tattoo und gebe frische Salbe darauf.«

Oscar reicht ihm die bereitgelegten Utensilien.

Wortlos lasse ich alles über mich ergehen. Die besorgten Blicke von Stella erinnern mich an meine Mum und lösen eine Sehnsucht nach zuhause aus. Greifbar spüre ich, an einem fremden Ort, die Liebe aus dem übervollen Topf meiner Familie. Sogar die Erinnerung an meinen Vater lässt mich immer noch erahnen, wie stark die Verbindung sein kann. Obwohl sie aus einer anderen Welt zu mir fließt und mich sanft ummantelt. Jetzt begreife ich. Egal, was auf mich zukommen

wird. Durch meinen Versuch, alles zu verstehen, katapultiere ich mich in eine Schwingung. Nur Menschen, die im Gleichklang
existieren, können dies an Körper und Seele
spüren.

»Ich bringe dich nach Hause.«

Finn hat gerade die neue Folie zwischen
meinen Fingern befestigt.

»Schlafe einmal über das Ganze und morgen sprechen wir darüber.«

»Wir lassen dich nicht alleine damit. Jederzeit kannst du zu uns kommen!«

Stella streicht mir sanft über die Wange.

»Danke«, stammle ich unbeholfen.

Vor zwei Tagen wusste ich nicht einmal
von ihrer Existenz und heute erfahre ich eine
Nähe, die ich nicht zuordnen kann.

Finn hat inzwischen meine Jacke geholt
und mit einem Winken verlasse ich diesen
Schicksalsort. Wartend stehen die Schuhe im
Flur. Hat das Leder, aus dem sie gemacht
wurden, auch noch eine Seele des Tieres in
sich? Ist vielleicht sogar Schmerz darin gespeichert, wenn das Tier qualvoll verendet
ist? Darüber will ich nicht mehr nachdenken.
Zu intensiv fühle ich mich den Energien der
Erinnerung ausgesetzt.

Ziemlich still ist es auf dem Heimweg. Finn
hat aus Schutz vor der abendlichen Kälte
seine Hände in den Jackentaschen verborgen. Der Kopf ist gebeugt und er starrt auf
den Gehweg. Man merkt, dass auch er sich

schuldig fühlt. Ein kleiner Fehltritt, mit großen unbekannten Auswirkungen, kann auch seinen Lebensweg beeinflussen. Je nachdem, wie ich mich in Zukunft verhalte. So vieles fordert von mir eine Positionierung ein. Wenn Wissenschaftler es nicht schaffen, emotionslos über diese Aschegeschichte zu diskutieren, kann es auch keiner von mir verlangen. Zumindest nicht in den nächsten Tagen.

»Du, ich möchte morgen zuhause bleiben«, beginne ich ein wenig zaghaft. »Mit dir hat das nichts zu tun. Aber ich muss meine Gedanken sammeln.«

»Verstehe ich.«

Finn ist kurz angebunden. Auch nicht verwunderlich.

»Meldest du dich bei mir, wenn es wieder passt?«

Hoffnungsvoll ist sein kurzer Blick. Von fern schreit ein Kauz und das Rascheln am Wegrand zeigt mir auf, dass wir nachts nicht alleine unterwegs sind.

»Natürlich, aber sorry. Alles ist mir zu viel.«

Finn nickt, zögert und umarmt mich dann doch noch kurz und fest.

»Schlaf gut.«

Rau klingt seine Stimme.

Das Flimmern des Fernsehers lässt Lichtblitze durch die offene Wohnzimmertür aufleuchten, in schnellem Wechsel von dunklen und hellen Erscheinungen, als ich unsere Wohnung betrete. Mum ist auf der Couch eingeschlafen. Wahrscheinlich hat sie auf mich gewartet.

»Ich bin wieder da«, flüstere ich in ihr Ohr und richte die flauschige Decke, damit ihr nicht kalt wird.

Wie sie es schon tausendmal bei mir gemacht hat.

»Oh, ich bin eingeschlafen.«

Verwirrt streckt sie sich lang, um erneut eine angenehme Position zu finden.

»Mum, ich bin sehr müde und gehe gleich ins Bad. Bis morgen.«

Eine Kusshand in ihre Richtung werfend, bestätigt die Verbindung durch unser abendliches kleines Ritual.

»Lass mich morgen bitte schlafen, ich fühl mich nicht so gut. In der Schule ist sowieso nicht viel los. Da versäume ich fast gar nichts.«

»Natürlich Schatz. In deinem Alter kannst du das selbst entscheiden. Wenn du mich brauchst, rufe mich einfach im Dienst an.«

»Das mache ich, Mum. Danke!«

Im Badezimmer fällt mein Blick sofort auf meine Hand. Hat sie gar nicht bemerkt, dass ich einen kleinen Verband trage? Morgen ist auch noch ein Tag. Dann werde ich sie über alles informieren. Und hoffen, dass sie mich versteht. Wie bei einem Autopiloten setze ich einen Schritt nach dem anderen, bis mein Körper die Matratze unter sich spürt.

Frau Bader, die Gruppenleiterin der Selbsthilfegruppe, hat mir eine Atemtechnik gezeigt, die mich besser einschlafen lässt. An diesem Abend fällt es mir schwer, nur mehr meiner Atmung Präsenz zu geben. Doch immer tiefer werden meine Luftzüge, je länger ich mich ihnen intensiv widme. Irgendwann verliere ich dadurch den Kontakt zur Wirklichkeit und gleite langsam in meine Traumwelt ab.

Die Nacht verlief ereignislos. Zumindest was meine Träume betrifft. Erst in der Morgendämmerung beginne ich das Tagesgeschehen vom Vortag zu reflektieren. Ich sollte den Tag nützen, um für die Prüfungen zu lernen. So lautet der Plan. Doch nach dem einfachen Frühstück mit Tee und Porridge mache ich den Fehler, in der Suchleiste von Google Paulinas Namen einzugeben. Sogleich kommen tausende Treffer. Hätte ich nicht schon gut gefrühstückt, wäre es fatal ausgegangen. Die Hefezöpfe, die auf meine Eingabe *Zopf* auf der Bildschirmfläche erscheinen, zeigen sich goldbraun und verführerisch. Sogar mit vollem Magen beginnt die Lust auf Süßes in mir, das Vergnügen des Hineinbeißens zu suggerieren. Aus meinem Erinnerungskasten taucht, wie durch Zauberhand, der Geruch frisch gebackener, süß duftender Brötchen auf. Neben diversen Variationen von Backformen - tummeln sich auf meine Anfrage hin auch Berichte über Frisuren. Ein nett aussehendes Mädchen spendete sogar ihre langen Haare, die zu einem Zopf geflochten sind, an eine Organisation der Krebshilfe. Was machen denn die mit den Haaren? Verkaufen sie abgeschnittene Zöpfe oder hat es eher einen symbolischen Wert?

Ich drifte ab und die Zeit vergeht wie im Flug. Der große Zeiger auf der Küchenuhr rückt schon in Nähe des Elfers. Wie in den vergangenen Wochen verzettle ich mich und mein Pflichtbewusstsein holt mich endlich zurück. Vor mir liegen die Prüfungsunterlagen. Gelangweilt kämpfe ich mich durch viele eng beschriebene Seiten, bis mich mein Magen daran erinnert, dass die Mittagsstunde längst vorbei ist. Beim Warten auf das Aufwärmen des Fertiggerichtes in der Mikrowelle, blitzt ein Gedanke auf. Ich habe seit Stunden kein Bild von Paulina in meinem Gehirn. *Fast schade* finde ich das und doch beruhigt mich der Anschein, dass das Tattoo keine besondere Wirkung mehr hat. Vorsichtig hebe ich die Folie von meiner wunden Stelle zwischen den beiden Fingern ein wenig an und luge darunter. Unter der geröteten Haut kommen klare Linien zutage. Ein leichter Schorf hat sich gebildet. Unregelmäßig bedeckt er das wunderschöne Bild meiner Mondgöttin. Bald wird sie im tollsten Glanz erstrahlen. Nur für mich, denn ein anderer Mensch kann die Stelle nur schwer einsehen. Beim Betrachten lenke ich unbewusst die

Aufmerksamkeit gebündelt an die Stelle. Wie ein innerer Strom beginnt in meiner Körpermitte das Pulsieren. Doppelt schnell schlägt mein Puls. Wie ein Auto beim Sprint, steigert sich die anfangs kleine Welle drastisch und strömt in jede Zelle meines Körpers. Mit großen Augen starrt mich das Gesicht von Paulina an, direkt vor mir.

Ihr Körper erscheint durchsichtig, verschwindet an manchen Stellen, als ob die Energie vom Wind verweht würde. Die blassrosa Lippen formen das Wort *Hilfe*, bevor sie sich wieder auflöst und völlig aus meiner Realität verschwindet.

Wie kann ich dir helfen? Im Gegensatz zu dem toten Mädchen habe ich in Gedanken geschrien. Als ob sie die Worte noch erreichen könnten. Noch einmal flimmert ihr Gesicht, wie auf einem Gemälde das zu lange in der Sonne stand, auf. *Denke an mich, vor dem Einschlafen heute Abend*, lautet ihre Botschaft. *In deinen Klarträumen sprechen wir darüber.* Durch das Klingeln der Türglocke ist der ganze Spuk augenblicklich vorbei. Selbst mein angestrengtes Vorhaben, sie zurückzuholen, zumindest in meiner Vision, hilft nicht.

Erst nach dem Unterschreiben auf einem Paketzettel, beruhigt sich mein Herzschlag wieder. Aufregende Minuten habe ich für heute genug. Ich braue mir einen starken Kaffee, denn der Appetit auf das inzwischen kalte Fertiggericht aus der Mikrowelle ist mir

gründlich vergangen. Mit meiner Lieblings-
tasse, einem Geschenk meines Vaters, setze
ich mich nochmals an den Computer.
Schade, dass ich den vollen Namen von Paulinas Vater nicht kenne. Vage glaube ich,
mich an einen Vornamen zu erinnern, der
nicht alltäglich bei uns vorkommt. Dennoch
ist er irgendwie vertraut. Wie verwirrt mein
Geist sein muss, erkenne ich an der Art, wie
ich über die ganze Sache denke. Paulina, dieser Name hat für mich nicht nur ein hübsches Gesicht. Emotional hat sie mich in den
letzten Stunden intensiv begleitet und läutet
auch eine sehr prägende Phase in meinem
Leben ein. Dies ist mir voll bewusst. Warum
habe ich diese Erscheinungen, wenn doch
Finns Vater das Tattoo von Paulina mit ihrer
Asche nie gestochen hat? Die Verbindung der
Welten dadurch nie aktiviert wurde? Bin ich
eine Auserwählte, anders als der Rest der
Menschheit? Wie ein Bienenschwarm in Auf-
ruhr, summt mein Kopf. *Ticke ich noch richtig*?

Je länger ich darüber nachdenke, umso
mehr komme ich zur Überzeugung, dass ich
bloß zur falschen Zeit am falschen Ort war.
Nichts als reiner Zufall, der diese Halluzina-
tionen bei mir auslöst. Oder hängt da noch
mehr daran? Das wäre schon cool. Ich als
Geisterbeschwörerin, spreche mit Toten. Vor
meinem inneren Auge platziert sich das Titel-
blatt einer Boulevard-Presse: Junge Frau ret-

tet Geisterkind und deckt ungelösten Mordfall dabei auf. Mein Körper schüttelt sich
kurz durch bei dieser Vorstellung. Das bin
nicht wirklich ich. *Komm wieder zurück auf
den Boden,* flüstert mir mein Bauchhirn zu.
Ein tiefer Atemzug, und das ungute Gefühl
verabschiedet sich sogleich.

Bis ich beim Betrachten der kleinen Pfütze
am Boden meiner Tasse, die ich drehend in
meiner Hand halte, eine Struktur entdecke.
Mit starrem Blick verfolge ich die verzweifelte
Aktion der letzten Tropfen, ihren flüssigen
Zustand zu erhalten. Vergeblich, wie es
scheint. Längst hat die warme Raumluft für
den Transformationsprozess hin zum Tro-
ckenzustand gesorgt. Entstanden ist ein un-
ansehnlicher braun umrandeter Fleck. Langsam zeichnet sich aber auch hier ein Gesicht
ab. Augenhöhlen erscheinen. Der Ansatz eines aufgerissenen Mundes bringt mich an
den Rand der Verzweiflung. Jetzt sehe ich
überall Paulinas Gesicht. Werde ich verrückt? Was soll ich nur machen, um diesem
Zustand zu entfliehen? Schnell springe ich
auf und lasse Wasser in die Tasse laufen. Sogleich verschwimmt das vermeintliche Gesicht und lässt einen braunen Sud zurück.
Wenn ich alles so einfach eliminieren könnte,
würde dann die Eintönigkeit des Alltags wieder zu mir stoßen? Kein Mensch kann mir
das sagen. Momentan ist dies auch nicht notwendig. Konversationen dieser Art glaube ich
sowieso nicht zu ertragen. Da hilft nur stures

Lernen. Mit wenig Motivation mache ich mich über die nächsten Kapitel der Prüfungsgeschichte her.

Erst als spät am Nachmittag Mum die Wohnungstür öffnet, komme ich in die Realität zurück. Zwischendurch war ich nur auf der Toilette und Wasser holen. In einem neutralen Glas, damit mich nichts vom Lernen ablenkt. Meinem Speicher für schulisches Wissen hat dies gutgetan. Er ist übervoll und glaubt alles zu schaffen.

»Du fleißige Biene«, säuselt mir Mum ins Ohr. »Hast du Hunger? Ich habe von der Kantine übriggebliebene Lasagne mitgenommen. Sogar vegetarisch, wie für uns gemacht und sehr lecker.«

Zufrieden erscheint mir ihr Gesichtsausdruck.

»War dein Tag gut?«, wage ich deshalb zu fragen.

Der genaue Bericht über zwischenmenschliche Zustände im Krankenhaus interessiert mich nämlich gar nicht.

»Ja, ich bin zufrieden. Wären doch mehrere Tage so friedlich. Stell dir vor, die neue Patientin aus dem Erste-Klasse-Zimmer hat mir sogar eine Schachtel Pralinen abgegeben. Da haben wir einen leckeren Nachtisch.«

Ihre Lachfalten bewegen sich, während sie spricht, im eigenen Rhythmus.

Wie liebe ich diese Frau. Nichts an meiner Mutter macht mich glücklicher, als wenn sie lacht. Ihre kleinen Fältchen neben den Augen auf der gebräunten Haut tanzen. Sich auf und ab bewegend, blitzt die Stelle dazwischen weiß und mit feinen Linien durchzogen hervor. Ob sie mich noch mit gleichen Augen betrachtet, wenn ich ihr von meinem Tattoo erzähle? Verurteilt sie mich, bevor ich die Chance habe, mich zu erklären? Aber nein, sie ist doch meine Mum. Die mich immer so annimmt, wie ich gerade jetzt bin. Wie komme ich auf diese Idee? Nie hat sie mir das Gefühl gegeben, Ballast in ihrem Leben zu sein.

»Du, Mum, ich muss dir noch etwas Wichtiges erzählen.«

Innerlich von meinen eigenen Gedanken gefestigt, habe ich sie endlich laut ausgesprochen.

»Hat das noch ein wenig Zeit meine Liebe? Deine Cousine Claudia steht vor einer wichtigen Zwischenprüfung und ich habe ihr versprochen, mich noch heute zu melden. Du weißt schon, ein paar offene Fragen beantworten und ein wenig Selbstvertrauen aufbauen.«

Tief seufze ich auf, grinse Mum aber dabei an. Die gute Mum, immer ist sie für alle da.

»Verstehe, dann machen wir es ein anderes Mal.«

Vielleicht ist es besser, wenn sie nichts davon mitbekommt. Schont ihre Nerven und meine dazu. Je weniger Reibungspunkte wir haben, umso mehr entsteht das freundschaftliche Gefühl. Darauf bin ich besonders stolz. Nicht jeder hat ein so gutes Verhältnis zu seiner Mum.

»Aber als Allererstes genießen wir das gute Essen.«

Gerade als sie den ersten Teller mit dem großen Stück dieser italienischen Delikatesse in die Mikrowelle schiebt, sieht sie mein vergessenes Dilemma vom Mittag.

»Du hast es ja gar nicht gegessen?«

Meine Schulterblätter heben sich leicht.

»Hab vor lauter Lernen alles um mich herum vergessen. Kommt nicht wieder vor, Mum.«

Verzeihen ist das Supertalent von Menschen, die dich wirklich lieben. Nie wäre es meiner Mutter in den Sinn gekommen, wegen Kleinigkeiten zu schmollen. Ihre Hand streicht über mein Haar und vermittelt mir damit: *Alles ist gut.*

Zum Telefonieren geht sie anschließend in ihr Schlafzimmer. Zwei der Zierpolster auf der Couch müssen für mich herhalten, um eine entspannte Lage zum Seelebaumeln zu finden. Festgedrückt harren sie aus, bis ich sie nach einer halben Stunde befreie. Zugegeben sehen sie nach meiner Behandlung faltig aus. Bis zum nächsten Gebrauch werden sie sich aber von allein wieder regenerieren.

Abends bemerke ich ein leichtes Kratzen im Hals. Über Nacht braut sich ein Angriff auf meine Stimmbänder zusammen. Krächzend, mit der zwischenzeitlichen Suche nach Taschentücher für die verschnupfte Nase, gebe ich via Handy meinem Klassenlehrer, Herrn Bracht, meine Erkrankung bekannt. Dies verhilft mir, außer für einige Stunden, in denen ich dahindämmere, zu zusätzlichen Lernstunden. Am Ende des dritten Tages stelle ich fest, alles Gelernte richtig gut intus zu haben.

Gut vorbereitet, mit jeder Menge gut sitzendem Lernstoff, absolviere ich meine Prüfungen am folgenden Tag. Ob ich sie mit Bravour geschafft habe, wird sich noch zeigen. Von fern sehe ich auf dem Gang zur Toilette Finn, mit dem Rücken zu mir, stehen. Noch bin ich nicht so weit, von mir aus auf ihn zuzugehen. Die nächtlichen Visionen haben aufgehört. Zu viel ist auf mich eingestürmt. Prüfungsangst und die Erkrankung haben meine Gedanken beherrscht. Paulinas Gesicht ist in meiner Vorstellung einer nächtlichen Dunkelheit gewichen. Ihrem letzten Aufruf, mich abends vor dem Einschlafen auf sie einzustimmen, bin ich nie gefolgt. Womöglich ist es bereits vorbei, bevor es richtig begonnen hat.

Wie ich Finn in Zukunft gegenübertrete, kann ich noch nicht festlegen. Fakt ist, dass ich Zeit brauche. Für mich und den Heilungsprozess meines Körpers. Auch die Haut über dem Tattoo ist inzwischen zur Gänze abgeheilt. Wenn ich mich alleine im Zimmer befinde, sehe ich nach, ob es noch vorhanden ist. An manchen Tagen kommt mir alles wie ein böser Traum vor, in dem ich mich selbst

als Schauspielerin wahrnehme. So von außen betrachtet, gleicht meine Geschichte fast
einem Rätsel. Gefühle und Gedanken ziehen
in den folgenden Tagen ihre Kreise. Immer
enger ziehen sie die Schlinge um mich.

Bei der Schulfeier zum Semesterende sehe
ich seit längerem Finn zum ersten Mal wieder. Toll sieht er aus in der hellen Jean und
den Sneakers. Ein dunkler Pulli verdeckt, bis
auf den Kragen, das Polo-Shirt. Übermütig
blitzt der türkisfarbene Kragen hervor und
wetteifert mit den strahlenden Augen. Mutig
stelle ich mich der Situation und gehe auf ihn
zu.

»Hallo, alles okay bei dir?«

Allgemeiner kann man keine Unterhaltung
beginnen. In meinem Bauch beginnt das altbekannte Summen und Vibrieren.

Mit der freien Hand streicht Finn ein paar
Haare aus meinem Gesicht und legt sie vorsichtig hinter mein Ohr. *Oh Gott, er sieht
meine großen Ohren*, ist alles, was ich momentan denken kann. Doch seine Pupillen
weichen nicht von meinen Augen.

»Wie fühlst du dich? Ist die gewisse Stelle
gut verheilt? Warum hast du dich nicht mehr
gemeldet?«

Ein leichter Vorwurf schwingt in seinem
Ton mit. Etwas gemäßigter spricht er leise
weiter.

»Als ich dich nicht mehr sah, versuchte
ich, Erkundigungen einzuholen. Wie es dir
geht, was du machst. Doch niemand wusste

richtig Bescheid. Tief in mir wohnt seit diesem Vorfall ein quälender Geselle, der mir das Leben schwer macht. Ohne Konzentration und energielos, versuchte ich halbherzig die Prüfungen zu schaffen. Wie ist es dir dabei ergangen?«

»Das wird sich noch weisen. Doch ich glaube, dass mir die zusätzliche Zeit zum Lernen geholfen hat.«

Noch mehr Probleme kann ich wirklich nicht gebrauchen. In der Nähe tuscheln ein paar Mitschülerinnen und sehen in meine Richtung.

»Mara, ich glaube, du hast es nicht geschafft. Vorhin, die Tür zum Konferenzzimmer war nur angelehnt, habe ich ein paar Ergebnisse aufgeschnappt. Ich bin mir ziemlich sicher, dass von dir die Rede war.«

Verena, die mich ansonsten kaum wahrnimmt, hat einen schadenfrohen Zug um den Mund. Gleichzeitig himmelt sie Finn an.

Soll ich dieser oberflächlichen und mobbenden Person wirklich glauben? Doch das Körnchen mit dem Zweifel beginnt augenblicklich in mir zu wachsen. Sein Wachstumshelfer mit dem Namen Schamgefühl wetteifert sogleich, wer mich am meisten fertigmachen kann. Wieso sauge ich Vermutungen wie ein Schwamm auf? Anstatt sie von mir zu weisen?

Finn reagiert sofort und holte mir ein Glas mit Orangensaft von dem Tisch an der Wand. Bereitgestellt für die Prüflinge.

»Trink erst mal, in Kürze hast du Gewissheit.«

Wenige Worte, doch kraftvoll drängen sie Zweifel und Scham zurück in die Versenkung.

Verena grinst mich noch frech an, bevor sie in die Klasse zurückschlendert. An ihrer Seite die Tratschtanten des Jahrganges. Ich weiß, wieso ich mich mit ihnen nicht abgebe. Zu viel von dem *Weißt du schon?* und *Habe ich es nicht gesagt?* kommt über ihre verlogenen Lippen. Schwer vorstellbar, ob sie doch die Wahrheit gesagt hat.

Unendlich lange kommt es mir vor, bis Herr Bracht das Klassenzimmer betritt. Den Umschlag mit den Zeugnissen darin balanciert er, wie ein Kellner das Tablett in der Gastronomie. Witzig zeigt er sich selten, eher angespannt und grüblerisch. Heute konkurriert aber seine Haltung mit einer bedenklich in Falten gelegten Stirn.

»Meine Damen und Herren. Leider haben es nicht alle geschafft, zur großen Prüfung im Frühjahr zugelassen zu werden. Manche davon haben mich überrascht mit ihren schlechten Noten. Andere haben sich leicht verbessert. Ich fange mit den positiven Bewertungen an.«

Name um Name fällt, ohne dass meiner aufgerufen wird. In den Gesichtern meiner Mitstreiterinnen sehe ich Erleichterung. Nicht so wichtig, wenn manche Noten mittelmäßig ausgefallen sind. Viel wichtiger ist allen, bei den Endprüfungen zugelassen zu werden.

»Nun kommen wir zu den letzten auffälligen fünf Schülern und Schülerinnen.« Eine kleine Pause entsteht, da sich der Lehrer über die Schreibtischlade beugt und einen weiteren Zettel herausnimmt.

Mir und den vier Verbliebenen steckt die Angst vorm Versagen im Hals. Verena kokettiert inzwischen mit ihrem Banknachbarn. Zwischenzeitlich grinst sie arrogant zu mir.

»Warum hast du mir nicht geglaubt? Ich habe es dir ja schon gesagt, dass du es nicht schaffst!«

Obwohl es bei einem Flüstern geblieben ist, drehen sich alle zu mir. Mitleidige Blicke, aber auch arrogante Gesichter fallen, in meiner Vorstellung, über mich her. Erst ein kurzes Klopfen auf den Schreibtisch erinnert alle an die Anwesenheit unseres Klassenvorstandes.

»Nun muss ich leider dem Rest der Klasse die negativen Bewertungen übergeben. Wer möchte, kann mich noch anschließend im Konferenzraum aufsuchen, um die Lage zu besprechen.«

Er räuspert sich kurz und nennt nacheinander die Namen, bis auf meinen. Längst sind die Bedauernswerten wieder auf ihren Plätzen eingetroffen. Ein paar Tränen fließen hinter mir, fast lautlos. Kurze Schulterklopfer zeigen die Anteilnahme von Freunden.

Doch was ist mit mir? Hat er mein Zeugnis vergessen? Heftig zieht die Aufregung ihre Bahnen durch meinen Körper. Ein leichter Schwindel macht sich bemerkbar, der mich die feuchten Hände am Pult wie festgenagelt erscheinen lässt.

»So, fast sind wir fertig. Bis auf Mara. Kommst du bitte zu mir vor die Klasse?«

Die Brille von Herrn Bracht rutscht bis auf seine Nasenspitze herunter. Schnell rückt er sie zurecht, steht auf und kommt doch mit dem für mich bestimmten Dokument auf mich zu. Langsam, im Schneckentempo, bewege ich mich vorwärts. Der bunte Designer-Rucksack von Lucy gerät zwischen meine Beine und gerade noch kann ich einen Sturz verhindern. Das hätte sicher jemanden gefreut, wenn ich flachgelegt worden wäre. Und das mit einem kleinen Rucksack. Wie peinlich ist das denn. Einen Blick zu Verena kann ich mir dennoch nicht verkneifen.

»Total überrascht hat mich Mara. Mit ihrer grandiosen Leistung verbesserten sich fast alle ihre Noten von Gut auf Sehr Gut. Gratuliere Mara, das ist ein sensationelles Ergebnis. Ich bin sehr stolz auf dich!«

Endlich strahlt sein Gesicht, und die Erleichterung ist auch von meiner Miene sicherlich abzulesen.

Die Klasse applaudiert verhalten. Nicht jeder gönnt mir diesen Moment. Verena stürmt, ohne die Freigabe von Herrn Bracht abzuwarten, aus der Klasse. *Geschieht ihr recht*, denke ich und habe deshalb kein schlechtes Gewissen. Wenigstens dieses Problem bin ich nun los.

Regungslos liege ich im Bett und kann nicht einschlafen. Nicht einmal die korrekt ausgeführten Atemübungen helfen bei meiner Entspannung. Einerseits beschäftigt mich immer noch dieser Moment vor der Klasse, bei dem ich fast innerlich explodiert bin vor Freude. Mit so einem guten Ergebnis habe selbst ich nicht gerechnet. Dieses Blatt Papier, verziert durch die Einser und Zweier, ermöglicht mir eine größere Freiheit bis zur großen Prüfung im Spätfrühling. Damit kann ich mich sofort bei einigen Firmen bewerben, einen Studienplatz für den Herbst belegen oder doch eine zusätzliche Ausbildung mit Diplom beginnen. Um noch viel mehr zu lernen, aber von nun an nur mehr das, was mich wirklich fesselt. Keine langweiligen Fächer mehr, die später sowieso niemand im Leben braucht.

Mit gerümpfter Nase und zugedrückten Augen spanne ich meine Muskulatur im oberen Schulterbereich an, um das befreiende

Gefühl beim Loslassen der verkrampften Körperstellen voll zu genießen. Diese und noch andere helfende Wahrnehmungsübungen, habe ich in der Selbsthilfegruppe für Trauernde ausprobiert und für gut befunden. Sie verhindern ein geistiges Abdriften aus der Gegenwart und fördern meine Achtsamkeit auf den Moment. Bei meinem Wiederholungstrieb an tiefsinnigen und doch widersprüchlichen Buchstabenpalästen ist es kein Wunder, wenn ein pochender Kopfschmerz den Alltag ignoriert und fest eingenistet da bleibt, wo ihn keiner haben will. Ein Schmerz, der unerwartet auftaucht und nicht bereit ist, wieder die von Haaren ummantelte Knochenschale sang- und klanglos zu verlassen. Meine entspannten Muskeln zucken vereinzelt, ohne mein Zutun. Reflexartig wandert die Aufmerksamkeit dorthin, wo diese Reaktion als Letztes stattgefunden hat.

Unerwartet beginnt auch die tätowierte Stelle zwischen meinen Fingern zu jucken. Mein neu erschaffener Gedanke wandert sogleich zu meiner Mondgöttin. Ich erinnere mich wieder an Paulinas Bitte, mit ihr Kontakt im Traum aufzunehmen. Befreit von dem alltäglichen Kram könnte ich mich darauf einlassen. Alles rund um mich ruht innerhalb der Hausmauern zu dieser nächtlichen Stunde. Zwischen den Jalousien des Schlafzimmerfensters blitzt der Mond herein. Zarte Strahlen zaubern ein Linienmuster auf meine Bettdecke. Ganz fasziniert gebe ich mich der Vorstellung hin, dass Luna, die Mondgöttin, zu mir herabsteigt und mich besucht. Sie schiebt ihren hellen Körper durch das geschlossene Fenster, bis hin zu meinem Bett. In dieser skurrilen Erwartungshaltung verwandelt sich die Luft vor meinen Augen. Kleine Ascheteilchen fliegen über mir und formen sich zu Paulinas Gesicht.

Hier bin ich, flüstert sie mit glockenhellem Klang in ihrer Stimme. *Sie lassen mich nicht ins Licht gehen!*

»Wo bist du?«, krächze ich in einen Raum, der mich meinen eigenen Körper nicht mehr fühlen lässt. Die Körpergrenze ist verschwunden und eine Starre hat mich befallen, die es unmöglich macht, eine Bewegung auszuführen. Steif und kalt, wie in einem Schraubstock gefangen, erwarte ich das Schlimmste.

Seit Langem warte ich hier. Doch sie sagen, dass ich ohne deine Hilfe und deine erlösenden Worte nicht weitergehen darf. Zwischendurch flackert das Aschebild von dem Mädchen und verschwimmt vor meinen angstgeweiteten, tränenden Augen.

»Keine Ahnung, wie ich dir helfen kann.« Meine Worte stolpern unbeholfen aus dem trockenen Mund und ich versuche immer wieder, die Kontrolle über meine Muskeln zurückzugewinnen. »Sag einfach, was ich tun soll.«

Finde meinen Vater. Er hat den Schlüssel zu meiner Heimkehr. Dorthin, wo meine Mutter schon auf mich wartet. Verstörend wirken diese Worte auf mich. Wie soll ich Paulinas Vater finden – und wie ihm erklären, was ich von ihm will?

»Paulina, bleib noch und beantworte meine Fragen.«

Ihr Bild verschwimmt immer mehr und dort, wo sie eben noch fast greifbar anwesend war, tanzen Staubkörnchen im fahlen Mondlicht.

Fast erleichtert und auch wieder voller neuer Fragen stehe ich auf und schalte die Deckenlampe ein. Grell und direkt leuchtet sie jeden kleinen Winkel aus. Doch nichts, außer ein paar Spinnweben, ist mehr wahrnehmbar von der wundersamen Erscheinung des toten Mädchens. Nach gefühlten Stunden schlafe ich bei gedämpftem Lampenlicht endlich ein. Paulina hält sich von meinen Träumen fern, doch erholsam ist meine Nachtruhe auf keinen Fall.

Verschwitzt, mit verwuschelten Haaren und dunklen Augenringen schlurfe ich nach dieser Nacht fast blind unter die Dusche. Ein warmer Wasserstrahl verhilft mir, einen halbwegs wachen Zustand zu erreichen. Wie eine Massage erscheint mir das Abrubbeln mit dem gelben Badetuch, und meine Lebensgeister werden dadurch geweckt. Meine geballte rechte Hand wischt über den dunstigen Belag am Spiegel. Mit der Linken stütze ich mich auf das Waschbecken. Aber erst als mein Blick die erwartete Spiegelung meines Gesichtes sucht, erschrecke ich bis auf den Grund meiner Seele. - Mit weit aufgerissenem Mund starrt mir nicht nur Paulina entgegen. Im Schlepptau hat sie unzählige ausdruckslose Gesichter, eine ganze Armee von Kindern, die blass und maskenhaft mit ihren vorwurfsvollen Augen mich fast zu Tode erschrecken. Dunkle Schwaden umkreisen diese Gestalten. Sie sehen aus, als ob sie gleich aus dem Spiegel herausströmen möchten.

Sofort ziehe ich das Badetuch über meinen nassen Kopf und flüchte aus diesem Raum, der nie wieder ein Wohlfühlort für mich sein wird. Der grauenhafte Anblick dieser toten Kinder verfolgt mich noch Stunden danach.

Finn treffe ich am Nachmittag beim Einkaufen. Mein Gefühl sagt mir, dass er bereits auf mich gewartet hat. Doch er benimmt sich, als ob unser Aufeinandertreffen zufällig stattfindet. Rund um uns sieht alles trostlos aus. Niedergetretene Halme und ein paar vertrocknete Rosenblüten warten in der kleinen Einfassung vor dem Geschäft auf sonnigere Tage. Direkt auf dem Gehweg liegen weggeworfene Verpackungen von Süßigkeiten. Getränkedosen scheppern, sobald ein Schuh sie berührt. Im Wind knarzt der nur mehr an einer Schraube hängende Abfallkorb aus Hartplastik, von niemandem beachtet. Übervoll präsentiert er die Reste einer Auswahl unserer Genussgesellschaft. Viele aus dem Dorf haben mit finanziellen Problemen zu kämpfen. Doch Geld für Zigaretten, alkoholische Getränke, Lotteriescheine und anderen Kram, den keiner zum Lebenserhalt braucht, scheint immer da zu sein. Am Metallring daneben angebunden, wartet ein kleiner Mischlingshund auf sein Herrchen und schnuppert immer wieder an der gebrauchten Windel, die der Wind aus dem Papierkorb gefegt hat. Durch diese Eindrücke erscheint mir die Welt wieder normaler als heute früh. So kenne ich meine Umgebung. Nichts daran ist mir fremd.

Finn zieht seine Nase hoch und versucht krampfhaft einen Einstieg in das Gespräch mit mir.

»Zeigst du mir bei Gelegenheit das Tattoo? Ich würde gerne die Linien und die Farbe kontrollieren.«

»Natürlich, aber nicht jetzt. Für Mum habe ich noch einige frische Zutaten zu besorgen.«

Mein Blick und die dazugehörige Kopfbewegung deuten auf die kleine Auslage des Ladens hin.

»Sie kommt heute früher heim und ich ...«, das Kratzen in meinem Hals hindert mein Stimmband am Vibrieren, »... und ich helfe ihr dann beim Abnehmen der Vorhänge. Sie hat vor, die Wohnung auf Vordermann zu bringen.«

Nachdenklich sehe ich links zum Fenster hoch, da die Jalousien mit einigen Krach hochgezogen werden.

»Was ist denn das?«

Während der letzten Worte bleibt mein Blick auf einem Plakat hängen. Auf der Anschlagwand des Lebensmittelladens passt es gar nicht zu den anderen Ankündigungen, die dort kleben. Die ungewöhnliche Schriftart und der schwarze Druck auf dem violetten Hintergrund erregt meine Aufmerksamkeit. Hier wird groß angekündigt, dass ein Vortrag in der nächstgelegenen Stadt morgen Abend stattfindet. Ausgeschrieben von einer kulturwissenschaftlichen Gesellschaft für Parapsychologie. Der reißerische Titel »Ethnologische Feldforschung für Begräbnisrituale« haut mich aber nicht vom Hocker. Wen interessiert schon, wie er begraben wird? Doch der Name des Vortragenden versetzt mich schlagartig in einen Ausnahmezustand. *Prof. Alwin Zopf führt Sie durch die Begräbnisrituale der alten und neuen Zeit,* steht in fetter Schrift darunter. Sogar ein kleiner Abreißkalender, mit Datum und Ortsangabe, hängt unter dem Plakat. Damit man auf keinen Fall vergisst, den langweiligsten Vortrag des Jahres zu verpassen. Wie sehr ich mich mit dieser Annahme irre, kommt erst viel später zu Tage. - Finn hat es die Sprache verschlagen. Er ist mundtot und irgendwie fremdgesteuert. Glaubt er etwa auch, dass es sich dabei um Paulinas Vater handelt? Dieser Gedanke ist beim Lesen des Plakates sofort durch mein Gehirn geschossen.

»Glaubst du auch ...?«

Ich warte, bis er sich wieder rührt. Heimlich zwicke ich mich in den Arm, um den gegenwärtigen Zustand wahrzunehmen. Wenn Finn noch länger braucht, friere ich hier fest. Inzwischen sendet die Sonne zwar ein paar Strahlen durch die Wolkenfenster, aber Gevatter Wind bläst dafür umso stärker seinen eisigen Atem über meine Statur. An meinen extra kalten Ohren, die ich mit den fliegenden Haaren gänzlich zur Schau stelle, erkenne ich den Temperaturabfall. Mit der flachen Hand schlage ich mir kreuzweise auf die Oberschenkel, die in der dünnen Hose diesem Wetterphänomen ausgeliefert sind. Die Haut juckt vor Kälte, obwohl sie bedeckt ist.

Finn reißt indessen ein Blatt vom Erinnerungskalender, nimmt meine Hand und schiebt mich in den Eingangsbereich des Lebensmittelladens. Bewaffnet mit einem Metallkorb, die zur freien Entnahme hier stehen, schlendern wir zwischen den Regalen. Die von vorne uneinsehbare Ecke, zwischen Tiefkühlung und dem Regal für Gemüsekonserven, dient uns als provisorisches Kommunikationszentrum. *Fast wie in einem Spionagefilm.* Dieser Gedanke lässt mich schmunzeln, obwohl ein ernstes Thema an der Reihe ist.

»Ich bin ganz sicher, dass der Referent Paulinas Vater ist. Auf dem Versandaufkleber der Paketverpackung, den ich im Papierkorb unseres Studios gefunden habe, war ein Alwin Zopf als Absender vermerkt.«

Nachdenklich reibt er sein Kinn.

»Kommst du mit? Den will ich mir näher ansehen. Und das Thema ist auch nicht uninteressant.« Ins Leere starrend schaukelt er den Einkaufskorb ein wenig hin und her. »Vielleicht kommen wir beim anschließenden Buffet mit ihm ins Gespräch.«

»Wir müssen uns ja nicht zu erkennen geben.«, gebe ich meinen Senf dazu und bemerke erst dann meine nicht ausgesprochene Zusage.

»Falls du das möchtest.«

Ein leichtes Kribbeln in meinem Bauch zeigt mir meine Unsicherheit darüber auf. »Außerdem muss ich etwas tun. Paulinas Gesicht erscheint mir momentan nicht nur nachts, sondern auch tagsüber. Plötzlich taucht sie in Spiegeln auf. Am schlimmsten war es heute am Morgen, als sie mit einer ganzen Parade an toten Kindern fast aus meinem Badezimmerspiegel marschiert wäre.«

»Was sagst du da?« Ungläubigkeit spricht aus der Mimik meines Gegenübers. »Das hast du mir noch gar nicht erzählt? Sie erscheint dir? Ja wie, wenn sie doch tot ist.«

So viel hat er heute sicher noch nicht gesprochen wie jetzt. Seine ansonsten kurzen

Zwischenbemerkungen, geben ihm stets eine unnahbare Aura.

»Seit ich das Tattoo habe, passieren diese unheimlichen Dinge. Selbst meiner Mutter habe ich noch nichts davon erzählt. Gleich einem Hologramm taucht Paulina auf. Das Schlimmste dabei ist aber, dass sie auch mit mir spricht. Dass sie mich um Hilfe bittet. Sie sagte irgendetwas vom … ins Licht gehen … und dass sie das nicht kann. Zusammengefasst glaube ich, dass sie in einer Zwischenwelt gefangen ist und die Reise zu ihrer Mutter an den Seelenort verhindert wird. Von wem und warum habe ich bislang noch nicht erfahren. Warum sie aber mit einem ganzen Heer von toten Kinder aufwartet, ist mir schleierhaft.«

»Wir kaufen schnell deine Sachen ein und treffen uns morgen Vormittag im kleinen Café an der Ecke.«

Das war ein annehmbarer Vorschlag von ihm.

Eine halbe Stunde später, Mum ist inzwischen auch eingetroffen, räume ich die Einkäufe auf. Sie hat gleich nach ihrer Ankunft die mitgebrachte Suppe zum Aufwärmen auf den Herd gestellt. Währenddessen schnipseln wir beide das soeben von mir gekaufte Obst in eine große Schüssel. Mit ein wenig Joghurt verfeinert, wird es uns als Nachtisch gut munden.

Bevor wir uns an den Tisch setzen, nehmen wir noch schnell die Vorhänge aus unseren Schlafzimmern ab, um die Waschmaschine damit zu befüllen. Ein wenig Stauraum ist noch übrig, daher beschließen wir, auch noch den kleinen Store aus dem Badezimmer mitzuwaschen. Unser perfekter Plan geht gründlich daneben. Bevor ich eingreifen kann, kippt der alte Schemel – auf dem meine Mutter steht – um, und mit einem lauten Aufschrei landet Mum am Boden. Ihr linker Knöchel schwillt gleich um das Doppelte an. Es sieht wahrlich nicht gut aus. Beim Versuch aufzustehen, kommt sie schnell an ihre Schmerzgrenze.

»Der Knöchel ist hinüber.«

Die herabtropfenden Zornestränen wischt sie mit dem Ärmel ihres Pullis weg.

»Kommst du alleine zurecht? Nun werde ich auch nachts im Krankenhaus bleiben müssen.« Es sollte sarkastisch klingen, doch ihre Stimme bricht ein wenig dabei.

»Es tut mir so leid, Mum.«

Ich streiche über ihren Rücken.

»Wen soll ich anrufen? Den Rettungsdienst oder direkt im Krankenhaus?« Aus meiner Tasche hangle ich mein Handy hervor.

»Den Rettungsdienst, denn ich glaube nicht, dass ich die Treppe hinunter komme mit diesem Fuß. Sie sollen die Trage mitnehmen.«

Jetzt ist sie wieder Herr der Lage.

»Und richte mir die wichtigsten Toilettenartikel von da oben noch zusammen. Alles andere habe ich ja auf meiner Dienststelle im Schrank. Das bringen mir sicherlich meine Kolleginnen ins Zimmer nach.«

Ihr Zeigefinger streckt sich über ihren Kopf in Richtung Badezimmerschrank. Neben dem Spiegel.

Geflissentlich versuche ich, ohne einen Blick in den Spiegel zu werfen, den Schrank dahinter zu öffnen, um ihrem Wunsch nachzukommen.

»Schalte auch noch den Herd aus. Die Suppe ist sicher längst fertig. Und vergiss die Wäsche nicht. Pass auf, dass du nicht auch noch stürzt.« Das hätte sie sich verkneifen können. Mir liegt eine spitze Bemerkung auf der Zunge, aber ich unterdrücke sie in Anbetracht ihrer misslichen Lage.

Es klingelt an der Türglocke und ruckzuck ist Mum mit ihrem Kulturbeutel und der dicken Jacke, warm verpackt auf der Liege, durch die offene Wohnungstür mit dem Rettungsdienstpersonal verschwunden. Ein schneller Kuss noch auf die Wange. So hat sie sich von mir verabschiedet.

Mit gezücktem Gelschreiber steht eine junge Frau in der Tür und will das Unfallgeschehen und Mums Daten mit der blauen Kugelspitze auf den Bericht bannen. Vorher laufe ich noch in Anbetracht des Duftes, vermischt mit einem zischenden Geräusch, in die Küche. Der Deckel des Suppentopfes hat sich verschoben und blubbernde Blasen steigen im Inneren hoch, um ihre Spur auf der Herdplatte einzubrennen. *Gerade noch gut gegangen.* Aufatmend stelle ich mich nun den Fragen. Nur Momente später ist alles erledigt und ich schließe die Tür hinter der rotweißen-Uniform.

Angelehnt an die Innenseite der Wohnungstür starre ich in die Luft. So schnell kann sich alles ändern. Jetzt bin ich alleine in der Wohnung. Alleine mit einer Gesichterwand aus toten Kindern im Badezimmerspiegel. Jederzeit könnten sie erneut auftauchen, wie es ihnen beliebt. Mich zu Tode erschrecken, bis ich den Verstand verliere oder in diese Zwischenwelt abdrifte. Wer weiß das schon.

N ach einer ereignislosen Nacht telefoniere ich als Erstes mit Mum. Ihre eigene Diagnose von einem Bruch des Knöchels hat sich Gott sei Dank nicht bewahrheitet. Doch die starke Prellung und Zerrung, einschließlich der Schwellung, bannt sie für sieben Tage ans Krankenhausbett. Schlecht für sie, doch im Moment ganz gut für mich. So kann ich ungestört meine Recherchen um Paulinas Tod vorantreiben.

Zum Beispiel den Vortrag und das Kennenlernen von Paulinas Vater heute Abend. Vielleicht besteht eine Möglichkeit, mehr über das tote Kind zu erfahren. Soll ich mich bei ihm vorstellen? Das hieße auch Farbe, in Hinsicht auf die Erscheinungen, zu bekennen. Würde mir ein Professor glauben? Noch dazu ist er der Vater von dem toten Kind und auch ein trauernder Mensch. Das Thema Tod scheint aber auch in seiner Berufswelt eine große Rolle zu spielen. Er hat durch diese Vorträge auch tagsüber mit den Studien über diese makabren Angelegenheiten zu tun. Freiwillig würde ich mich in seiner privaten Situation niemals diesen psychisch belastenden Kerninhalten widmen. Vor allem sehe ich an mir selbst, was das mit mir macht. Unruhe, Zweifel an der eigenen Person und vieles mehr hat diese Sache im Schlepptau. Stopp, morgen bin ich klüger. Zumindest was seine Person betrifft.

Während meiner Überlegungen starre ich auf meine gespreizten Finger, zwischen denen sich meine Mondgöttin einen guten Platz gesichert hat. Überdeutlich nehme ich die Hautfalten rund um sie wahr. Nur das Bild selbst scheint unnatürlich glatt zu sein. Je länger ich dorthin starre, umso mehr glaube ich, eine Bewegung darin zu erkennen. Die Randlinien scheinen ein Eigenleben zu führen. Ein scharfer Schmerz breitet sich in meiner Lunge aus. Er nimmt mir die Luft zum Atmen und plötzlich ist der letzte Lichtstrahl aus meinem Sehfeld verschwunden. Tiefste Dunkelheit breitet ihre Schwingen über mich. Bevor ich japsend nach Luft schnappe, verschwindet diese krasse Vorstellung wieder. Leide ich etwa unter Klaustrophobie? Aber warum? Mehr oder weniger normal wirkt mein Rundherum im vertrauten Wohnzimmer. Um wirklich im Jetzt anzukommen, studiere ich das neben mir liegende Handy genau. Jeder Kratzer und jede Art der Abnützung an den Ecken birgt etwas Vertrautes. Das ich jeden Tag unbewusst sehe und doch nicht wirklich achtsam wahrnehme. Gleichzeitig stimme ich das altbekannte Lied meiner Straßennamen an. *Doppelt hält besser*, davon bin ich überzeugt. Stümperhaft versuche ich, meine Atmung zu beruhigen.

Mit ein wenig zeitlichen Abstand würde ich mein Erlebnis so beschreiben: Ich fühlte mich eingeschlossen. Doch warum taucht dieses Gefühl auf? Je mehr ich mir mein Gehirn zermartere, umso eher komme ich zum Schluss, dass ich zu viele Filme sehe. Wirklichkeit und übernommene Vorstellungen verschwimmen zu einem albtraumhaften Gedankenbrei. Das kann für meine Entwicklung wahrlich nicht förderlich sein.

Bevor ich aber weitere Überlegungen dazu anstelle, reißt mich eine WhatsApp von Finn aus meinen Überlegungen.

»Können wir uns sehen? Muss mit dir reden.«

Meine Finger fangen sofort an zu tippen.

»Ja! In unserem Cafè?«

Es wird mir guttun, aus diesem Horrorrad der Gefühle auszusteigen und mich mit alltäglichem Smalltalk zu befassen.

Ok, leuchtet seine Antwort auf dem Display auf.

Zeit für die morgendliche Dusche hätte ich noch genug. Doch das gestrige Erlebnis im Bad hält mich davon ab. Ohne in den Spiegel zu sehen, wasche ich mich und putze mir die Zähne. Es verhilft mir zu einem besseren Körpergefühl. Alltägliche Rituale bringen ein

Sicherheitsgefühl zurück. Die darauffolgende Kleiderwahl ist kein Thema. Nach einem kurzen Schnuppern in die Achselgegend des Sweaters entschließe ich mich, wieder das Gleiche anzuziehen wie gestern. Lediglich die Unterwäsche wird gewechselt. Man weiß ja nie, was passiert. Wie peinlich wäre es nach einem Unfall, mit verschmutzter Unterhose vor dem Arzt dazuliegen. Das hat zumindest meine Großmutter immer behauptet. In vielen anderen Dingen war sie auch sehr glaubwürdig, daher zweifle ich dieses Verhaltensmuster nicht an. Ich übernehme es lieber sang- und klanglos. Nun bin ich gewappnet für den neuen Tag. Finn wird schon auf mich warten. Prompt entschließe ich mich, sofort aufzubrechen. In dem kleinen Café, wo wir uns treffen, gibt es sicher auch ein Frühstücksangebot für halbverhungerte Geisterjägerinnen.

Verführerisch duftet es vor unserem Treffpunkt nach frischen Backwaren. Süß und schwer verlässt jede Duftschwade, wenn Kunden ein- und ausgehen, den aufgeheizten Verkaufsraum und löst sich in der kalten Luft des Morgens auf. Finn sehe ich durch das Glas der Fensterscheibe an einem der kleineren Tische sitzen. Gewappnet mit neuem Selbstvertrauen durchschreite ich den Verkaufsraum und öffne den Reißverschluss meiner roten Jacke. Vereinzelte Blicke spüre ich auf dem Rücken. Ja, nicht alle trauen sich, so einen Blickfang zu tragen.

Wie von einer Tarantel gestochen springt Finn von seinem Sessel auf. Eine saloppe Begrüßung und ein kurzes Zunicken spornen meine Gefühle an, sich wie auf einem Rummelplatz zu benehmen. Extremes Kribbeln im Bauch und ein Dauergrinsen im Gesicht. Nervenbotenstoffe und die neidvollen Blicke der Tischnachbarinnen bestärken mich zu einem Verhalten, für das mein inneres Kind nie den Mut gehabt hätte. Vertraut beuge ich mich zu dem attraktiven Geschöpf gegenüber, berühre seine Wangen mit meinen Lippen und unterdrücke geflissentlich die aufsteigende Nervosität, die mich immer in Gegenwart von schönen Menschen befällt. Mir meine Unvollkommenheit nackt präsentiert, mit der ich jeden Tag hadere. Wie auf einem Anrichteteller, zwar schön arrangiert, doch ohne hilfreiche schützende Verpackung.

»Schön, dass du so bald Zeit hattest.«

Finn rührt währenddessen in seinem Tee. Der schwimmende Teebeutel, hängend an dem dünnen Baumwollfaden, beginnt sich um den Löffelstiel zu winden. *Hoffentlich reißt er nicht.* Dieser blöde Gedanke zeigt mir, wie so oft, dass ich mich um meine eigenen Sachen scheren soll. Ich bin nicht verantwortlich, was um mich herum passiert.

»Mum ist im Krankenhaus. Sie hat sich gestern am Fußknöchel verletzt.«

Ganz sachlich, mit ruhiger Stimme berichte ich Finn von den aktuellen Ereignissen. Und von meinen neuesten Überlegungen in Hinsicht dieses Professors.

»Hmmm, so siehst du das also.«

Nun kreist der kleine Löffel in die andere Richtung.

»Möchten Sie etwas trinken?«

Geschäftig wischt die Bedienung in dem zu engen braunen Arbeitsmantel meine Seite des Tisches ab.

»Gerne, den gleichen Tee bitte. Mit einem Schokocroissant.«

Heute mache ich eine Ausnahme und beginne jetzt gleich, meinen Zuckerspiegel im Blut zu versorgen. Meine Bauchspeicheldrüse wird nicht so erfreut darüber sein.

»Kommt gleich«, ruft sie mir zu, inzwischen zwei Tische von unserem entfernt.

Finn runzelt die Stirn und nimmt endlich den ausgedrückten Teebeutel aus der goldgelb gefüllten Tasse. Das Etikett des Tees ist nun im Gegensatz zu vorher auch für mich sichtbar. *Herziges Bienchen* lässt mich erwartungsvoll auf meine eigene Tasse warten. Hoffentlich mit der spürbaren Süße des Honigs darin.

»Ich habe noch über unseren Professor recherchiert«, beginnt er zu reden. »Er befasst sich hauptsächlich mit der Erforschung von Konzepten mit dem Titel *Jenseits*.« Ein kurzer Schluck aus der heißen Tasse gibt ihm die nötige Sprechpause.

»In den letzten Jahrzehnten hat er sich darüber hinaus im europäischen Kulturraum einen Namen gemacht. Nahtoderfahrungen und Begräbnisrituale sind sein Spezialgebiet.«

In der Zwischenzeit ist auch meine Bestellung auf dem Tisch angelangt. Genussvoll und hungrig beiße ich in das ofenwarme Croissant. Meine Geschmacksnerven erleben gerade einen Höhenflug. Der flüssige Schokokern hinterlässt einen Tropfen neben meiner Lippe. Ohne zu zögern wischt ihn mir Finn ab und reibt sich die Finger an der Serviette trocken.

»Er behauptet, dass Körper, Seele und Intellekt in kulturellen, religiösen und sozialen Zusammenhängen erfasst werden müssen. Ebenso wie die Veränderungen der Darstellungsformen, die sich über die Jahrhunderte hinweg abwandeln und weiterentwickeln.«

Kurz ein Räuspern und Finn berichtet weiter, den Kugelschreiber in der Hand ständig drehend.

»Stell dir vor. Er war es, der bewiesen hat, dass die Seele eines Verstorbenen erst am vierzigsten Tag ins Licht geht.«

Finns Information löst einen Impuls in mir aus, den ich aber nicht wirklich begreifen kann. Mein Verstand kann das Gehörte nicht einordnen. Hat nicht auch Paulina Andeutungen darüber gemacht? In meinem Kopf klingelt eine Alarmglocke.

»Wie ist es möglich, dass Paulinas Gesicht nach Wochen immer noch bei mir auftaucht? Hast du darüber nachgedacht? Dein Vater hat das Porträt von ihr nie gestochen. Was oder wer hält sie in der Zwischenwelt gefangen?«

Die Mädels vom Nebentisch verlassen, vorher mit den Sesseln laut rückend, das Lokal. Nicht ohne ein Schlachtfeld zu hinterlassen. Eifrig räumt eine ältlich aussehende Frau, mit einem graumelierten Dutt, das Chaos auf. Kopfschüttelnd fischt sie die Verpackung des leeren Zuckersäckchens unter dem Tisch hervor. Abgelenkt von dieser Beobachtung verliere ich fast den Faden des Zusammenhangs. Durch meine empathische Veranlagung verschieben sich oft meine Wahrnehmungsfelder. Verblüfft über mich selbst, lenke ich meine Aufmerksamkeit wieder zu Finn zurück.

»Mir macht diese Geschichte richtig Angst.« Sofort reagiert mein Körper darauf und lässt ihn erschaudern. »Manchmal frage ich mich, wie das Ganze für mich endet.«

»Ja, das habe ich mich auch schon gefragt. Da gibt es noch eine Auffälligkeit. Nach dem Fund von Paulinas Leiche gab es eine Nachrichtensperre. Niemand aus der Öffentlichkeit erfuhr sofort, woran und wie Paulina zu Tode kam. Niemand hat etwas beobachtet. Keine Zeugen meldeten sich. Das sah auch das Ermittlungskommando als verdächtig an und deswegen hegten sie sogar gegen den

Professor argwöhnisch Verdachtsmomente. Bald löste sich diese Mutmaßung aber in Nichts auf, und für einige Zeit verschwand Alwin Zopf von der Bildfläche. Erst seit kurzem hält er wieder Vorträge.«

»Das wird mir alles zu viel. Wie komme ich je wieder aus dieser Sache heraus? Glaubst du, dass ich stark genug dafür bin? In meinem Leben steht wieder einmal alles auf dem Kopf! Wann hört das endlich auf?« Meine Augen werden verdächtig feucht vor Selbstmitleid.

»Alles wird gut. Mara, ich habe vor kurzem gehört, dass der Mensch nur Aufgaben bekommt, die er auch bewältigen kann. Vielleicht ist da etwas Wahres dran. Ich bin auf jeden Fall immer für dich da, wenn du mich brauchst.«

Seine Worte sollten mich eigentlich beruhigen, jedoch ballt sich in meinem Magen gerade das gegessene Croissant zusammen und hinterlässt ein unangenehmes Druckgefühl. Schnell lege ich meine Hand auf diese Stelle. Durch die Wärme erfahre ich ein wenig Entspannung, doch ganz vergeht dieses Gefühl nicht mehr. Zwischendurch nippe ich an meinem Getränk. Nun ist auch das noch passiert, was ich auf keinen Fall wollte. Der Tee ist kalt und schmeckt nach dem langen Ziehen eigenartig und bitter. Vielleicht liegt es auch an der Süße vom Croissant, das ich viel zu schnell verschlungen habe.

»Geht es dir nicht gut?« Finn beugt sich besorgt zu mir herüber. »Komm, wir schnappen frische Luft und reden draußen weiter.«

Rund um uns ist es ruhiger geworden. Längst haben auch die letzten Gäste des Lokals ihren Weg zur Arbeit fortgesetzt. Nur noch Hausfrauen und Pensionisten holen den täglichen Bedarf an Brot und Backwaren.

Finn bezahlt an der Theke auch meine offene Rechnung. Dankbar sehe ich ihn an, denn mein Taschengeld neigt sich schon dem Ende zu.

»Gehen wir eine kleine Runde? Übrigens, danke für die Einladung.«

Finn lächelt mich kurz an und nickt.

Warm eingepackt schlendern wir durch die kleine Parkanlage des Ortes. Der unverkennbare Duft von nasser Erde, gemischt mit dem holzigen Aroma der beschnittenen Büsche, erinnert mich an die Vergänglichkeit in der Natur und den Tod. *Was wohl Finn gerade denkt? Wie kommt er mit diesen Geschehnissen zurecht?* Meine Gedanken überstürzen sich, aber dazwischen spüre ich Freude darüber, hier neben ihm zu gehen.

»Mein Vater borgt mir seinen Wagen. Ich hole dich um Viertel vor sechs daheim ab.«

Diese Information holt mich sogleich aus meinen Tagträumen. »Das ist super. Hast du ihm erzählt, wohin wir fahren?« Mein fragender Blick lässt Finn unruhig werden.

»Nein, das muss er nicht wissen. Erst einmal versuchen wir Erkundigungen einzuholen. Dann sehen wir weiter.«

Er nimmt meine Hand und bleibt stehen.

»Verrate mich bitte nicht. Unsere Beziehung ist ohnehin momentan etwas angespannt.«

Abgelenkt durch die Wärme seiner Hand nicke ich nur zustimmend mit meinem Kopf. Der Wind fährt durch meine Haare und Finns andere Hand greift sofort danach. Er streift dabei meine Wange und löst ein Gefühl aus. Intensiv und kribbelnd durchströmt es mich. Sein Gesicht kommt meinem immer näher. Klar und verführerisch sehe ich seine vollen Lippen. Ein warmer Atem berührt meine Gesichtshaut und trotz der spürbaren Hitze halte ich still. Warte auf das, was kommt. *Er riecht so gut*, ist alles, was ich denken kann. Unhörbar knistert es zwischen uns, doch Finn lässt sich Zeit. Als seine Lippen endlich die meinen vorsichtig berühren, spüre ich ein intensives Ziehen in den Lenden. Mein Körper steht, trotz der Kälte draußen, in Flammen. Unendlich behutsam küsst er mich. Unschuldig und sanft. Ein vorbeifahrendes Auto hupt und wir entfernen uns wie auf ein Kommando auseinander in verschiedene Richtungen. Verlegen blicken wir zur Seite. Jeder von uns hängt seinen Gedanken nach.

»Also, wir sehen uns am Abend. Sei pünktlich, es ist wichtig, damit wir noch auf den vorderen Sitzreihen Platz bekommen.«

Irgendwie unpassend finde ich nach dieser körperlichen Annäherung seine belehrenden Worte.

»Na klar«, bringe ich langsam heraus. »Bis bald!«

Schnell wenden wir uns voneinander ab.

Lange noch hallt in mir dieses Erleben mit Finn nach. Wenn schon ein unschuldiger Kuss solche Gefühle bei mir auslöst, wie wird es dann sein, wenn sich mehr daraus entwickelt? Diese Frage beschäftigt mich noch Stunden danach. In meiner Fantasie spiele ich minutiös alles nach. Immer wieder, wie mit einer Wiederholungstaste auf meiner inneren Leinwand. Fast übersehe ich den Zeitpunkt, mich in Schale zu werfen. Für einen interessanten Abend, gemeinsam mit Finn.

Das Wetter hat sich gebessert. Immer wieder blinzeln noch ein paar Sonnenstrahlen durch die Wolkendecke, bevor sie sich endgültig in die ersten Schatten der Abenddämmerung zurückziehen. Kurz leuchtet noch die Aura des gelben Zwergsterns im zartrosa Schein auf. Selbst der Wind bläst nicht mehr so stark. Auch er hat an Kraft verloren. Ich richte mit meinen Fingern noch meine Haare im Spiegel der Seitenscheibe, von Finns geliehenem Auto. Wir stehen nun ziemlich am Anfang der immer länger werdenden Schlange, und warten darauf, endlich eingelassen zu werden.

»Hast du alles dabei?«

Ständig habe ich das Gefühl wichtige Dinge zu vergessen. Zuhause habe ich dreimal den Herd kontrolliert, ob auch alle Herdplatten ausgeschaltet sind. So ergeht es mir immer. Jede Türklinke muss noch einmal nach dem Verschließen gedrückt werden und ein Rundgang in der Wohnung ist auch notwendig. Es könnte doch sein, dass ich vergessen habe, ein Fenster zu schließen. Selbst bei fremden Autos, in denen ich mitfahre, überprüfe ich die automatische Türschließung. Diese Macken habe ich von meiner Mutter übernommen. Wenn man seit seiner Kindheit diese Verhaltensmuster vorgelebt bekommt, übernimmt das Unterbewusstsein den Lerneffekt. Ohne wirklich selbstbestimmt zu funktionieren, tue ich es einfach. Immer wieder aufs Neue. Finn beobachtet mich dabei, sagt aber nichts dazu. Aufgeregt steigt er von einem Fuß auf den anderen. Sensationell gut sieht er aus in der schwarzen Röhrenjeans und dem grauen Sakko. Auch ich habe letztendlich das richtige Outfit gefunden. Der enge graue Rock im Fischgrätmuster lässt mich optisch viel schlanker erscheinen, als ich wirklich bin. Fast sieht es so aus, als ob wir uns abgesprochen hätten, zumindest bei den Farben. Hellblau wie der Sommerhimmel im August hebt sich vornehm die einfache Bluse dazu ab. Ein Eyecatcher, wie ich verschmitzt bemerke. Manche der Besucher drehen sich ein zweites Mal nach uns um. Ihre Frauen betrachten ebenso prüfend alle Konkurrentinnen. In ihren Köpfen werden sicher Vergleiche angestellt. Aber das sollte nicht meine Sorge sein. Heute Abend bin ich aus einem sehr ernsten Grund hierhergekommen.

»Meine Damen und Herren, suchen Sie bitte gleich ihre Sitzplätze auf. In wenigen Minuten beginnt der Vortrag.«

Schrill und laut kommen die Worte aus dem Mund eines kleinen, drahtig aussehenden Herrn im altmodischen Anzug. Nur mehr wenig Haare wurden penibel über die Kopfhaut verteilt. Wenn der wüsste, wie doof seine Frisur wirkt. Aber jeder kann machen, was er will.

»Komm endlich, wir wollten doch ganz vorne sitzen.«

Finn schiebt mich sofort weiter. Rechts und links von uns drängen sich Personen jeder Altersgruppe herein. Endlich haben wir die weit geöffnete Doppeltür in den Saal durchschritten und mit unseren jungen Beinen kommen wir schnell ganz vorne, in der ersten Reihe an. Finn wählt die goldene Mitte als Sitzplatz. Während er seinen Notizblock zückt und den Kugelschreiber sucht, drücke ich auf meinem Handy herum. Fast hätte ich vergessen, den Flugmodus zu aktivieren, um es auf *Lautlos* zu stellen. Peinliche Situationen hatte ich schon genug in meinem Leben. Ein lauter Klingelton, wenn hunderte Leute versammelt sind und im Saal außer dem Vortragenden Grabesstille herrscht, wäre der Gipfel dazu. Platz eins auf meiner Blamage-Liste. Mein Gesicht läuft alleine bei dieser Vorstellung rot an.

»Hast du auch schon...?«, frage ich Finn und deute auf sein Handy. Nur die Spitze davon schaut aus der Jackettasche.

»Jaja, alles in Ordnung. Das bin ich gewohnt von der alten Schule. Dort durften wir die Handys nur bei uns behalten, wenn sie absolut still auf ihren Einsatz nach der Unterrichtsstunde warten.«

Gemurmel aus vielen Reihen war zu hören. Ich hätte meinen Kopf verwettet, dass dieses Thema fast niemanden interessiert. Weit gefehlt. Mehrere hundert Menschen sitzen brav, völlig gerade auf ihren Stühlen, wie ich beim Zurückblicken über meine Schulter feststelle. Immer noch strömen die Leute herein. Platzanweiser holen zusätzliche Klappsessel und nach wenigen Minuten wird es merkbar ruhiger im Raum. Auf der mittelgroßen Bühne vor uns dominiert ein Stehpult mit Mikrofon auf den Brettern, die die Welt bedeuten. Ein grell strahlender Scheinwerfer wird etwas gedimmt, um die Sicht erträglicher zu machen. Parfum und diverse Körpergerüche breiten sich aus. Hoffentlich wird mir davon nicht übel. Ich bin sehr empfindsam, wenn es um Ausdünstungen von fremden Menschen geht. Ein knarzendes Geräusch, durch das Beschreiten der kurzen Stiege zur Bühne, kündigt den Auftritt an. Zuerst einmal von einer jungen Dame im blassgrünen Hosenanzug. Gewandt präsentiert sie ihre schöne Seite dem Publikum.

»Hochverehrte Gäste, begrüßen sie mit mir den renommierten Wissenschaftler und Vortragenden: Professor Alwin Zopf.«

Applaus brandet auf. Es scheint, Paulinas Vater hat viele Fans. Noch bevor er erscheint, ertönen mystische Klänge aus alter Zeit. Was früher in Klöstern an der Tagesordnung war, hört sich im Saal nun sehr magisch und energiegeladen an. Choräle gibt es seit Jahrhunderten, doch in unserer Zeit haben sie wohl nur noch Platz in den Klöstern und Stiften. Neuerdings tauchen Fragmente von ihnen aber in den aktuellen Charts auf. Ein neuer Trend macht sich bemerkbar. Altes wird anscheinend wieder salonfähig, besonders wenn es so geheimnisvoll klingt. Beeindruckend ist ihre Klangwelt mit den Schwingungsmustern. Heilende Obertöne wie diese können nachweislich Schmerzmuster und sogar DNA-Stränge verändern. Ob der Professor auch hierüber Bescheid weiß?

Der Scheinwerfer schwenkt jetzt von der Blondine mit dem Kurzhaarschnitt ab und aus dem Schatten tritt ein großer dunkelhaariger Mann. Die gewellten Haare fallen ihm locker auf die Schultern. Mit stahlblauen Augen scannt er zumindest die vorderen Reihen. Etwas eingeschüchtert rutsche ich mit meinem Sessel nach hinten. Der Protest in der zweiten Sitzreihe lässt nicht lange auf sich warten.

»Ich freue mich, hier bei ihnen zu sein und begrüße sie herzlich zu meinem Vortrag.«

Die rauchige Stimme deutet auf einen regelmäßigen Nikotinverbrauch hin. Oder bin ich wieder zu vorschnell mit meiner Annahme? Aber auch dunkel und erdig wirkt sie, passend zum heutigen Thema. In Sekundenschnelle hat dieser Mann alle in seinen Bann gezogen. Nach einigen Minuten Sprechzeit lässt er lässig sein Sakko heruntergleiten und legt es ohne zu zögern über das Sprechpult. Für mich zeugt diese Geste von Selbstbewusstsein. Nie würde ich mich das trauen vor so vielen Menschen. Ohne Unterbrechung geht es weiter. Unterstützung erfährt er durch die Einblendung von Bildern, die groß im Hintergrund auf einer Projektionsfläche erscheinen. Gut sichtbar für alle, öffnet sich eine völlig fremde Welt.

Finn beobachtet auffällig jede Geste dieses Mannes. Für mich sieht es so aus, als ob er wie hypnotisiert auf eine Stelle starrt. Er wirkt, als ob er sich jede Bewegung dieses Mannes einprägen möchte, um darin Antworten für die offenen Fragen zu finden.

»Hier in dieser Gegend ist die Feuerbestattung der Erdbestattung völlig gleichgestellt. Von Angehörigen frei wählbar, hat diese Art der Beisetzung Anklang gefunden. Auch um den Wünschen von Sterbenden nachzukommen, hat der Bestatter diesem Anliegen Folge zu leisten.«

Die Blondine erscheint wieder mit einem Glas Wasser für den Professor.

»Für die Hinterbliebenen ist es wichtig, respektvoll den Leichnam oder den Urneninhalt vor Blicken zu schützen. Bei Einäscherungen darf keine Asche mit einer anderen vermischt werden. Nur umweltfreundliche Materialien sind bei Urnengefäßen und Särgen bei uns zugelassen. Aus Umweltschutzgründen.«

Danach spricht er noch von Ethik und kompetenten Mitarbeitern.

Irgendwann schaltet mein Gehirn auf Pause. Nur mehr meine Augen versuchen ihn mit allen Sinnen wahrzunehmen. Dabei schneidet er sicherlich nicht schlecht ab. Wie schade, dass Paulina nicht zu einer reifen Schönheit heranwachsen durfte, bei diesen Genen.

»Die Identität ist vor der ... zentraler Bestandteil ist auch ... die Kosten belaufen sich auf ...!«

Bruchstückhaft dringen Wortfetzen in mein Bewusstsein. Finn hat längst seine Hand auf meinen Oberschenkel gelegt, ohne dass ich darauf reagiere. Erst als die Hautstelle durch die Wärme zu jucken beginnt, werde ich darauf aufmerksam. Eine Sprechpause von Professor Alwin Zopf lässt mich wieder in den Bereich der Aufmerksamkeit und Konzentration zurückfinden.

»Kennen sie den Begriff Kolumbarium?«

Laut schmetternd weckt er sicher alle Schlummernden unter den Zuhörern auf.

»Das ist eine Urnenwand mit Nischen, welche die Ruhezeit für 20 bis 30 Jahren sichert. Das Wort kommt aus dem Lateinischen und bedeutet übersetzt *Taubenschlag*. Sehr beliebt bei Angehörigen, da sie sich nicht um die Bepflanzung und Pflege von Gräbern kümmern müssen.«

Das Deckenlicht flammt auf und leitet eine kleine WC-Pause ein. Schnell versuche ich, auch dieses Örtchen zu erreichen, damit ich nicht endlos am Gang warten muss. Hurra, mir gelingt das fast Unmögliche. Als eine der Ersten nehme ich die körperliche Erleichterung in Anspruch und habe daraufhin noch Zeit, meine Hände zu waschen und das Make-up zu überprüfen. Selbst die Frisur hält. So schnell wie ich hineingestürmt bin, verlasse ich diesen duftintensiven Ort. Finn sitzt immer noch fast unbeweglich auf seinem Platz. Die blonden Haare leuchten manchmal weiß im Licht. Wie ein griechischer Gott sieht er aus. Nur das silberne Haarband fehlt noch. Ein Kicherer steigt meine Kehle hoch und kitzelt meinen Gaumen.

»Meine Damen und Herren, die Pause wird in fünf Minuten beendet. Freuen Sie sich nun auf die Präsentation der verschiedenen Bestattungsarten von anderen Völkern.«

Ungeduldig und etwas schrill klingt auch die Stimme der Moderatorin.

»Die Türen schließen gleich, nehmen Sie ihre Plätze wieder ein.«

Und ich dachte immer, eine schöne angenehme Stimme ist Grundvoraussetzung, um moderieren zu dürfen. Vom attraktiven Aussehen abgesehen, fehlt dieser Frau zumindest ein wichtiges Attribute.

Mit dem dicken Mann hinter mir im Schlepptau, habe auch ich endlich die vordere Reihe erreicht. Eben wird der Saal verdunkelt, damit die dargestellten Bilder ihre Wirkung verströmen können.

»Danke, nun möchte ich Ihnen auch noch andere Bestattungsarten näher bringen.«

Bei der nächsten Bewegung des Professors zeigt mir das dünne weiße Hemd fast die Muskulatur am Bauch. Durchtrainiert und hager wirkt der Körper in dem Dämmerlicht.

»Die Seebestattung ist auch bei uns bekannt. Das Verstreuen der Asche im Meer ist, wie aus diversen Filmen bekannt, nicht mehr erlaubt. Allerdings kann die Asche in einer Salzkristallurne im Wasser beigesetzt werden. Sie löst sich innerhalb von zwei Stunden auf, was die Umwelt viel weniger belastet. So kann eine genaue Stelle, sogar auf Landkarten nachvollziehbar, angepeilt werden. Generell ist das Verstreuen der Asche Verstorbener in Europa nur im Wallis in der Schweiz erlaubt. Hier dürfen sogar über Almwiesen oder Bergbäche die Reste eines Leichnams verstreut werden.«

Na Mahlzeit, denke ich mir. *Wenn die Asche dann im Trinkwasser auftaucht? Ob den Einwohnern dort diese Praktiken bekannt sind?*

»Über Frankreich, den Niederlanden und der Schweiz gibt es noch eine andere erlaubte Art: Die Ballonbestattung. Hier wird die Asche in circa zwanzig Kilometern Höhe von einem heliumgefüllten Ballon losgelassen. Auch die Baumbestattung erfreut sich immer größerer Beliebtheit. Für Angehörige ist es tröstlich, dass sie ihre Lieben an den Wurzeln eines Baumes geschmiegt wissen. Beim Friedwald ist es ähnlich. Hier kann auch eine spezielle Baumart gewählt und mit einem Namen oder Spruch versehen werden.«

Ein kurzer Huster unterbricht seinen Redeschwall.

Die dazu gezeigten Bilder gaukeln Frieden und gottgegebene Naturbilder vor. Leise Hintergrundmusik, wie sie auch bei Meditationen erklingt, untermalt diese Stimmung.

»Nun kommen wir zu den seltenen Formen der Bestattung. Der Erinnerungsdiamant wird aus Rückständen von Haaren oder der gesamten Asche gepresst. Es entsteht ein synthetischer Diamant, der denselben Härtegrad und die gleichen Eigenschaften aufweist, wie sein natürlicher Bruder. Geschliffen und poliert steht er ihm in seiner Schönheit nicht nach. Die Weltraumbestattung hingegen ist nur für gut gefüllte Konten und ihre Besitzer gedacht. Mit einer Mikrokapsel wird der Rest des Verstorbenen, an Bord einer Trägerrakete, ins Weltall geschossen.

Tritt die Kapsel nach einigen Erdumrundungen in die Atmosphäre ein, verglüht sie dort vollständig.«

Eine Assistentin trippelt auf die Bühne und übergibt ihm einen kleinen Zettel. Prof. Zopf schüttelt unwillig seinen Kopf. Die Unterbrechung passt ihm anschcinend nicht ins Konzept.

»Soeben wurde ich an eine weitere Luftbestattung erinnert. Meine Damen und Herren, haben sie irgendwann in ihrem Leben von der Himmelsbestattung gehört?«

Er neigt seinen Kopf leicht nach unten und schielt über die auf seine Nase gerutschte Brille.

»Bei meinen Reisen durch Tibet und der Mongolei lernte ich sie unfreiwillig kennen. Einer unserer Scherpas kam bei einer Bergbesteigung durch einen Felssturz zu Tode. Innerhalb von wenigen Stunden sollte diese Zeremonie stattfinden. Durch die harte Erde und dem Mangel an Brennholz wird nach den üblichen Ritualen mit den Gebeten aus dem *Tibetischen Buch der Toten* der Leichnam vom *Lama* noch vor Sonnenaufgang zum Bestattungsplatz gebracht. Dort wird der Körper zerteilt und den angelockten Geiern und Wildtieren zum Fressen überlassen.«

Sogleich schwillt das Stimmengewirr im Saal deutlich an. Empörte Gesichter und ängstliche Augen richten sich auf den Professor.

»Ruhe bitte! Bei uns ist diese Praxis nicht verständlich. Im Gegenteil, sie widert uns an. Doch dort ist dies seit Jahrhunderten an der Tagesordnung. Auch in Persien war es üblich, die Toten auf die sogenannten *Türme der Stille* zu legen und der Natur zu überlassen. Wohin mit den Leichen, wenn sie weder begraben noch verbrannt werden können?«

Langsam beruhigen sich die Menschen wieder. Ein leises Tuscheln ist aber immer noch zu hören. Keine leichtverdauliche Kost für Leute, die sich damit noch nie befasst haben. Ich verstehe ihren Ekel, aber auch den Glauben dieser Menschen. Bei uns ist dieser oft schon verloren gegangen oder in Vergessenheit geraten. Nach ihrer Vorstellung kommen die Toten ins *Bardo,* eine Welt zwischen Tod und Wiedergeburt. Wer glaubt bei uns an so etwas?

Ein paar allgemeine Informationen folgen noch, bis er sich überraschend herzlich verabschiedet.

»Gerne können wir noch ein wenig über diese Eindrücke bei einem Glas Wasser oder Wein plaudern.«

Applaus brandet auf. Nach einer kurzen Verbeugung verschwindet er hinter der Bühne.

»Wie kommen wir bei so vielen Menschen an ihn ran?«

Meine Bedenken sind groß, denn nun ist es genau umgekehrt. Die Leute haben wir alle vor uns. Jetzt sind wir die Letzten und drängen zum Ausgang. Die zweite Tür ganz vorne an der Seite ist fest verschlossen. Gerade rücke ich meinen Rock zurecht, als sie geräuscharm aufgeht. Wie eine Einladung erscheint mir dieser Wink des Himmels. Finn reicht mir die Jacke und wir stürmen gemeinsam, fast allein, durch. Sogleich sind wir im Buffetbereich, wo sich Professor Zopf schon ein paar Fingerfoods einverleibt.

Nur wenige Meter trennen uns von ihm, als eine betagte Frau ebenfalls auf ihn zustürmt. In der Hand hält sie ein großes Glas Wasser oder eine ähnlich aussehende Flüssigkeit. Eine fallengelassene Serviette löst das aus, was ich sekundenschnell vorher erahnt habe. Der Inhalt des Trinkglases ergießt sich über Professor Alwin Zopf. Seine rechte Körperhälfte ist völlig durchnässt.

Aber das Schlimmste daran ist der darauffolgende Anblick. Auf dem vor Nässe anliegenden Hemd erscheint groß und deutlich das Porträt von Paulina. Geisterhaft klar sieht sie mir in die Augen und die innere Stimme schwillt zu einem durchdringenden Laut an: *Verstehst du nun, warum ich Hilfe brauche?*

Ein fernes Licht dringt durch meine Lider. Etwas Kaltes liegt auf meiner Stirn und lässt meine Haut erschaudern. Der Druck an meiner linken Hand wird stärker und ein leichtes

Brennen in der Armbeuge macht mich endgültig wach. Finn sitzt neben mir auf einer Liege und hält meine Hand. Ein Infusionsschlauch hängt über mir an einer Aufhängung und lässt eine Flüssigkeit, Tropfen für Tropfen, in meinen Körper eindringen.

»Du wurdest ohnmächtig.«

Diese Bemerkung lässt meinen Körper anspannen, denn die Erinnerung kehrt zurück. Da war doch wieder einmal das Bild von Paulina, was mich verstört zurückgelassen hat. Auf dem durchnässten Körper von Professor Alwin Zopf.

»Ich glaube, wir müssen mit meinem Vater nochmal reden.«

Als ob Finn meine Gedanken lesen könnte, spricht er mir aus der Seele. Was ist da überhaupt für eine Gemeinheit passiert? Nichts als Lügen und Behauptungen, die sich später ganz anders entpuppen. Finns Vater hatte doch behauptet, nie dieses Aschetattoo gestochen zu haben. Mir reicht es langsam. Ich versuche, meinen Oberkörper anzuheben, doch der Schwindel drückt mich wieder nieder.

»Der Arzt sagt, du brauchst noch eine halbe Stunde. Dann darf ich dich nach Hause bringen.«

Besorgt streicht er mir über die Haare. Im Liegen drückt der Bund meines Rockes und die Bluse hat einige Flecken abbekommen bei meinem Sturz.

»Wo ist …?« Der trockene Mund macht mir zu schaffen.

»Er ist bereits weg. Gleich nachdem du umgekippt bist, ist er aufgesprungen und weggerannt, Richtung Garderobe. Wahrscheinlich, um seine nasse Kleidung loszuwerden. Ich musste doch bei dir bleiben, bis der Rettungsdienst dich versorgt hatte.«

Mitfühlend tätschelt er den Handrücken.

»Wenigstens waren sie vor Ort. Diese Sicherheitsbestimmungen für Veranstaltungsorte haben wirklich ihre Berechtigung.«

»Aber wir müssen unbedingt erfahren, was passiert ist. Das sind wir Paulina schuldig.«

Aufgeregt pocht mein Puls, fühlbar beim Betasten der Halsschlagader, zu der meine Finger unbewusst gewandert sind. Durch die Berührung verstärkt sich noch das rasende und hämmernde Gefühl.

»Das Wichtigste haben wir bereits erfahren«, bemerkt Finn wie nebenbei. Gedankenversunken blickt er die weiße Wand daneben an.

»Er ist definitiv Paulinas Vater und hat das Tattoo. Alles andere erfahren wir halt ein wenig später.«

Das beruhigt mich wieder. Er hat das ausgesprochen, was derzeit Fakten sind. Müde schließe ich meine Augen und dämmere ein wenig weg.

Erst am Heimweg, festgeschnallt auf dem Beifahrersitz, bin ich wieder völlig wach. Finn hat mich beim Gehen bis zum Auto am Arm

festgehalten, und anschließend eine angenehme Sitzposition für mich gefunden. Unterstützt von einem kleinen Polster, blicke ich
aus dem Fenster. Nach Reden ist keinem von
uns beiden wirklich zumute. Nachdem wir an
den ersten rostigen Straßenlaternen im Hei-
matort vorbeikommen, reißt mich seine
Stimme aus der Lethargie.

»Kann ich dich alleine lassen oder soll ich
auf dem Sofa bei dir schlafen?«

Wie besorgt er doch um mich ist. Richtig
süß finde ich dieses Verhalten.

»Nein, nein. Schlaf dich zuhause aus. Wir
telefonieren morgen Früh. Es geht mir wieder
gut.«

Er begleitet mich noch bis vor die Wohnungstür und wartet, bis ich sie von innen
verschlossen habe.

In Anbetracht meiner Lage versuche ich
das Beste daraus zu machen. Kurz teile ich
per Handy meiner Mutter mit, dass ich gut
zuhause angekommen bin. Sofort leuchtet
das Display wieder auf. Sicherlich hat sie
schon darauf gewartet und kann erst jetzt
einschlafen. Auch ich mache mich bettfertig.
Bevor ich die Jalousien im Schlafzimmer her-
ablasse, sehe ich in der Spiegelung des Fensters wieder Paulinas Gesicht. Dieses Mal erschrecke ich nicht. Fast schon an ihren Anblick gewöhnt, stelle ich aber eine gewisse
Zufriedenheit in ihrem Antlitz fest.

»Ich glaube, ich habe verstanden, um was
es dir geht«, flüstere ich in die Dunkelheit

hinein. »Es war nie deine Absicht, mich zu erschrecken. Nur meine Aufmerksamkeit wolltest du haben, damit ich dir helfe das Licht zu finden.«

Das Bild verschwimmt und Stille ist im Raum wahrnehmbar. Angenehm zufrieden, wie nach einem guten Essen, versinke ich zwischen meinen Daunenfedern. Das Beruhigungsmittel in der Infusion zeigt seine langanhaltende Wirkung. Tief und fest schlafe ich bis zu dem Augenblick, wo der Druck meiner Blase zu groß wird, um sie zu ignorieren. Benommen taumle ich ins Bad, um mich zu erleichtern.

Wohlig strecke ich mich dann anschließend im warmen Bett. Nicht lange dauert es, bis sich meine Körperfunktionen verlangsamen und meine Muskeln sichtbar entspannen. Mein Mund steht ein wenig offen. Hie und da zuckt ein Nerv an den Beinen. Dann kommt eine kurze Ruhephase, bei der ich später nicht sagen kann, ob ich wach bin oder schlafe.

Als ich in die Traumwelt zurückgekehrt bin, stehe ich an einem Tor und warte. Ungeduldig hämmere ich mit meiner Faust dagegen. Wie von Zauberhand, ohne dass ich jemanden sehe, gehen die Flügel der großen Tür auseinander. Was ich für Schatten und verdunkelte Lichteffekte gehalten habe, entpuppt sich als Umriss eines bedrohend aussehenden Engels. Die schwarzen Flügel umspannen mehrere Meter und die krallenbesetzten Nägel an Händen und Füßen tragen nicht zu meiner Ruhe bei. Ist das überhaupt ein Lichtträger? Von diesen schwarzen, unheilversprechenden Augen fühle ich mich wie durchbohrt. Angstvoll weiten sich meine Pupillen und ein Zittern begleitet abwechselnd eine durchdringende Starre. Hinter diesem mächtigen Wächter sehe ich dunkle Bewegungen. Doch kann ich nicht ausmachen, wer sich in dem schweißtreibenden Dunst versteckt. Rauchiger Nebel verhindert eine klare Sicht. Durchdrungen ist diese milchige Konsistenz von leichtem Schweißgeruch. Wenn Angst auf Angst trifft, entsteht diese sonderbare Ausdünstung, die ich sofort erkenne. Mit einer seitlichen Haltung versuche ich, diesem Albtraum zu entkommen. Wie aus dem Nichts greifen Arme nach mir. Nein, es ist nicht der Engel. Es sind kleine Kinderhände, die sich an meiner Kleidung festkrallen. Längst hängt sie in Fetzen von meiner nackten Haut. Über meine Schulter blickend nehme ich die große Entfernung zum Eingangstor wahr. Ohne mich zu erinnern, nur einen Schritt gemacht zu haben. Nun verletzt auch noch ein Geräusch meine empfindlichen Gehörgänge.

Nur Millimeter von meinem rechten Ohr entfernt, säuselt eine mir bekannte Stimme einen vertrauten Wortlaut in mein Ohr. *Hilf mir!* Das ist Paulinas Stimme.

Aber wie? Meine unausgesprochenen Worte fließen aus dem Mund und verteilen sich rund um uns. Gleich einem Banner, das ein Flugzeug hinter sich herzieht, drehen die Buchstaben leuchtend Runden. Plötzlich ist da dieser glutäugige Federmann wieder da. Seine Stimme dröhnt aus jeder Pore seiner Haut.

Du kannst sie nur retten, wenn du die himmlischen Mächte vereinst, ihre Gebote befolgst und die alten Rituale vollbringst. Das ist das göttliche Gesetz der Welten. Bist du dafür bereit?

Immer näher rückt er zu mir, bis die spitzen Krallen unter seinem weiten Mantel meine Lippen streifen. Wie der Blitz fährt diese Berührung in mich und hinterlässt eine feurige Spur bis zu den Zehen. Ein wildes Verlangen schießt empor, wie ich es noch nie in meinem Leben empfunden habe. Das ekstatische Gefühl nimmt mir die Luft und lässt mich die Herrlichkeit der Körperlosigkeit erahnen. Nur das Zerren der Kinderhände hält mich davon ab, in diese Dimension abzutauchen. Immer noch hängt Paulina an mir. Was soll ich bloß tun? Die Verantwortung erdrückt meine Sinne. Mit meinen Fingerspitzen versuche ich, Paulinas Gesicht zu ertasten. Unmöglich erscheint mir dieses Vorhaben. Immer wenn ich sie fast erreicht habe, entfernt sie sich. Der Boden unter meinen Füßen vibriert und gibt nach. Bevor ich einen

Schrei artikulieren kann, falle ich ins Bodenlose.

Wie von einer Tarantel gestochen, schlage ich meine Augen auf. Im diffusen Licht der Morgendämmerung leuchten mir die Zeiger des digitalen Weckers entgegen. Fünf Uhr früh zeigen sie an. Gerädert von meinem Klartraum, an dessen Wirklichkeit ich nicht mehr zweifle, schleppe ich mich in die Küche, um zu trinken. Nach ein paar Schluck vom abgestandenen Wasser des Vortages beginnt mein Bauch zu grummeln. Meine Verdauungsgeräusche erinnern mich an die Organuhr. Selten habe ich diesen Rhythmus bei mir überprüft. Also stimmt es doch. Die Chinesen wussten schon vor Jahrtausenden, dass da noch mehr war. Auch wenn sie unsichtbar für unsere Augen bleibt, hat sie großen Einfluss auf die Funktion meiner Organe. Genauso wie mein Traum. Obwohl der Schrecken noch in meinen Gliedern sitzt, erinnere ich mich bewusst an die Berührung des schwarzgeflügelten Federmannes. Fast süchtig reagiere ich darauf, obwohl mir nicht bekannt ist, ob er zu den Guten oder Bösen gehört. Hält er Paulinas Seele und die der Kinder dort in der Zwischenwelt gefangen? Will er mich etwa verführen? Mich auch an diesem Ort der Verzweiflung einschließen? Auf ewig?

Mich fröstelt es bei dieser Vorstellung. Was spiele ich für eine Rolle dabei? Hat mein kleines Tattoo das wirklich ausgelöst? Immer mehr Fragen tauchen auf.

Bevor das ganze eskaliert, schlüpfe ich unter die Dusche. Mit dem kräftigen Druck des Wasserstrahls spüle ich, neben dem Nachtschweiß, alle belastenden Gedanken fort. Zumindest rede ich mir das ein. In meiner Vorstellung steht Finn neben mir. Wie würde er reagieren, wenn er mich so sieht? Nackt, mein schlanker Körper mit glänzenden Wasserperlen bedeckt? Was würde ich machen, wenn statt Finn der schwarzäugige Engel hier auftaucht? Ein innerer Schauer, gleich eines elektrischen Impulses, lässt sich nicht mehr abschütteln. Immer stärker wird das eigenartige Gefühl. Erst das Zudrehen des Wasserhahns befreit mich von dieser Vorstellung. Das Geräusch holt mich aus der Versenkung und spornt mich an, die täglichen Morgenrituale zu vollenden.

Heute nehme ich mir die Zeit und bereite ein Müsli mit frischen Früchten zu. Braun und unansehnlich sehen die Schalen der letzten zwei Bananen aus, aber sie verhindern nicht meinen Appetit auf den süßen, fast schon cremigen Inhalt. Neben fleckigen Äpfeln und einer verloren wirkenden Orange findet die gelbe Vitaminbombe einen sicheren Platz in meiner Schüssel. Schnell noch Joghurt draufgeklackst und das beste Frühstück ever ist fertig.

Meine Überlegungen richten sich, wie so oft, auf Paulina aus. Wenn ich mir doch nur gemerkt hätte, was ich tun soll. Irgendetwas vom göttlichen Gesetz hat er gefaselt. Nein, nicht gefaselt, sondern hörbar und spürbar in mein Hirn eingebrannt. Mit diesem Hinweis müsste etwas anzufangen sein. Vielleicht suche ich mir Hilfe. Aus dem Bekanntenkreis von Mum kämen dafür mehrere in Frage. Beim Aufstehen rutscht mein Hosenbund tiefer. Wann habe ich mich zuletzt ausgewogen ernährt und drei Mahlzeiten pro Tag zu mir genommen? Seit Mum im Krankenhaus liegt, hat Essen keine Priorität mehr in meinem Leben. Nur wenn der Hunger zu groß ist, mein Magen wie ein kleiner Bär brummt, erinnere ich mich daran. Apropos, ich muss heute meine Mum besuchen und ihr ein paar Kleidungsstücke mitnehmen. Das habe ich zumindest gestern versprochen.

Von einem zwitschernden Vogel am Fensterbrett abgelenkt, schweife ich noch einmal kurz ab. Im kleinen Café an der Straßenecke habe ich vor einigen Wochen einen Artikel gelesen. In erster Linie ging es um die Stärkung des Selbstbewusstseins. Aber zwischen den Zeilen entdeckte ich einen kleinen Wortschatz. So ähnlich wie ... *nimm endlich deine eigene Macht an* ... lautete er. Was sie wohl damit sagen wollten? Könnte es mir wirklich gelingen, aus eigener Macht Paulina zu retten?

Ein weiterer Gedanke gesellt sich dazu. Falls ich es bei Paulina schaffe, dann auch bei den vielen anderen Kindern, dieser ganzen Aschekinderparade. Flink verbanne ich die Reste des Müslis in den Kühlschrank. Euphorisch stelle ich dabei fest, dass mein Schwung zurückgekehrt ist. Die müden Schatten der Nacht sind verschwunden. Sie haben sich aufgelöst, um der Energie des Tages den Vortritt zu lassen.

Mit dem Bus erreiche ich den Parkplatz vor dem Krankenhaus. Dick eingepackt, denn der kalte Ostwind zeigt seine Energie in voller Stärke. Mit dickbauchigen Backen versucht er, lose Dinge an einen neuen Standort zu befördern. Warme Luft schlägt mir nach der Drehtür entgegen. Emsig wuseln Besucher und Angestellte durch die Flure dieses altehrwürdigen Hauses. Oje, ich habe Finn völlig vergessen. Hier herrscht aber Handyverbot. Erst wenn ich diese dicken Gemäuer wieder verlasse, kann ich mich bei ihm melden. Hoffentlich schläft er noch tief und fest.

So wie er gestern drauf war, könnte ich mir vorstellen, wie er beunruhigt auf das Handy starrt. Dieses Gefühl kenne ich nur zu gut. Man sucht nach Erklärungen. Und später Schuldzuweisungen. Da könnte es eng werden für mich. Unpassend für diesen Moment, steigt wieder das Verlangen nach seiner Nähe und seiner beruhigenden Stimme in mir hoch. Um mich abzulenken, betrachte ich die Gesichter der Entgegenkommenden. Ihre

Körperhaltung, wie sie gehen und ihre Arme bewegen. Besonderes Augenmerk lege ich auf das, was sie in den Händen halten. Man glaubt es nicht, was da so befördert wird. Von der Handtasche bis zum gebrauchten Taschentuch. Manche halten die Reste vom Frühstück, andere sehen nervös auf den mitgebrachten Zettel. Nur das Personal schwingt souverän in der Machtposition der weiß Gewandeten sein Hinterteil, mit aufrechter Haltung und einem gewissen Stolz. Ob Mum auch so aussieht, wenn sie hier arbeitet? Selten besuche ich sie an ihrer Arbeitsstätte, denn für private Plaudereien hat hier niemand Zeit. Zumindest nicht am Morgen.

Suchend nach der Zimmernummer acht auf der Unfallstation, werde ich nach wenigen Metern fündig. Kraftvoll öffne ich die Tür und werde von einem jungen Pfleger fast umgerannt. Mit hochrotem Kopf und vielen Pickeln im Gesicht stammelt er noch eine Entschuldigung, bevor er sich vom Acker macht.

»Hallo Mum. Wie geht's dir heute? Fühlst du dich schon besser?«

Ich schmatze einen Kuss auf ihre Wange. Krank sieht sie wirklich nicht aus. Eher, als ob sie nach einer Wellnessbehandlung etwas ruht. Bis ich ihren Knöchel sehe, den sie unter der Bettdecke hervorstreckt.

»Oje, der ist wirklich noch arg geschwollen.«

»Wie schön, dass du gekommen bist. Danke auch für die Kleidung. Stellst du bitte die Tasche in den Schrank?«

Fast wie jeden anderen Tag, kommandiert sie mich gleich herum. Aber heute mache ich das gerne für sie.

»Ich bin eben mit dem jungen Mann von einer Ultraschalluntersuchung zurückgekommen. Es ist zwar alles in Ordnung, aber Geduld war noch nie meine Stärke. Mir dauert das alles viel zu lange. Immer nur aus dem Fenster starren oder lesen ist nicht mein Ding.«

Tief atmet sie durch, um das aufsteigende Selbstmitleid zurückzudrängen.

»Was tut sich daheim? Kommst du zurecht?«

In diesem Moment entscheide ich mich, nicht auszupacken. Sie würde meine Lage sowieso nicht verstehen, sich nur neue Sorgen machen.

»Du kennst mich doch, Mum. Mir wird nicht langweilig, aber dennoch freue ich mich auf deine Heimkehr. Bald hast du es geschafft!«

Mit meiner noch kalten Hand drücke ich ihren Arm ein wenig. Nur so fest, dass sie es spüren kann.

Sentimentalitäten vermeiden wir beide seit dem Unfalltod meines Vaters, um uns nicht in den Erinnerungen zu verlieren. Trauer dauert ewig, hört eigentlich nie auf. Sie verändert sich mit jedem weiteren Lebensjahr der Zurückgebliebenen, klammert sich an positive Emotionen an wie eine Klette. Damit sie nie mehr vergessen wird. Wenn das Leben eines Familienmitgliedes von einer Minute auf die Andere plötzlich endet, bleibt ein Raum mit tiefer Stille zurück, in dem man sich selbst nicht mehr fühlen kann. Nur Schmerz und unbeschreibliche Qual ist da, die sich an jede Sekunde anklammern und einem die Luft abschnüren. Alles wird anders, obwohl es im Alltag ähnlich erscheint. Das Panoramafenster auf das Glück wird zu einem winzigen Guckloch, das an trüben Tagen die Durchsicht völlig verhindert. Nach seinem Tod wäre ich niemals das Risiko eingegangen, alleine hier durchzublicken.

Doch oft sehne ich mich nach der Normalität, die ich damals gar nicht wahrgenommen habe. Wie selbstverständlich gelebt wurde sie in unserer kleinen Familie. Es wurde gelacht und oft auch mit Freunden und Nachbarn gefeiert. Jeder Tag war irgendwie gleich, ohne besondere Vorkommnisse. Zumindest habe ich es so empfunden. Aber genau darin lag der Zauber des normalen Alltags. Immer war die Verbundenheit in der Familie spürbar, genauso wie das Heimatgefühl.

Eine Krankenschwester unterbricht die Zweisamkeit. Beladen mit einem Berg von Medikamenten auf ihrem Tablett, ruft sie beim Eintreten ein fröhliches *Guten Morgen*

in den kleinen Raum mit den blumigen Vor-
hängen. Ein Menüvorschlag für den nächsten Tag wird Mum in die Hand gedrückt. Mit
der anderen übernimmt sie zwei kleine weiße
Pillen, die das Abschwellen am Knöchel be-
schleunigen. Gleich danach verpasst ihr die
resolute Krankenschwester noch eine Anti-
Thrombose-Spritze in den Oberschenkel.

»Nicht schon wieder!«, murmelt Mum und
verzieht das Gesicht.

»Bitte suchen sie das Menü für morgen
aus.«

Fröhlich schmettert sie ihre gute Laune
heraus.

»Ich verzieh mich besser mal. Tschüss
Mum, wenn du was brauchst, ruf mich einfach an.«

Kurz umarme ich die zarte Person, die
meine Mutter ist und winke ihr noch zum Ab-
schied zu.

Vor der Drehtür des Einganges stehen
viele Patienten in ihren Morgenmänteln und
ziehen die grauen Nikotinschwaden in ihre
Lungen. Der ungepflegt aussehende Mittvier-
ziger mit dem Drei-Tage-Bart, hustet
Schleimbrocken hoch und spuckt sie in den
anliegenden Wiesenstreifen. Empört wende
ich mich ab. Das ist wirklich eine Zumutung
für alle Besucher. Mein Verständnis für
Selbstzerstörung und die Aussetzung fremder Personen mit diesen Schadstoffen findet
dafür null Toleranz. *Die werden bald sehen,*

wohin sie das Verhalten führt. Diese selbsterfüllende Prophezeiung von mir lasse ich an diesem Ort zurück. Erst nach ein paar Metern greife ich zum Mobiltelefon, um Finn eine kurze Nachricht zu senden.

Guten Morgen, komme gerade aus dem Krankenhaus. Alles in Ordnung mit mir. Treffpunkt Parkeingang in einer Stunde. Bis bald!

Sofort nach dem Absenden leuchten die zwei Häkchen auf. Finn hat also wirklich darauf gewartet. Leichte Gewissensbisse machen mir eine Verbindung zu ihm bewusst. Haben wir zwei eine reale Chance zusammenzukommen? So wie ein Liebespaar? Oder steht diese Geschichte mit der Anderswelt und Paulina zwischen uns?

Bald wird es sich herausstellen. Von meiner Seite aus möchte ich mehr, ihn näher kennenlernen. Meine innere Stimme fügt noch hinzu: Viel mehr! Gefühle der Geborgenheit, und seine samtig aussehende Bronzehaut regen meine Phantasie an. Schwer und voll sinnlicher Energie, vermischt mit dem Duft seiner Haut, riecht seine coole Lederjacke, die er gerne über einem Hoodie trägt. An warmen Tagen ringeln sich die feinen Nackenhaare zu kleinen süßen Löckchen, die fast alle unter seinem dichten Haupthaar versteckt sind. Wie gerne würde ich damit spielen und sie um meine Finger wickeln. Über meine Sehnsüchte und die geheimen Wünsche erschrocken, mache ich mich schleunigst auf den Heimweg.

Unser Treffen im Park bleibt kurz. Beide sind wir einer Meinung, dass uns Oscar eine Erklärung schuldig ist. Und einen Vorschlag, wie er das wieder zurechtbiegen kann. Warum hat er das Aschetattoo doch gestochen? Wurde er von dem Professor bedroht? Oder gab es andere Gründe dafür? Schwer lasten die Lügen seines Vaters auf ihm. Immer hat er ihn als einen Mann, der zu seinen Worten steht, wahrgenommen.

»Wie enttäuscht Mum sein wird, mag ich mir gar nicht ausdenken.« Seine Mundwinkel ziehen sich nach unten.

Verständnisvoll nicke ich Finn zu. Doch auch ich bin ziemlich sauer auf Oscar. Auch mich hat er mehrfach belogen. Die ganze Sache mit der Aschefarbe wäre nie passiert, wenn er bei seinem Nein geblieben wäre. Und mir wäre viel erspart geblieben.

»Glaubst du, dass die Möglichkeit besteht, ein Vertrauensverhältnis zu ihm neu aufzubauen? Kannst du dir vorstellen, ihm wieder zu verzeihen? Oder ist es noch zu früh dafür, davon zu sprechen? Vielleicht solltest du das später entscheiden.« Meine Nervosität verleitet mich wie immer, alles in Frage zu stellen.

Zusammengepresst sehen seine Lippen wie ein Strich aus. Doch ich wünsche mir nichts mehr, dass genau diese Lippen, egal ob schmal oder voll, meine berühren sollen. Unbeholfen möchte ich mich bei ihm anlehnen. Um zu zeigen, wie nah er mir steht.

Doch genau in diesem Moment macht er einen großen Schritt zurück.

Ein kleiner Ball rollt zwischen seine Füße und der Schrei eines Kindes verhallt in der klaren Luft, ganz nah. Vollbepackt mit Einkäufen rollt ein Kinderwagen auf uns zu. Die Besitzerin, eine gutaussehende Braunhaarige, versucht, ihr Kind zu beruhigen. Je mehr sie auf den kleinen Wicht einredet, umso lauter wird sein Geschrei. Fest presst er seine ohnehin tiefliegenden Augen zusammen und wedelt mit Armen und Füßen die warme Decke herab. Wie auf Kommando verstummt das tobende Kind. Zwischen Tropfen und Tränenspuren auf den dicken Wangen, lacht es glucksend auf, denn seine runden kurzen Fingerchen halten den Ball wieder zwischen seinen Patschhändchen.

Finn hat die Situation meisterlich gerettet. Der dankbare Blick der gestressten Mutter des Kleinen spricht Bände. Eine gut gemeinte Geste verschönert ihren Tag.

10

Laut klackern meine Schuhe über die Pflasterung vor Finns Haus. Der rötliche Schein der untergehenden Sonne lässt den Boden unter meinen Füßen wie einen Ziegelstein aufleuchten. Sanft wiegen sich die trockenen Halme des buschigen Grases neben dem Gehweg. Bis jetzt kam ich fast nur bei völliger Dunkelheit her, deshalb fiel mir die wilde Schönheit des Gartens gar nicht auf. Wie wird es erst hier im Sommer sein, wenn die Rosenbüsche ihren Duft verströmen? Finns angespanntes Gesicht, mit dem er mir die Tür öffnet, lässt nichts Gutes ahnen.

»Ich hatte schon Streit mit meinen Eltern.«

Das war vorhersehbar. Voller Emotion ist es oft schwer, einen Konflikt zu bereinigen. Aber einen Versuch ist es wert. Was wir noch brauchen, sind Informationen. Psychospielchen sind nicht so mein Ding. Menschen beobachten aber sehr wohl. Ein kleiner Teil von mir freut sich trotzdem, dass Finns Familie um mich besorgt ist und ich hier eine gewisse Wertschätzung erfahre. Stella war immer nett zu mir, fast wie eine zweite Mutter. Freundschaftlich umarmt sie mich. Außerdem hat sie versprochen, mir etwas über die alten Heilweisen beizubringen. Menschen wie sie faszinieren mich und regen an, über den Tellerrand hinaus zu sehen. Was oft hilfreich sein kann.

Obwohl ich sie um gut einen Kopf überrage, gibt sie mir das Gefühl von Halt. Wertvoll erscheint mir auch ihre Natürlichkeit, mit der sie nun an die Sache herangeht. Wer glaubt, dass sie Oscar gegenüber schmollt oder ihn sein Fehlverhalten fühlen lässt, hat sich geschnitten. Akribisch genau bereitet sie die Getränke zu. Auf dem Tablett steht nicht nur selbstgemachte Zitronenlimonade, sondern auch mehrere Schüsseln mit Aufstrichen und knusprig aussehendes, in Stücke geschnittenes *Ciabatta*-Brot. *Oolong* Tee, frisch aufgebrüht, verströmt seinen charakteristischen Duft nach Karamell und Jasmin. Die kleine Duftlampe aus Keramik trägt mit dem *Ying-Yang-Öl* ebenfalls zum Wohlfühlen bei. Bevor sich mein Körper samt meinem Gemüt aber wirklich entspannt, mache ich mir den Grund meines Besuches bewusst. Komischerweise fällt es mir jetzt auf, dass sich Paulina seit vorgestern nicht mehr bei mir gemeldet hat.

»Grüble nicht so viel. Sonst schadet es deiner Schönheit.«

Diese Worte von Finn, gehaucht in mein Ohr, zaubern eine unsichtbare prickelnde Verbindung zu ihm. Trotzdem kann ich meine Gefühle für ihn nicht offen zeigen. Nicht hier in seinem Elternhaus. An einem Abend wie diesem. Wo bleibt denn Oscar?

»Fangt schon mal an mit dem Essen.«

Stella stellt noch schnell ein paar kleine Teller mit Oliven und Gürkchen auf dem Esstisch ab. »Macht es euch gemütlich. Mit vollem Magen erscheint ein Problem gleich viel lösbarer.«

Dieser Tipp könnte von meiner Oma stammen.

»Oscar!« Ihr Ruf verteilt den Schall durch das ganze Haus.

Wie kann ein so kleines Persönchen diese kraftvolle Stimme und Ausstrahlung haben? Ich glaube, Finn liest gerade meine Gedanken. Und legt sein bezauberndstes Lächeln auf. Verführerisch und lasziv schließt er genussvoll seine Augen. Wie nebenbei streicht er sich die lockige blonde Mähne aus dem Gesicht. Der hat es wirklich drauf, junge Frauen unruhig werden zu lassen.

Endlich tritt Oscar durch die Tür. Sein schlechtes Gewissen ist ihm anzusehen. Doch der liebevolle Blick seiner Frau lässt ihn trotzdem sehr selbstbewusst erscheinen.

»Guten Abend, Mara! Fühl dich wie zuhause. Wir reden nach dem Essen über alles.«

Schnell dreht er sich um und umfasst die Sessellehne, um seinen Sitzplatz zurechtzurücken. Seine hohe Stirn runzelt sich, als ob er etwas vergessen hat. Danach verlässt er gleich wieder den Raum.

Finn hat bereits das erste Stück *Ciabatta* mit dem Dattel-Lauch-Aufstrich verschlungen.

»Pah, ist der gut!«, stößt er zwischen hörbarem Krachen der Brotkruste hervor. »Den musst du unbedingt kosten. Da hat sich Mama etwas Leckeres einfallen lassen.«

Der stolze Blick auf seine Mutter bleibt von mir nicht unbemerkt. Liebe geht in diesem Haus wirklich durch den Magen.

Aber hält sie auch, wenn Lügen und Geheimnisse Hand in Hand miteinander arbeiten? Wo eben noch ein kauender Finn saß, sehe ich, nachdem ich meinen Blick kurz zur Tür schweifen lasse, niemanden mehr. Pustend kommt er unter dem Tisch hervor mit dem, was er anscheinend soeben verloren hat. Seine Grübchen zeigen sich bei dem verlegenen Versuch, ungesehen davonzukommen.

Mit vollem Einsatz beginne ich mich schließlich durchzukosten. Von einer Schüssel zur nächsten, holt sich mein Löffel Kostproben von diesen Köstlichkeiten. Ohne weiteres könnte Stella ein Haubenlokal eröffnen. Mit phantasievollen Namen wären diese Aufstriche sicher der Renner. Das *Ciabatta* kenne ich bereits, denn es entstammt der

Backstube unseres Dorfbäckers. Vor Jahren hat er das Rezept aus seinem Sizilienurlaub mitgebracht. Wie ihm das gelungen ist, steht noch immer in den Sternen. Denn gute Rezepte werden unter Insidern wie Diamanten gehandelt. Oder liegen fest verschlossen im Tresor der Besitzer.

»Kennst du die Geschichte, wie das *Ciabatta* seinen Namen bekommen hat?« Zwischen zwei Bissen beginnt Finn, ohne meine Antwort abzuwarten, mit seiner Erzählung.

»In den achtziger Jahren hat ein Bäckermeister aus dem venetischen Dorf Adria den vorbereiteten Teig mit Olivenöl versetzt und einfach vergessen. Erst am nächsten Tag, da war der Teigling durch die nächtliche Ruhezeit schon breit und lang, begann er ihn zu backen. Durch die lange Garzeit hatte er fast die Form eines großen Pantoffels. Daher nannte er das Brot *Pantoffel,* was übersetzt auf Italienisch *Ciabatta* heißt.«

Er grinst über das ganze Gesicht, was bei mir die Vermutung von einem aufgebundenen Bären weckt.

»Nein wirklich, die Geschichte ist wahr. Gerne kannst du sie im Internet nachprüfen!«

Herzhaft beißt er wieder in ein Stück vom *Ciabatta*-Wecken. Zuvor hat er, mangels Geduld, das Stück Brot direkt in die fast leere Schüssel mit dem Dattelaufstrich getaucht. Den Rest schleckt er mit seinem Finger heraus.

»Wie früher«, lächelt Stella. »Finn muss wirklich glücklich mit dir sein, wenn er sich in deiner Gegenwart so gelöst und ungezwungen zeigen kann.«

Da strahlt Finn noch mehr als vorher.

»Aber wir sind noch nicht richtig zusammen«, versuche ich die Situation rund um uns aufzuklären.

Schüchtern sehe ich nun zwischen ihnen hin und her.

»Die Chemie zwischen euch stimmt. Wenn Gefühle egal welcher Art stimmig sind, können sie sich entwickeln. In dem Tempo, wie es euch beiden am besten zugutekommt. Übrigens erinnert ihr mich an Oscar und mich selbst. Anfangs waren wir nicht wirklich verliebt, doch Funken sprühten schon immer wieder. Bis er mir in einer Notsituation geholfen hat. Dann sah ich ihn mit völlig anderen Augen. Das erzähle ich aber an einem anderen Abend genauer.«

Entzückt über die Erinnerung blickten ihre Augen in eine Ferne, die uns nicht zugänglich ist.

»Wann kommt Papa denn zurück? Wir sollten schon längst reden.« Ungeduldig zeigt sich Finn durch sein Verhalten. Schnell klopfen seine Finger auf der Tischplatte zu einem Takt, wie auf einer Trommel.

»Ja, Finn, du hast recht. Jetzt müssen wir Tacheles reden. Lasst alles stehen. Ich räume später auf. Wir gehen ins Studio. Vielleicht wartet er dort auf uns.« Stella geht zum Abwaschbecken und säubert sich ihre Hände. Ein kleines Handtuch liegt daneben zum Abtrocknen bereit. »Geht ins Studio. Ich benutze noch das WC und komme nach.«

Zum gleichen Zeitpunkt stehen wir auf. Finn geht vor und die Lichtsteuerung der Deckenbeleuchtung springt mit dem Sensor sofort an. Wunderschön leuchtet das integrierte Licht sanft den Flur aus. Ich beobachte das Muskelspiel unter seinem T-Shirt, während er sich Richtung Anbau bewegt. Im Tattoostudio brennen bereits die Halogen-Lichter und die Tür steht offen.

»Kommt herein.«, Oscars Stimme ist leise und hört sich belegt an.

Das geht mir auch so, wenn ich länger nicht gesprochen habe. Mit dem Räuspern oder einem Schluck Flüssigkeit kann gut gegengewirkt werden. Oscar zieht es aber vor, wieder zu schweigen. Seine Sitzposition sieht ein wenig nach Fluchthaltung aus. Als ob er jeden Moment aufspringen und davonlaufen will. Wahrscheinlich hätte ich das im Sinn, wenn ich an seiner Stelle wäre. Nach dieser unnötigen Lügerei, die er uns aufgetischt hat. Meine positive Meinung über ihn hält sich in Grenzen. Das hätte sich mein Vater nie erlaubt. Immer sprach er die Wahrheit, auch wenn es öfter unangenehm war. In Gedanken gebe ich Oscar nur eine kleine Chance, das wieder gutzumachen. Heißt das Sprichwort nicht: *Wer einmal lügt, den glaubt man nicht, und wenn er auch die Wahrheit spricht.* Wie oft in meinen Leben haben sich diese Worte bewahrheitet? Noch niemals? Oje, ich benütze Worte wie ein Schutzschild, ohne je in diesem Kampf gewesen zu sein. Nie Krieg erlebt zu haben. Außerdem fällt mir partout auf der Stelle kein Mensch ein, der mich richtig angelogen hätte. Mit Ausnahme von der Sache mit Oscar und dem Tattoo. Mum sagt immer, dass man einen Schritt zurücktreten soll, um das gesamte Bild zu überblicken, bevor ein Urteil eine Verbindung vernichtet. Okay, ich nehme mir vor, zuzuhören und erst danach Position einzunehmen. Meinen Blickwinkel erweitere ich damit, um alles zu sehen, was Sache ist.

Finn dürfte Ähnliches vorhaben. Auch er sitzt ruhig da und gemeinsam warten wir alle auf Stella. Nach gefühlten fünf Minuten erscheint sie, ruhig und ausgeglichen, und setzt sich direkt neben Oscar auf das Sofa. Vorher schiebt sie die zwei Zierkissen nach oben, um ihren Kopf weich zu betten. Alles deutet darauf hin: Sie weiß bereits Bescheid. Wie es zwischen Ehepartner so üblich ist. Nur Finn und ich tappen noch völlig im Dunkeln. Bald wird eine Änderung eintreten. Und hoffentlich eine Lösung beinhalten. Denn es wird langsam Zeit, sich mit der Ausführung zu beschäftigen, wie ich Paulina in die Ewigkeit schicken kann. Übel hören sich diese Worte an. Eine Zwischenwelt ist kein Ort, den ich mir für Paulina und die vielen anderen Kinder wünsche. Überwacht von einer dunklen Macht mit schwarzen Federn und einem Blick, der die Seele verbrennt.

Oscar bewegt sich und sucht nach der geeigneten Position, bei der er uns alle drei im Blickfeld hat.

»Als Erstes, es tut mir unendlich leid, dass ich euch belogen habe. Im Nachhinein war es keine gute Lösung. Wenn ich daran denke, dass ihr durch mich zu Schaden kommt oder das Vertrauen verlieren könntet, macht mich das traurig. Sehr alleine fühle ich mich gerade, obwohl ihr Lieben neben mir sitzt. Meine Hoffnung nährt sich von der Vorstellung, dass ihr mir verzeiht. Vorher möchte ich euch allen erzählen, was sich wirklich zugetragen hat.«

Stellas Telefon reißt uns aus der Lethargie. Schnell drückt sie die Nummer weg.

»Sprich weiter, Oscar.«

Stella nickt ihm aufmunternd zu.

»Hm, ja. Wie gesagt begann alles mit diesem Brief von Professor Alwin Zopf. Der Tod seiner kleinen Tochter, die er alleine mit Hilfe seiner Schwester erzogen hat, hinterließ bei ihm tiefe Spuren. Seine Frau ist kurz nach Paulinas Geburt an Krebs verstorben. Nach der Zeit des aufwühlenden Wartens, bei der Suche nach seinem Kind, kam die Todesnachricht, die alles veränderte. Von einem Tag auf den anderen war seine Welt schwarz geworden. Anfangs nur im Alltag, danach auch in seinem Inneren. An dem Tag seines persönlichen Besuches bei mir, hatte die depressive Phase bereits Spuren bei ihm hinterlassen. Tiefe Falten und angeschwollene Tränensäcke erzählten mir die stumme Geschichte der Trauer. Gedanken wie, *hätte ich doch an diesem Tag,* führten aber zu keiner Lösung, sondern zu einem selbstzerfleischenden Verhalten. Er fühlte sich als gebrochener Mann und sagte mir, ich wäre seine letzte Rettung. Mit diesem Porträt-Tattoo und der Asche seiner Tochter wollte er ein Denkmal setzen, das immer in seiner Nähe wäre, Tag und Nacht. Selbst bei seinem eigenen Tod wäre er dann nicht allein, sondern verbunden in Ewigkeit mit dem eigenen Blut. Meine telefonische Absage hat ihn nicht aufgehalten, zu kommen. Er bot mir eine Unmenge an Geld an und klopfte mich mit Lob, später mit Bitten weich. Ihr müsst wissen, dass er wirklich verzweifelt war!«

Das Glas Wasser, welches er in seinen Händen hält, leert er in einem Zug.

»Über unseren Schuldenberg bei der Bank war er auch informiert. Oder er hat es einfach angenommen und blind damit bei seinen Verhandlungen mit mir gepokert. Dieses große Umbauvorhaben und die neue Einrichtung des Studios fraßen ja Unmengen an Geld. Was uns Finns Großtante vererbt hatte, verschlang nicht nur unsere gesamten Ersparnisse, sondern erhöhte auch das Risiko. Ihre alten Schulden, durch Jahrzehnte angehäuft, musste ich auch noch übernehmen, um das Erbe gerichtskonform anzutreten. Da kam das Angebot genau recht. Was kann schon dabei sein, ein Portrait zu tätowieren, wie ich es schon hundertmal gemacht habe? Ob da noch Asche in der Farbe ist oder nicht, macht sicher nichts Spezielleres daraus. So ähnlich zeigten meine Gedanken den Weg auf. In Wahrheit hatte ich mich schon vor dem Treffen mit dem Professor dafür entschieden, es zu stechen. Fast schuldenfrei zu sein und garantierter Schlaf in den Nächten, der Gedanke war zu verlockend. Keine Angst vor Anrufen von der Bank, und Rechnungen sofort bezahlen zu können, erschien mir wie ein Zustand im Paradies. Euch ein Leben zu ermöglichen, ohne viele Beschränkungen oder Auflagen, war zu verlockend, um es zu ignorieren.«

»Warum hast du über die Schulden nie gesprochen?«

Stella war sichtlich erschüttert.

»Ich dachte, dass deine Großtante eine vermögende Frau war. Dass das Haus nur so heruntergekommen war, weil die männliche Hand fehlte.«

»Es war ein Denkfehler. Ziemlich spät offenbarte sich mir ihr Schuldenstand. Da wollte ich keinen Rückzieher mehr machen, denn ihr hattet euch so auf das Haus gefreut. Betroffen war ich aber jetzt vor allem wegen Mara. Geplant war, dass der Professor die restliche Tinte mitnimmt und beim nächsten

Friedhofsbesuch am Grab seiner Tochter mit der Erde vermischt. Durch die Unachtsamkeit von mir blieb aber der Rest, der mit Asche angereicherten Farbe, hier am Tisch stehen. Mara muss nun ihr Leben lang damit klar kommen, einen Teil einer Toten in sich zu tragen.«

Das hört sich horrormäßig an. So habe ich das nie empfunden. Paulinas Teil in mir ist nicht das Problem, sondern das, was dadurch ausgelöst wurde. Von meinem inneren Gefühl wissen aber Finns Eltern nichts. Habe ich durch mein Verschweigen, was inzwischen passiert ist, ebenfalls einen Betrug begangen? Wäre es nicht ehrlicher gewesen, ihnen davon zumindest Bruchstücke an Informationen mitzuteilen? Sollte nicht auch ich beichten? Das schlimmste Verbrechen habe ich begangen. Meiner Mum gegenüber. Ist verschweigen wie lügen? Wenn ja, klage ich mich selbst an. Für Oscar empfinde ich nur mehr Mitleid. Er ist mein Spiegel für die Taten von mir. So wie er das Vertrauen zu seiner Familie empfindlich gestört hat, ergeht es mir gleich mit meiner Mum. Obwohl mein Herz übervoll von Liebe für sie ist, habe ich sie sträflich vernachlässigt. Nicht nur bei den täglichen Nicht-Besuchen im Krankenhaus, sondern vor allem durch mein Schweigen. Aus falscher Rücksichtnahme. Gerade meine Mum ist eine der stärksten Frauen, die ich kenne. Warum nur habe ich dann diesen

Vorwand mir eingeredet, dass ich sie beschützen muss? Ich ekle mich vor mir selbst. Über andere, wie zum Beispiel Oscar zu urteilen, und selbst auf der Anklagebank zu sitzen.

Finn spürt, dass mein Innenleben nicht rund läuft. »Ich bin bei dir.«

Seine Worte helfen mir und auch doch wieder nicht. Ganz alleine muss ich damit klarkommen. Da kann mir keiner dabei helfen.

»Und so habe ich einen Pakt mit dem Professor geschlossen. Er bezahlte nicht nur die Einrichtung des neuen Studios, sondern auch einen Teil des Umbaus als Gegenwert für das Tattoo. In seiner Lage war Geld nicht mehr wichtig. Wen sollte er es denn später alles vererben, wenn Paulina bereits tot ist?«

Oscars Stirn ist mit Schweißperlen übersät. Stella reicht ihm die Box mit den Taschentüchern, damit er sie abtupfen kann.

»Habt ihr noch Fragen an mich?«

Jeder von uns starrt vor sich hin. Keiner sieht den Danebensitzenden in die Augen. Finn steht auf und öffnet das Fenster. Der leichte Luftzug tut einfach gut. Denkbar ungünstig erscheint es mir, hier eine genaue Berichterstattung abzuliefern. Soll ich wirklich von dieser fremden Welt und den Trugbildern erzählen, die von den Anwesenden nie wahrgenommen werden können? Wer will schon eine Verrückte in seiner Nähe haben? Eine, die Geister sieht und noch schlimmer, mit ihnen spricht. Für einen eingeschweißten

Schulmediziner ein klarer Fall für die Psychiatrie. Oh Gott, mir wird schlecht. Wie abgehoben das klingt. Nicht jeden Tag kommt eine junge Frau hier hereinspaziert und schwafelt von einem schwarzen Engel. Naja, vielleicht um sich ihn als Tattoo stechen zu lassen. Gesellschaftlich betrachtet ist das cool und trendig. Hingegen es als Realität wahrzunehmen und dann darüber zu sprechen, wäre ein absolutes No-Go. Super, wie ziehe ich mich nun aus der Patsche?

»Du kannst mich ruhig alles fragen, Mara!«

Oscar wartet anscheinend auf viele Fragen meinerseits.

»Ich, ich …« Völlig verunsichert beginne ich zu stottern.

Mir bleibt aber auch nichts erspart. Als kleines Kind wiederholte ich in für mich prekären Momenten und bei Stress, die ersten Silben eines Wortes mehrmals hintereinander. Niemals hörte ich aber, dass meine Eltern von Stottern sprachen. Sie ermutigten mich, einfach die Worte zu singen. Das gelang immer. Indem nie die Aufmerksamkeit auf meinen Sprachfehler gerichtet war, löste er sich im Laufe der Monate von ganz alleine wieder.

»Ich glaube, ich habe alles verstanden.«

Zittrig und unbeholfen wirke ich. Vergeblich suche ich inneren Halt. Mein Selbstvertrauen hat sich gut versteckt. Vor meinem geistigen Auge tanzen die Tafeln mit den Straßennamen. Ohne sie zu zitieren, ziehen sie an mir vorbei. Wie in einem Comicstreifen.

Finn hat seine Unterarme auf die Oberschenkel gelegt und starrt zwischen seine Beine. Die blonden Locken verdecken sein Gesicht. Plötzlich hebt er den Kopf, sieht mich an und stöhnt auf. »Mara hat euch noch etwas zu sagen.« Wieder einmal drückt er meine Hand und verschränkt seine Finger mit den meinen. Dies hält meine aufkommende Furcht in Grenzen. »Ob ich das Vertrauen allerdings zu dir zurückgewinnen kann, wird sich weisen.« Die andere, geöffnete Hand streckt er zu seinem Vater hin.

»Für Mara hat diese Aschefarbe viel mehr Bedeutung und auch Auswirkung, als ihr ahnen könnt.«

Nun richtet er seine volle Aufmerksamkeit auf mein Gesicht. Die kleine Pause, die dabei entsteht, nutze ich, um tief durchzuatmen.

»Oh, ich möchte euch auf keinen Fall belasten. Vielleicht liegt es nicht an der Farbe und dem Tattoo, sondern an mir. Ihr wisst schon, so wie ein Zufall eben, wenn zwei Dinge zusammenkommen.«

Fragend beugen sich Stella und Oscar in meine Richtung. »Wie meinst du das?«

Stella legt die rechte Hand unter ihr Kinn und stützt sich mit dem Ellbogen auf der Sessellehne ab.

»Bevor ich anfange, bitte ich euch, mich bis zum Ende anzuhören. Keine Unterbrechung, ansonsten bin ich mir nicht sicher, ob ich es schaffe. Mein Leben ist in den letzten Monaten so anders geworden. Nicht in jedem Moment komme ich damit zurecht.«

Einstimmig nicken sie mit ihren Köpfen. Manchmal sehne ich mich direkt nach der alltäglichen Langeweile, bei der man die Minuten totschlägt und keine Verantwortung ihr Gewicht auf die Schultern drückt.

Die nächste halbe Stunde ist es sehr ruhig im Studio. Ich beginne mit meiner Erzählung, die hier auf diesem Platz angefangen hat, sich fortsetzt und mein Leben derzeit auf den Kopf stellt.

Keine Erscheinung, kein Gefühl von mir lasse ich aus. Ehrlichkeit pur, wohin sie mich auch führt. Im schlimmsten Fall zu einer Einweisung in die Psychiatrie, im Besten zu einer innigen Beziehung mit ihnen. An manchen Stellen kommt ein Schluchzen meine Kehle hoch. Doch die ausgesprochenen Worte wirken auch befreiend. Als ob ich von einer anderen Person sprechen würde.

Die Stille danach ist zum Greifen. Schwer und dunkel liegt sie über uns und umhüllt uns mit ihrer Aura. Wie eine gemeinsame Meditation, ganz ohne Worte auskommend. Mitfühlend nehmen sie mich nacheinander in den Arm.

Aus meiner inneren Tiefe kommt ein Strom von Gefühlen und steigt wie ein heliumgefüllter Ballon nach oben. Das Tor zur Welt öffnet die Schleusen und ein Tränenmeer verlässt die Eingrenzung meines Daseins. Immer wieder tropft es aus meinen Augen und lässt in dem gedämmten Licht alles wunderbar weich erscheinen.

Verschwommen und doch klarer als in den letzten Wochen zeichnet sich ein neues Bild ab: Hoffnung. Auf das, was kommt. Gemeinsam werden wir es schaffen, Paulina dieser unwürdigen Welt zu entreißen. Sie Hand in Hand mit sicheren Begleitern in die ewige Lichterwelt führen. Damit sie sich endlich von den Erdenqualen der letzten Stunden erholt.

Unsere fest verschworene Gemeinschaft setzt neue Impulse. Finn sucht meine Finger mit der Tätowierung und hält seine Finger im perfekten Winkel zusammen. Sonne und Mond sind vereint und in mir entsteht, dieses Mal ohne Hilfsmittel, ein Bild von einer lächelnden Paulina.

M ein Vorhaben, mit Mum zu reden, setze ich sofort nächsten Tag um. Damit mich niemand mehr, vor allem ich selbst, davon abbringt, endlich das Unaussprechliche zu beichten. Mum reagiert voll cool. Zwar leicht blasser als vor unserem Gespräch, dennoch mit dem Ich-bin-für-dich-da-Blick. Ihre Hand streicht sanft über meine Tätowierung.

»Gefällt sie dir?« Ich schiele ein wenig von der Seite zu ihr hin und grinse.

»Sie passt so gut zu dir. Egal, was sonst da noch ist. Hättest du keine Resonanz in dir gehabt, wäre das nie passiert. Schicksalhaft verbunden, würde ich meinen.«

Ihre Worte ummanteln mich mit ihrer Liebe, die ich gerne annehme. Davon bekomme ich nie genug, besonders seit mir durch den Tod meines Vaters die männliche Zuneigung verwehrt bleibt. Bis ich vor kurzem Finn kennenlernte. Er ergänzt diesen fehlenden Teil zwar noch nicht komplett, trotzdem fühle ich die innere Leere nur mehr, wenn es Probleme gibt.

»Wir haben nie darüber gesprochen, aber auch dein Vater wollte sich ein Tattoo stechen lassen. Kurz vor seinem Tod hat er noch einen Termin ausgemacht. Alles ist anders gelaufen und so ist es nie dazu gekommen. Eigentlich wollte ich dir nur mitgeben, dass er es okay gefunden hätte.«

Diese Worte sind unendlich wertvoll für mich. Jetzt fließen die Tränen bei uns beiden. Heulend lachen wir wieder und irgendwie vermischt sich alles, weil unsere Umarmungen gar nicht mehr aufhören. Wiegend und pustend, da wir zu wenig Luft bekommen, beginnt der nächste Anfall dieser gegensätzlichen Gefühle. Wie kann man nur gleichzeitig weinen und lachen? So nah beieinander sind diese Emotionen wie beste Freundinnen. Oft nicht der gleichen Meinung, dennoch zusammengehörend.

»Mum, ich bin so froh, dass ich dich habe. Bitte bleib immer bei mir. Versprich es hoch und heilig.«

Fast wie ein Kind rede ich von diesem naiven Gedankenwunsch. Langsam, als hätte die Zeit angehalten, erscheint mir dieser besondere Moment. Wenn es so leicht wäre, dies zu beeinflussen. Jeder Mensch ist sich bewusst, mit dem Schicksal kann man nicht handeln. Man kann es weder voraussehen noch bestechen. Es zeigt sich so, wie es ist.

Bevor wir auch noch das Bett völlig zerdrücken, gleite ich ein Stück zurück an den Rand. Ihre getragene Kleidung stecke ich in einen Plastikbeutel und nehme sie, nach einer letzten Umarmung, mit nach Hause.

An den Weg zur Wohnung erinnere ich mich nicht mehr. Erst das Hineinstecken des Schlüssels daheim weckt mich aus dem hypnotischen Zustand. Aufatmend lasse ich mich im Wohnzimmer auf das Sofa plumpsen. Meine Arme sind ausgebreitet und mein Blick starr auf die Decke über mir gerichtet. Ich denke an Papa. An sein Lachen und seine humorvolle Art, dem Leben zu begegnen. Seine Freunde brachten damals nach seinem Tod ein Fotoalbum zu uns. Mit Bildern aus früherer Zeit, die Mum und ich noch nicht kannten. Ich kam mir wie ein Voyeur vor, so anders sah er darauf aus. Jung, ausgeflippt und Party machend. Mit nacktem Oberkörper, die Gitarre in der Hand am Strand sitzend. Seine weißen Zähne blitzten auch in der Abenddämmerung auf. Fremde Mädchen, die so anders aussahen als meine Mutter, hingen an ihm, wie bei einem Popstar. Seine braungebrannte Haut und sein verschmitztes Lachen vermittelten, wie wohl er sich fühlte.

Diese Fotos will ich jetzt betrachten. Irgendwo im Kasten muss das Album doch liegen. Wie verzweifelt, als ob mein Leben davon abhängen würde, krame ich herum. Erst beim dritten Anlauf gelingt es mir, die Bilder-sammlung in dem lila Fotobuch unter anderem Krimskrams herauszuziehen. Leider ist mit dieser Aktion auch das halbe Regal her-untergefallen. Mit zusammengebissenen Zähnen mache ich mich ans Aufräumen. Niemand anderes als ich selbst weiß, dass es ansonsten bis morgen Früh liegenbleiben wird, wenn ich es jetzt nicht erledige.

Fluchend schiebe ich den Rest zurück ins Regal. Dabei greifen meine Finger weit in das Fach hinein, und ich spüre ein Päckchen voller Kuverts. Beim genauen Hinsehen kommen Briefe zutage. Nein, kein heimlicher Liebhaber schrieb sie, sondern meine Groß-mutter väterlicherseits. Diese Verwandte habe ich nie persönlich kennengelernt. Lange bevor ich geboren wurde, war sie verstorben. Bekannt war mir nur, dass sie für andere Leute Krankheiten besprochen hatte. *Abbe-ten* nennt man dies bei uns. Mum fürchtete sie bei ihren ersten Begegnungen. Das hat sie mir vor Jahren anvertraut. Ihre direkte Art hatte etwas Befehlendes. Doch mein Vater liebte sie abgöttisch. Er bezeichnete sie als seinen Schutzengel. Ein Grund mehr, mit Stella darüber zu sprechen. Sie könnte mich in diese Materie ja einführen. So bliebe die geheimnisvolle Gabe in dieser Familie. Auf ewig.

Etwas macht *klick* in meinem Kopf und meine Hände werden warm. Ein Pulsieren an den Fingerspitzen steigert sich zu einem brennenden Gefühl. Fast hätte ich die Briefe, die mit einem rosa Band zusammengehalten werden, fallengelassen. Wie bei einem Puzzle fühlen sich meine Gedanken an. Die Teile fügen sich zusammen und ergeben, warum überrascht mich das nicht, das Bild von Paulina. Mein Verstand macht, was er will. Unerwartet fühle ich die Wärme bis zu meinen Haarspitzen. Dann tun diese richtig weh. Der Schmerz sitzt nicht auf der Kopfhaut, sondern in den Haarenden. Wie abgefahren ist das denn? Niemand ist bei mir und doch fühle ich eine Präsenz, die mir über den Scheitel streicht. Ein leichter Windzug berührt mein Ohr und hinterlässt am Rücken einen Schauer.

Aber ich fühle bei alldem keine Angst. Nur Verwunderung, Ungläubigkeit und … Scham. Reue darüber, mich nie mit meiner Großmutter befasst zu haben. Mit ihren Gaben und mit ihren überlieferten Heilkräften. Mum hat oft von ihr erzählt. Immer lief ich davon, wollte nichts darüber hören. Wenn Papa damit anfing, sagte ich ihm lachend ins Gesicht, dass ich an den Unfug sowieso nicht glaube und er sich seine Worte sparen kann. Wie dumm und arrogant von mir, ohne Beweise und die Chance auf Anhörung, ihn und ihr Erbe so verletzend zu behandeln. Doch Papa verzieh mir immer und entschuldigte es mit meiner Jugend. Wäre er doch noch am Leben. Ich würde alles wieder gutmachen. Nachholen, was wir nicht mehr miteinander erleben durften. Aber es ist zu spät für diese sentimentalen Anwandlungen.

Aus heiterem Himmel, überhaupt nicht dazu passend, kommt noch ein Gedanke dazu. In der Anfangszeit des Kennenlernens hat mir Finn doch von einem weiteren Tattoo erzählt. Bis jetzt habe ich es nicht gesehen. Das müssen wir schleunigst nachholen. Ob er sich dafür ausziehen muss? Holla die Waldfee! Ist das für mich ein Zuviel an Intimität? Noch nie habe ich darüber nachgedacht, wie es mit uns weitergehen könnte. Wo ist meine Wohlfühlgrenze?

Aber es gibt momentan Wichtigeres zu tun. Immer noch sitze ich am Boden und starre auf den vergilbten oberen Umschlag mit der leicht krakeligen Schrift. Die Buchstaben sind ungewöhnlich geformt, doch gut lesbar. Ehe ich mir aber den Hintern abfriere, ziehe ich mich mühsam hoch. Mein rechter Fuß ist eingeschlafen und das kribbelnde Gefühl begleitet mich bis zum Sessel der Essgarnitur. Aufmerksam lege ich das Bündel mit der verschossenen Farbe auf den Tisch und löse das Band. Ich nehme den ersten Brief, öffne ihn unsicher und ziehe das vergilbte Papier heraus.

Eng beschrieben mit der charakteristischen Schreibweise meiner Großmutter beginne ich die Buchstaben zu lesen. Die weiteren Briefe folgen nach und nach. Gefühlte Stunden verbringe ich hier beim Studieren dieser Blätter. Vor mir entsteht ein Bild, anders als die bisher gewohnten Fotografien, die Papa von seiner Mutter aufbewahrt hat.

Von einer Heilerin ist hier die Rede, die auch mit Toten sprechen konnte. Sie erfüllte letzte Wünsche, indem sie die zurückgelassenen Angehörigen tröstete und beruhigte. So bezeugte sie, dass es das ewige Leben der Seele gibt. Mit jedem der Briefe wächst mein Respekt vor dieser Frau. Viel später erst wird mir bewusst, dass ich auch von dieser Seite eine Fähigkeit geerbt habe, die tief in mir unterschwellig ruht. Ohne es gewusst zu haben. Durch die Blutlinie väterlicherseits, vermischt mit den gegenwärtigen Erlebnissen durch das Tattoo, zeigt sich die Magie dieses Stammbaumes.

Schade, dass ich mit meiner Großmutter nicht mehr darüber reden kann. Mum hatte Recht mit der inneren Resonanz. Die Annahme dieses Erbes erst berechtigt mich, auf diese magischen Fähigkeiten zurückzugreifen, sie zu entwickeln und damit eine spirituelle Reise zu beginnen. *Der freie Wille steht über all dem*, schreibt sie. Wirksame Heilgebete führt sie ebenso an. Am Berührendsten ist aber das, was zwischen den Zeilen steht. Meine Zellen saugen die verborgene Energie daraus ein und eine tiefe Verbundenheit zu meinen Ahnen entsteht. Ich fühle mich unterstützt und angenommen. Hoffentlich hält das länger an, denn dieses Gefühl kann ich dringend brauchen auf dem Weg, der noch vor mir liegt.

Woher wusste sie eigentlich von mir? In manchen Briefen macht sie Andeutungen von der weiblichen Linie, die Großes vollbringen wird. *Wenn die Zeit reif ist,* steht darin. Leider ist eine wichtige Passage im Text fast unleserlich geworden. Als ob Tränen die Tinte verwischt haben. Genau an dieser interessanten Stelle, wo sie von Bildern aus zwei Welten schreibt, die von Sonne und Mond begleitet werden, bis hin zur Vereinigung.

Meint sie damit vielleicht die Tattoos von meiner Mondgöttin und der starken Sonne zwischen den Fingern von Finn? Woher wusste sie, dass Jahrzehnte später zwei junge Menschen ihre Begegnung mit einem Bild verbinden? Rätselhaft bleibt die Textstelle, die nicht mehr vollständig vorhanden ist. *Von starken Mächten* und *einem Wechsel von Dunkelheit und Licht* ist die Rede. *Nicht alles ist so, wie es scheint,* führt sie weiter an.

Wie die Planeten um die Sonne kreisen, so fliegt dieser Satz durch mein Bewusstsein. Nicht zu stoppen oder in der Laufbahn zu verändern. Was hat das zu bedeuten? Liege ich vielleicht völlig falsch mit meiner Sichtweise über Paulina und die Zwischenwelt? Auch ein weiterer Satz beschäftigt mich stark. *Nur wer wirklich anwesend ist, kann eingreifen und verändern.* Meint sie damit, dass ich in diese dunkle Anderswelt eintreten muss, um Paulina und die anderen Kinder zu retten? Muss ich dafür selbst sterben? Ist mein Tod Voraussetzung für die Freigabe der Untoten?

Jetzt wird mir das alles zu viel. Ich bin weder bereit, zu sterben, noch einen Horrortrip in ein Seelenland zu machen, wo die Anwesenden nur eines im Sinn haben: Möglichst schnell von hier zu verschwinden. Das Gedankenkarussell hat mich wieder einmal fest im Griff.

Spontan lasse ich alles liegen und stehen, hole mir meine Jacke und stürme aus der Wohnung. Ich brauche klare Luft, um die schwarzen Wolken aus meinem Kopf und meiner Seele zu vertreiben. Erst am Waldrand beginne ich, normal zu atmen. Seltsam leer fühlt sich mein Körper an. Wie ferngesteuert lenke ich meine Schritte weg vom Spazierweg und steuere direkt in den Wald hinein.

Hier ist es viel dunkler. Der weiche Boden unter meinen Füßen und der harzige Geruch der vielen Tannen- und Fichtennadeln, vermischt mit der feuchten Erde, beruhigen meine Sinne. Ständig knackt es unter und neben mir. Meine Sinne sind darauf gerichtet, unbeschadet und trocken dieses Stück Natur zu durchqueren.

Vor mir sehe ich ein kleines Wesen schnell Schutz suchen, unter dem Laub des Vorjahres. Vielleicht eine Maus oder auch eine Eidechse? Egal, sie sind hier zu Hause. Sie wissen, wo ihr Platz ist. Bei mir ist es momentan anders. Nirgends bin ich ganz da, nicht auf der Erde, aber auch nicht in dieser Geisterwelt, die ich nicht verstehe. Wohin gehöre ich? Bevor ich einen Gedanken zur Lösung meines Problems fassen kann, ist er wieder entschwunden. Wie der Vogel auf dem Strauch neben mir, fliegt er blitzschnell davon. Auf Nimmerwiedersehen.

Voller Eindrücke über das seltsame Weltbild meiner Großmutter kehre ich in meinen Alltag zurück. Meiner Mum geht es besser. In zwei Tagen darf sie das Krankenhaus verlassen. Ihr Knöchel hat an Umfang verloren und ist viel beweglicher als noch vor einer Woche, trotzdem darf sie für die nächste Zeit an Krücken gehen. Schonung ist erstmals angesagt, bevor sie sich wieder ins Arbeitsleben stürzen kann. Ich denke, dass es ihr und ihrem Körper guttut, wenn der tägliche Stress reduziert wird. Auf mehr Zeit miteinander freue ich mich auch. Gerade in den turbulenten Tagen, die ich derzeit durchlebe, sehne ich mich nach unserem Mama-Kind-Verhältnis. Das es, obwohl ich kein Kind mehr bin, immer noch gibt. Keine Verantwortung, keine besonderen Aufgaben, einfach nur Freude am Leben haben. So stelle ich mir das vor. Aber doch auch irgendwie langweilig, immer im selben Trott zu funktionieren. Ein wenig Abenteuer in der

Natur erleben, gewürzt mit der prickelnden Atmosphäre in Finns Gegenwart, wären zumindest eine tolle Alternative. Wie gut, dass Schule und Aufgaben noch weit weg sind. Die Zeit, in den Tag hineinzuleben, genieße ich mittlerweile. Damit komme ich gut zurecht. In dieser Lernpause habe ich vor, mich anderweitig zu bilden. Auf dem geheimnisumwobenen Fachgebiet der Spiritualität. Nach meinen Erfahrungen mit der *Reiki*-Heilmethode, gibt es noch ein weites Feld zu erforschen. Besonders wenn es die Anderswelt betrifft. Ich möchte meine Gabe, vererbt durch meine Blutlinie väterlicherseits, vertiefen und mit allen Sinnen annehmen.

Seit zwei Tagen habe ich Paulinas Gesicht nicht mehr gesehen. Mir scheint, als ob sie sich momentan zurückgezogen hat und abwartet, wie ich reagiere. Diese Auseinandersetzung mit meiner spirituellen Lebensaufgabe hat einen bereichernden Nebeneffekt. Mein Gefühle und Emotionen haben an Vielfalt zugenommen.

Ich glaube wieder an die tiefe Liebe zwischen Menschen und fühle mich nicht mehr so einsam. Wenn ich in Finns Nähe bin, erahne ich, was es heißt, den Seelenpartner an der Seite zu haben. Seine Aura passt perfekt zu meiner und wir ergänzen uns nicht nur durch gleiche Ansichten, sondern auch durch Reaktionen. Bevor er noch eine Antwort gibt, fühle ich ihn und seine Stimmungslage. Das konnte ich bisher nur bei meinen Eltern. Schon als Kleinkind wusste ich, was als Nächstes passieren wird. Ich setzte etwas in Gang und die Reaktion von Mama oder Papa gab den Abschluss dazu. Zugegeben nicht immer im positiven Sinn. Aber dennoch nachvollziehbar.

Mit Grauen denke ich daran, bald wieder in eine Situation hineingepresst zu werden, die nur aus Pflichten besteht. Der Schule und der Gesellschaft gegenüber. Wie wundervoll müsste es sein, so wie meine Großmutter zu arbeiten. Mit lieben Menschen in Kontakt zu kommen und nebenbei Hilfe für die Heilung anzubieten. Ein ganzes Leben in einem ungeliebten Beruf zu verbringen, ist für mich nicht vorstellbar. Bei meinem empathischen Empfinden wäre es sehr belastend für mein Seelenheil.

Bevor ich mich aber in weiteren Überlegungen verliere, versuche ich, mich besser zu erden. Meinen Vormittag verbringe ich mit dem dringend notwendigen Wohnungsputz. Nebenbei läuft die Waschmaschine zu ihrer Höchstform auf. Am Nachmittag fülle ich aufatmend den Kühlschrank und staple einige mitgebrachte Konserven in das offene Regal. Von dem leckeren frisch duftenden Brot schneide ich mir das Endstück ab und genieße die knusprige Brotkrume. Gemeinsam mit ein wenig grüner Paprika und zwei Cocktailtomaten ergänzt sie den vegetarischen Brotaufstrich mit Oliven. Genießerisch lecke ich meine Lippen ab. Der mitgebrachte

Fruchtjoghurt befriedigt meinen Drang auf Süßes perfekt. Bis auf den letzten Löffel vernichte ich den Inhalt des Bechers. Schon lange hat es mir nicht mehr so gut gemundet. Immer wenn ich allein esse, kommt mir normalerweise mein Appetit abhanden. Viel besser schmecken selbst die einfachsten Lebensmittel, wenn sie in geselliger Runde aufgetischt und verzehrt werden.

In der nun blitzblanken Wohnung halte ich es nicht lange aus. Mein Gang in die örtliche Bibliothek führt mich direkt an der alten Kirche vorbei. Mit ihren Gräbern davor, ist das Gotteshaus für mich ein respektvoller Ort, den ich immer möglichst leise betrete. Seit einigen Jahren ist das alte Bauwerk aber nicht immer offen. Nur zu bestimmten Zeiten ist Einlass. Daher versuche ich, den schweren Türöffner behutsam zu öffnen. Mit festem Druck nach unten gelingt es mir endlich.

Tröstlich umfängt mich die Stille in den nach oben weit offenen Raum. Kalt zieht es aber an meinen Füßen hoch. Die alten Steinquader, die als Bodenbelag dienen, sind von der jahrhundertealten regelmäßigen Benutzung glatt geschliffen. Matt spiegelt sich das Metall eines großen Kerzenhalters in ihnen. Vorne am Altar leuchten vereinzelt die Flammen der Kerzen auf.

Bevor ich es mir wieder anders überlege, setze ich mich in die Kirchenbank, direkt neben dem mittleren Hauptgang. Von hier aus überblicke ich fast alles. Neben dem Tabernakel steht der Blumenschmuck der örtlichen Floristin. Sie sorgt für die duftende Schönheit hier. Hinter den Gestecken findet man auch gebundene Ähren oder Gräser. Immer schon fand ich es beruhigend, ein Stück Natur in diesem gruftähnlichen Gebäude zu haben. Trotzdem finde ich es eigenartig hier. Düster, wenn nicht Licht durch die bunten Glasfenster fallen würde. War es Absicht, die religiösen Stätten geheimnisvoll und im Dämmerlicht zu halten? Hat diese Statue, links von mir, immer dort gehangen? Die Mutter Gottes, mit dem kleinen Jesuskind auf ihren Armen, sieht irgendwie anders aus als sonst.

Schnell erhebe ich mich und stelle mich direkt darunter. Mein Blick fällt auf eine wunderschöne Bildhauereikunst aus dem 14. Jahrhundert. Zumindest sagt das die darunter angebrachte Tafel. Je höher ich meinen Kopf hebe, desto mehr bekomme ich den erhabenen Eindruck über die Aussagekraft dieses Kunstwerkes. Das kleine Kind sieht, wie magisch angezogen, zur Mutter auf. Im nächsten Augenblick schließe ich mich dem Gotteskind an und mein Blick fällt direkt in … Paulinas Gesicht. Überdeutlich und lebendig ist ihr steinernes Gesicht. Ausgedrückt wird darin eine enthaltene Güte, die ich sofort fühle. Mitgefühl ummantelt mich wegen ihres traurigen Schicksals.

Wurdest du wirklich ermordet? Wäre dann dein Gesicht nicht, anstatt Liebe zu verströmen, von Angst und Verzweiflung gezeichnet? Meine Gedanken machen sich selbständig und strömen in Form von Energie in den heiligen Raum. Wenn ich doch nur jemanden hier hätte, der mich umarmt und mir Sicherheit verspricht. *Bitte hilf mir, Paulina. Ich schaffe es nicht ganz allein.* Hätte ich doch besser Maria angerufen, die Mutter Gottes. Wo eben noch Paulinas Gesicht über mir thronte, ist nur mehr ein nasenloses Antlitz erkennbar. Die Wirklichkeit hat mich wieder im Griff. Im Laufe der Jahrhunderte wurde das Geruchsorgan der Himmelskönigin entweder durch viele Berührungen abgeschliffen, oder war abhandengekommen, bei dem Versuch, sie zu transportieren. Verunstaltet sieht sie aus und doch schaut das Jesuskind immer noch an ihr hoch, als ob sie die schönste Frau des Universums wäre. So fatal mir meine Vision auch erscheint, sie bringt mich wieder auf den Boden der Realität zurück. Wie konnte ich nur Paulina in diesem Gesicht wiedererkennen?

Geläutert verlasse ich diesen Ort der Stille und gehe seitlich aus dem Gotteshaus hinaus, durch die langen Reihen der Gräber hindurch. Zwitschernde Vögel erschaffen mit ihrem Gesang eine Stätte der Begegnung. Viel fröhlicher wirkt dadurch der Friedhof. Nur eine alte Frau, einen Blumentopf mit Erika in der Hand, geht zielsicher zur ersten Reihe, stellt die Blumen auf die Umrandung des Grabsteines und zündet hingebungsvoll eine Grabkerze an. Wer wohl hier liegt? War sie mit der Person eng verbunden? Erst nach dem Tod einer Person merken wir, was wir alles verloren und geliebt haben. So ergeht es zumindest mir. Weiter vorne ist zwischen zwei Grabstellen, an der Außenmauer der Kirche etwas Großes und Dunkles. Beim Näherkommen sehe ich ausgestreckte Flügel. Schwarz, mit grauem Vogelkot beschmutzt, steht er da. Grotesk dargestellt, mit verzerrtem Gesicht und anklagender Haltung. Der Todesengel, wie er in der Bibel steht. Schaurig schön und doch verführerisch lockt er jeden Besucher, zu ihm zu kommen. In ein Reich, aus dem es kein Zurück mehr gibt.

Um die Ecke der Außenmauer kommt der junge Aushilfspfarrer hervor. Schwarz und dunkel schwingt auch seine Soutane, ein mit engen Ärmeln versehenes knöchellanges und tailliertes Obergewand, um die dünnen Beine.

»Ich bin Pater Jonas«, stellt er sich unkompliziert und direkt vor. »Kann ich helfen?« Sein spitzbübisches Grinsen vertreibt die Schatten der Statue.

»Ja, doch. Eine Frage, wer ist dieser Engel und warum steht er genau zwischen den Gräbern?« Eigentlich wollte ich weitergehen, so tun, als ob ich mich hier genau auskenne.

»Das ist der Erzengel Azrael.« Achtung und Respekt klingen in seiner Sprachmelodie mit.

»Er hilft Sterbenden, das Eintrittstor in das ewige Leben zu finden. Außerdem tröstet er die Hinterbliebenen und manchmal sagt man von ihm, dass er Verbindungen zwischen Lebenden und Toten herstellt.«

Sein schwarzes Zingulum, ein Gürtel, der seine Mitte umschlingt, hält er mit beiden Händen fest. Die abgewetzten Schuhspitzen scharren in den kleinen Kiessteinen, die die Grabstellen voneinander trennen. Auch er ist anscheinend ein Ruheloser.

»Ach, das wusste ich nicht. Er wirkt so düster auf mich. Irgendwie fast zum Fürchten.« Fest presse ich meine Lippen aufeinander und blicke an ihm hoch.

Vorher ist mir gar nicht die Tafel in seiner linken Hand aufgefallen. Sie wirkt deplatziert und schwer an dieser Stelle. Pater Jonas hat meinen Blick verfolgt.

»Die Tafel ist das Sinnbild für die Sünden der Menschen. Schuld und Scham müssen abgelegt werden wie der irdische Körper, damit der Übertritt ins Jenseits gelingt. Man übergibt diese beim Tod an den Erzengel Azrael. Dafür begleitet er die Seelen beim Weltenwechsel auf dem Weg in das Licht.«

»Oh, vielen Dank. Eine Frage hätte ich noch. Wie ist das, wenn ein Mensch ermordet wird? Hilft da auch dieser Engel oder verhindert er dann die Reise ins Licht?«

Diese Vorstellung erschüttert gerade mein Vertrauen in die Religion schwer.

»Wie kommen Sie darauf?« Pater Jonas ist sichtlich geschockt.

»Ein Erzengel stellt sich immer für das Gute zur Verfügung. Niemals würde er einer armen Seele diesen wichtigen Prozess der Reise zu Gott verweigern. Nicht umsonst ist er voller Mitgefühl und unendlicher Liebe. Sein Name drückt es aus: *Der, dem Gott hilft.*«

Jetzt sieht er mich mitfühlend an. Weil ich das nicht wusste.

»Sorry!« Etwas verschämt murmle ich diese Worte und grinse daraufhin wieder vorsichtig, da auch Pater Jonas mir ein Lächeln schenkt.

»Ist nicht weiter schlimm. Falls Sie noch mehr darüber wissen möchten oder noch andere Fragen haben, können Sie gerne in meine Kirche kommen. Meine Telefonnummer finden Sie auf der Pfarrseite im Internet. In den nächsten Monaten bin ich fast immer da. Kirchengeschichte war mein Spezialgebiet im Studium. Es freut mich, wenn Menschen Interesse daran zeigen.«

Er lüftet seinen imaginären Hut und zieht eilig von dannen.

Atemlos und innerlich aufgebracht stehe ich vor dem historischen Gebäude, unserer Bibliothek. Hier hoffe ich viele Informationen zum Fall Paulina zu finden. Die Frage, warum ein kleiner Ort solch ein Prachtstück hervorgebracht hat, ist nicht verwunderlich. Dabei ist die Erklärung ganz einfach. Früher war das Herrenhaus der Landsitz eines Grafen. Über die Jahrhunderte bildete sich eine Siedlung rund um den ehemals einsamen Standort. Die Wälder, die das Gebäude einst umzingelten, sind längst verschwunden. Nur der Teich, der einmal zur Parkanlage des Anwesens gehörte, ist noch vorhanden.

Von außen wirkt es mächtig in seiner Form und für mich persönlich erscheint es wirklich riesig. Vor Jahren wurde es detailgenau nach alten Plänen restauriert. Die graue Fassade, mit dem reichhaltigen weißen Stuck darauf, und das ebenfalls grau gedeckte Dach wirken kühl und aristokratisch.

Aber in den Innenräumen ist es schön warm. Massive Steinstufen, über die ganze Breitseite im Eingangsbereich, führen zu den großen Sälen. Hier wurden früher sicher Empfänge zelebriert. Bevor ich mir aber eine Schar altmodisch gekleideter Damen und Herren mit Perücken vorstelle, gehe ich weiter nach oben.

In der Bibliothek, die im ersten Stock liegt, herrscht wenig Betrieb um diese Zeit. Hier, in der altehrwürdigen Halle, vernimmt man nur vereinzelt Geräusche. Hie und da wird eine Frage zu einem Buch gestellt, danach übernimmt die Stille wieder das Kommando. Dazu gehört auch dieser einzigartige Geruch nach altem Papier und Staub. Ein klein wenig nach Gras, muffig und säuerlich legt er sich über jede einzelne Buchseite in diesem Raum.

Meine Suche gestaltet sich schwierig, da ich keine Buchtitel kenne. In der Esoterik-Abteilung werde ich nach längerem Suchen fündig. Zwischen *Geistheilung* und *Feng Shui* entdecke ich mehrere Bücher über paranormale Vorkommnisse und Parapsychologie. Wie schade, dass man Letzteres nicht als anerkanntes Studium belegen kann. Das wäre für mich genau das Richtige.

Höchst konzentriert begutachte ich die Inhaltsverzeichnisse. Neben mir stapeln sich bereits die durchgesehenen Bücher. Rasch schmökere ich weiter in den Überblicken am Buchanfang, um schnellstmöglich wertvolle

Informationen zu bekommen. Zwei der Werke kommen für mich in die engere Auswahl. Ich lasse die ausgeliehenen Bücher in die Liste eintragen und wechsle das Stockwerk. In den oberen Etagen gibt es eine kostenfreie digitale Bibliothek für alle Zeitungen, die jemals im Umkreis erschienen sind. Meine Suche widmet sich den Berichten über Paulinas Verschwinden.

Herzklopfen verursacht mir schon das Aufrufen ihres Namens. So nah war ich noch nie an dem Geschehen. Schnell flimmern die ersten Bilder von ihr auf dem Bildschirm und ziehen mich hinein in die Welt der Journalisten. Überzeichnet und fast brutal wird vom Verschwinden des Kindes und der Suche nach ihr berichtet. Der Artikel strotzt vor Vermutungen. Von sexuellem Vergehen bis hin zum Mord. Nichts wird ausgelassen. Wie mag sich da ihr Vater gefühlt haben? Kann man dies alles überhaupt verkraften?

Erschüttert bin ich auch, dass sich nie Zeugen gemeldet haben. Wie ist es möglich, dass ein kleines Kind von fünf Jahren spurlos verschwindet, ohne dass es jemand gesehen hat? Fällt es nicht auf, wenn ein Mädchen in dem Alter alleine auf der Straße ist? Wenn es vielleicht sogar in ein Auto gezerrt wurde? Diese Fragen bringen mich nicht weiter. Erst als ich neue Begriffe eingebe, erscheinen detailliertere Angaben. Demnach ist Paulina von ihrem Vater zum letzten Mal, kurz vor ihrem Verschwinden, zusammen mit einer Nachbarin und deren gleichaltriger Tochter am Spielplatz vor dem Haus, in dem sie wohnte, gesehen worden. Danach verliert sich ihre Spur. Erst nach einer Woche fand man ihre Leiche. Zufällig ganz in der Nähe des Spielplatzes, unter den Büschen eines angrenzenden Parks.

Spaziergänger, die mit ihren Hunden unterwegs waren, wurden auf die bunte Hose aufmerksam, die sich von dem grünen Gras abzeichnete. Beim Näherkommen entdeckten sie das Kind. Wie schlafend muss Paulina dort gelegen haben. Bleich und leblos, nur lose bedeckt mit ihrer Jacke.

Was war da los, Paulina? Wer hat das getan? Alles rattert in meinem Kopf. Nach weiteren Wochen dann kam die Bestätigung über ihre Todesursache. Tod durch Ersticken, ohne Spuren einer Gewalteinwirkung, nahm man durch die in Auftrag gegebene Obduktion an. Nicht verwunderlich, dass die Gerüchteküche brodelte. Ihr Tod war geheimnisvoll geblieben. Ein Fragezeichen für diese Ermittlungen. Ohne Fremdeinwirkung kann man doch nicht ersticken, oder? Aber was wäre, wenn man keine Luft mehr bekommt? Wenn der Sauerstoff begrenzt ist? Eine Mauer zieht in meinem Inneren auf. Mächtig und stabil verdeckt sie meine belastenden Gedanken. *Zu wenig Luft, Mauern, enge Verliese, Schränke die versperrt sind ...*

Die Gedanken rasen durch meine Denkauto-
bahn. Schnell ziehen sie vorbei, sind kaum
zu fassen.

Aber dennoch bleibt etwas hängen, bewegt
sich auf der Stelle. *Paulina, warst du einge-
sperrt und bist erstickt?* Ihr Bild auf dem Bildschirm verzerrt sich, großflächig verschwindet es und setzt sich, wie nach einer Störung,
wieder zusammen. Wie ein JA erscheint mir
dies und eifrig frage ich weiter. *Du bist vielleicht an einem anderen Ort gestorben, nicht
dort im Park.* Wieder ruckelt das Bild. Es
scheint, als ob sich Paulinas Mund bewegt.
Hat dich jemand umgebracht? Sekundenschnell verlöscht das Bild vor mir. Nur eine
schwarze Bildschirmfläche bleibt zurück.

Kann man eigentlich erwarten, dass ein
Kind von fünf Jahren seinen Tod bewusst erlebt? Vorher hat sich Paulina sicher nicht mit
dieser Materie beschäftigt. Die nötige Reife
dazu fehlte ihr jedenfalls. Nicht einmal Er-
wachsenen fällt es ein, obwohl sie in naher
Zukunft davon betroffen sind, diese Auseinandersetzung mit dem gefürchteten Thema
Tod anzugehen. Viel mehr neigen Kinder
dazu, Verhaltensauffälligkeiten in ihren Alltag zu integrieren, wenn sie Schreckensbilder
entwickeln und Angst haben, der Himmel
bricht ein. Weil ein schwergewichtiger, nun
toter Opa von heute auf morgen über ihnen
im Himmel thront. Und weil vielleicht wegen
Überfüllung dieser Ort dazu neigt, die vielen
Toten vom Himmel wieder herabzubefördern

auf die Erde. Wie dichten Regen im Sommer. Auch die Worte des schweren Verlustes fassen die Kleinen anders auf. Sie suchen nach der Person, denn dann sind Mama und Papa wieder fröhlich, wenn sie auftaucht. Oder sie haben Angst, selber verloren zu gehen. Die besten Anekdoten schreibt das Leben selbst. Auch ich hatte, weil meine Tante an Krebs gestorben ist, danach Angst, ins Wasser zu gehen. Denn dort wohnen ja die Krebse. Vielleicht bringen sie mir auch den Tod? So dachte ich jedenfalls früher, als ich noch sehr klein war. Bis mir mein Vater erklärte, wie es sich wirklich mit der Krankheit Krebs verhält.

Auch die Tatsache, dass die Seele den Körper verlässt, ist oft ein Problem für Kinder. Wo kommt sie dann heraus? Gibt es da irgendwo ein Loch, aus der sie austritt? Tut das weh? Kinder haben eine gänzlich andere Art, das Leben und den Tod zu verstehen. Hatte Paulina, kurz vor ihrem Tod, auch solche Gedanken? Oder glaubte sie, dass ihr Papa kommt und sie rettet?

Dass alle Lebewesen irgendwann einmal sterben, wird fast von jedem Lebenden verdrängt. Daher entwickeln viele Menschen, wenn sie älter werden, Schlafstörungen. Der Schlaf als kleiner Bruder vom Tod macht ihnen Angst. Nicht mehr aufzuwachen, nichts mitzubekommen, hört sich jedenfalls fatal an.

Auch Schuldgefühle tragen dazu bei, den Tod nicht zu mögen. Wie im Fall von Paulina. Wenn man nicht einmal weiß, wie das Kind zu Tode kam, ist es nicht verwunderlich, jedem Beteiligten die Schuld daran zu geben. Selbst denen, die nichts gemacht haben. Eben deshalb. Verrückte Gedanken, die mir an diesem Ort durch den Kopf gehen.

Diese Vorstellungen machen mich kribbelig und irre. Ich muss aufhören, ständig solche Annahmen durchzuspielen. Aber wie komme ich sonst auf die Lösung, was mir ihre Seele sagen will? Hilfreich wäre hier ein Übersetzungsprogramm für die Kommunikation von Toten an die Lebenden. Ein reißender Absatz auf diese technische Unterstützung wäre gewiss. Wirklich ein jeder Mensch hat irgendwann jemanden zu Grabe getragen. Wie absurd dieser Verkaufshit wäre.

»Meine Damen und Herren, leider haben wir einen Stromausfall. Wir arbeiten gleich an der Wiederherstellung.«

Durch einen Lautsprecher an der Wand tönen diese Worte blechern durch den Raum. Hat Paulina das ausgelöst? Ungelöst bleibt die Frage, ob es ein JA oder ein NEIN war. Für heute habe ich genug. Flugs packe ich meine geliehenen Bücher, ziehe meine Jacke über und mache mich auf den Heimweg. Von unterwegs rufe ich Finn an und bitte ihn um ein Treffen bei mir. Ich denke, wir haben mehrere Punkte auf meiner Liste zu bereden.

Finn kommt abends mit viel guter Laune zu mir. Ich hingegen bin etwas bedrückt. Immer noch hallen die Erlebnisse in Kirche und Bibliothek nach. Wie ein fader Geschmack im Mund verflüchtigen sich die Bilder nicht, auch wenn ich später noch so viele interessante Kapitel aus den mitgebrachten Büchern gelesen habe. Finns Stimme aber vermittelt mir ein gutes Gefühl. Rasch erhole ich mich von den belastenden Tatsachen.

Fantastisch sieht er aus und wie gut er riecht. Ohne es beabsichtigt zu haben, streife ich immer wieder seinen Arm mit dem Planetentattoo. Dabei schärfen sich meine Sinne und tiefe Empfindungen, docken an den richtigen Stellen an. Ein wohliges Gefühl durchzieht mich und dementsprechend strahlend lächle ich zurück.

»Zeigst du mir dein großes Tattoo?«

Verlangend atme ich tief ein. In meiner Vorstellung zieht er sich aus und ...! Alles kribbelt auf meiner Haut. Schnell wende ich mich ab, damit er nicht aus mir lesen kann. Und meine Gedanken nicht errät. Wie peinlich ist das denn. Gerade erst kam er durch diese Tür und schon stelle ich mir vor, wie ich über ihn herfalle. Das ist nicht meine Art. Genau das Gegenteil habe ich bisher gelebt. Immer im Rückzugsmodus und auf Abstand. Finn scheint es aber nicht zu stören. Ruhig dreht er meinen Kopf mit seinen Fingern um und schüttelt die blonde Haarpracht.

»Nein, das wäre nicht der richtige Zeit-punkt. Aber ich verspreche dir, du wirst die Erste sein, die es sieht. Noch sind daran Stellen verschorft. Durch die tiefen Stiche der Nadel sind mehrere Hautschichten verletzt und das braucht Zeit für die Heilung. Dafür sieht es ein Leben lang fantastisch aus.«

»Du musst es ja wissen.« Auch ich fühle mich nun befreiter und wende mich dem Tagesgeschehen zu. Der innere Druck fällt sogleich ab. »Magst du Tee und ein paar Knabbereien? Ich habe Gemüse klein geschnitten und einen leckeren Kräuterdip dazu gemacht.« Stolz präsentiere ich meine einfache Kochkunst.

»Aber klar doch.«

Erfreut nickt er und wenig später sitzen wir entspannt knabbernd über meinen Aufzeichnungen.

Diese Freundschaft ist etwas ganz Besonderes für mich. Seelennah, beschreibt es am besten. Voller Wertschätzung und gegenseitigem Vertrauen. Wenn es doch immer so einfach wäre im Leben. Finn legt seine Hand um mich und zieht mich an seine breite Brust.

»Danke«, flüstert er in mein Ohr.

Die Berührung seiner Lippen bringt mich fast in eine andere Dimension. Langsam verlaufend setzt sich die Energie vom Ohr aus in Bewegung, wandert meine Wirbelsäule am Rücken hinunter und füllt meinen Bauch mit Wärme.

Wieso habe ich das bis jetzt noch nie erlebt? Bisher haben mich solche Berührungen von Möchtegern-Liebhabern voll abgeturnt. Sie haben Ekel hinterlassen und schlechte Laune heraufbeschworen. Bei Finn empfinde ich alles völlig anders. *Wie im Himmel.* Blitzschnell festigt sich dieser Gedanke. *Pauline, jetzt verstehe ich, wieso du unbedingt ins Licht möchtest.* Dort wohnen doch seit Ewigkeiten diese Gefühle der Liebe. Nur an manchen Tagen tropfen sie auf die Erde nieder. Wenn man Glück hat, perlt dieser Tropfen direkt ins Herz eines Menschen.

»Gestern ist noch etwas passiert!« Finn reißt mich aus den philosophischen Anwandlungen heraus. »Der Professor hat angerufen. Morgen kommt er zu uns. Denn er hat wichtige Neuigkeiten parat.«

Schnell schnappe ich mir noch ein Karottenstäbchen und tauche die Spitze in den grün gesprenkelten Dip. Ein feines Aroma nach Kerbel breitet sich auf meinem Gaumen aus.

Es knackt zwischen meinen Zähnen von dem frischen Wurzelgemüse, während ich zwischen den Worten schlucke. »Soll ich auch kommen?«

Gelborange leuchtend verschwindet ein weiterer Stick in meinem Mund.

»Klaro!« Finn räuspert sich, denn auch er hat sich ein wenig verschluckt.

»Unbedingt! Viel zu wenig wissen wir über den Mann. Das ist die Gelegenheit, ihn auszufragen.«

Wie ein altes Ehepaar verstehen wir uns fast ohne Worte. Nur ein Blick und der andere weiß, was Sache ist. *Ob das so bleibt, wenn wir uns auch körperlich näherkommen?* Schnell schiebe ich diesen Gedanken beiseite. Im Hier und Jetzt sein und genießen ist heute meine Devise. Durch unser vorheriges Gespräch ist Paulina und ihr Thema richtig präsent. Mir scheint, ich höre auch wieder ihre Stimme. Doch der genaue Wortlaut entzieht sich wie der Schall im Wind. Nicht mehr zu fassen, auch wenn er hautnah an mir ist.

Um mich abzulenken, berühre ich meine Mondgöttin. Seit vielen Tagen habe ich meine Angst- und Panikhilfe nicht mehr benötigt. Die Straßennamen bleiben dort, wo sie hingehören. Hingegen ist das Bewusstsein, die Göttin auf meiner Haut und in mir zu tragen, wie eine verbale Versicherung, dass mir alles gelingt, was ich mir vornehme. Dass ich nie mehr alleine bin und wieder Vertrauen ins Leben gefasst habe. Glücklich und zufrieden würde ich mich momentan beschreiben. Wundern über die Gelassenheit in mir würden sich auch meine Schulkolleginnen. Immer haben sie mir vorgeworfen, unruhig und kontrollsüchtig zu sein. Keiner von ihnen kannte mich wirklich. Niemand hat mich je gefragt, warum ich so geworden bin, wie ich bin. Auswirkungen dieser Art hat von ihnen noch keine erlebt. Folglich fällt es auch schwer, Mitgefühl zu heucheln. Das ich sowieso nicht annehmen würde. Sanft kraule ich Finn den Rücken. Er wirkt etwas angespannter als ich, doch diese Zuwendung tut ihm sichtlich gut.

»Bitte sei vorsichtig links unten.«

Jetzt verstehe ich, woher seine Anspannung kommt. Spürbar durch meine Fingerspitzen ertaste ich das mit Folie abgedeckte Tattoo. Die ganze linke Seite unter der Armbeuge ist verklebt. *Was er wohl für ein Motiv gewählt hat?*

»Ich passe schon auf.«

Auf mein sanftes Streicheln hin brummt er in seinen Bauch hinein. Wie mein alter Teddybär, wenn er umgedreht wird. Vertraut wirkt diese Schwingung auf mich. Vorsichtig kuschle ich mich an ihn und gemeinsam schließen wir unsere Augen.

Pünktlich auf die Minute erscheint der Professor. Unter dem linken Arm versteckt er eine Schachtel und eine Packung Pralinen für Stella. Auch ein kleiner Tulpenstrauß, mit rot-gelb geflammten Blütenköpfen, klemmt zwischen Daumen und Zeigefinger. Ganz nach *Old School* verneigt er sich vor ihr, kurz bevor er das Haus betritt. Aufgeräumt und sauber wirkt der Eingangsbereich, denn Finn hat gemeinsam mit Oscar die Garderobe frisch ausgemalt. Ein wenig von dem Farbgeruch hängt noch in der Luft, wird aber durch die angezündete Duftlampe bald Geschichte sein. Höflich bittet ihn Oscar, abzulegen und in den Wohnbereich einzutreten.

Erst als wir uns gegenübersitzen, stellt er die mitgebrachte Schachtel auf den Tisch.

»Das sind keine netten Erinnerungsfotos«, beginnt er das Gespräch, »sondern die Aufnahmen der Polizei vom Tatort. Ich warne euch deshalb jetzt. Falls ihr ein Problem habt, einen toten Körper zu sehen, dann solltet ihr euch davon fernhalten. Mir wäre es wichtig, ob ihr irgendein Detail darauf erkennt, das die Polizei vielleicht übersehen hat.«

Das war es. Ruhig wird es am Tisch, bis uns Stella mit Getränken versorgt.

Heißer Jasmintee wärmt nicht nur den Magen, sondern auch das frostige Klima zwischen uns. Gleich lockert sich die Stimmung ein wenig auf.

»Ist es ein Problem für Sie, wenn wir das Tattoo sehen möchten?« Finn wagt sich als Erster vor.

Bevor einer aus der Runde eingreifen kann, hat der Professor schon das Hemd geöffnet und die Hautstelle freigelegt. Interessiert betrachtet Oscar, mit geübtem Blick, sogleich das Porträttattoo auf der Haut des Professors. Seit der letzten Tattoositzung hat auch er sein Meisterwerk nicht mehr gesehen.

Paulina lebt. Dieser Eindruck wird vermittelt, sobald der Professor eine Bewegung macht. Ihr Mienenspiel verändert sich, von dem glücklichen Kind zu einem nachdenklichen Mädchen. Ob sie ihren Tod bewusst wahrgenommen hat? Ob sie Angst vor dem Ersticken hatte? Bekam sie Panik, als ihre Lunge zusammengedrückt wurde? War sie sofort bewusstlos? Hatte sie Augenkontakt zu ihrem Peiniger? Ich getraue mich nicht, diese Fragen laut auszusprechen. Paulinas

Vater steht ohnehin kurz vor der Schnappatmung. Zu viele leidvolle Erinnerungen kommen bei ihm hoch.

Stella steht auf, legt ihm die Hände auf die Schultern und drückt ihn sanft auf den Sessel zurück. Erst nach einem Schluck Tee nimmt er eine normale Gesichtsfarbe an.

»Mein eigentlicher Grund, herzukommen, sind nicht die Fotos. Ich dachte nur, wenn ich schon einmal da bin, kann ich sie euch zeigen.«

Verloren rührt er in seiner Tasse um. Dabei hat er weder Zucker noch Milch darin, was diesen Vorgang berechtigt. »Seit ein paar Tagen habe ich das Gefühl, als ob mich jemand observiert. Ständig taucht ein schwarzer Mercedes-Van auf und fährt in kurzem Abstand hinter mir her. Wenn ich überraschend blinke und eine Seitenstraße benutze, dauert es nicht lange, bis er wieder hinter mir zu sehen ist.«

Sein Gesicht verzerrt sich und auf mich wirkt er so völlig fremd. Die Unsicherheit ist ihm anzumerken. »Keine Ahnung, wer das sein könnte.«

Kurz und bündig gibt Oscar ein Statement dazu. »Lassen sie uns doch einmal die Fotos ansehen. Viele Augen sehen mehr. Außerdem haben Finn und ich einen anderen Blickwinkel durch die Ausbildung zum Tätowierer.«

Finn nickt nur mit dem Kopf.

Sogleich öffnet Alwin Zopf die mitgebrachte Schachtel. Unscheinbar hat sie bisher auf dem Tisch gestanden. Nacheinander reichen wir die Fotos weiter. Eines nach dem anderen.

Betroffen und fast schluchzend vor Rührung, sehen wir darauf ein kleines Mädchen am Boden liegen. Die bunte Hose ist verschmutzt, ein Schuh fehlt. Dadurch stehen die Zehen grotesk vom Vorderfuß ab. Sogleich kommt das Gefühl auf, sie mit den Händen wärmen zu wollen. Man möchte Paulina in diesem Zustand den Schutz zukommen lassen, der ihr zu Lebzeiten verwehrt wurde. Ihr einst wunderschönes Haar liegt nass an der Kopfhaut an. Wie verschwitzt, nach einem langen Lauf, ruht sie unter dem Strauch. Wenn sie nicht tot wäre. Auch ihre Jacke, mit der sie auf dem Bild zugedeckt ist, hat ein paar Risse abbekommen. Vielleicht sind sie beim Tragen des Leichnams entstanden. Irgendwo ist sie hängengeblieben. War sie da schon tot?

Ja!

Total erschrocken sehe ich in die Runde. Hat das noch jemand im Zimmer gehört? Mit voller Konzentration auf die mir zugereichten Bilder, auf denen der Auffindungsort von Paulina von allen Seiten abgelichtet wurde, sehe ich plötzlich einen Schatten darauf.

Sieh zwischen meine Haare...

Wiederholt höre ich ihre Stimme und lenke meinen Blick auf die besagte Stelle. »Oscar, hast du eine Lupe hier?« Mein ermittlerisches Interesse ist geweckt.

»Klar doch.«

Sogleich erhebt er sich und kramt im Laden des kleinen Schrankes herum. »Da habe ich sie hineingelegt. Kann mir jemand sagen, wo sie jetzt ist?«

Er reißt auch die Schubladen darunter auf.

Stella geht zu ihm und sieht selbst nach. Innerhalb von zwei Minuten hat sie das Vergrößerungsglas gefunden. Mit einem Lächeln reicht sie mir das gute Stück. Meine Augen gewöhnen sich langsam an den richtigen Abstand, der den Bildausschnitt klar und deutlich zeigt. Interessiert beobachtet mich der Professor.

»Ich denke, da ist etwas zwischen Paulinas Haaren. Mit der Lupe sieht es aus, als ob ein Zettel dazwischen geklemmt ist. Aber ich kann nicht erkennen, was darauf gezeichnet oder geschrieben wurde. Nur die Tintenfarbe ist sichtbar darauf.«

»Das muss ich sehen!«

Paulinas Vater reißt mir die Lupe samt dem Foto aus den Händen. Um Details zu erkennen, steht er auf und hält beide direkt unter die Lampe des Esstisches.

»Ja, Sie haben Recht. Wieso hat das die Polizei nicht entdeckt! Wo ist diese Nachricht geblieben? Vielleicht liegt sie ja noch am Fundort?«

Verzweiflung breitet sich in seinem Gesicht aus.

»Den Zettel hat inzwischen sicher jemand entfernt. Oder er ist im Regen und Schnee zergangen und unleserlich geworden. Gleich nachher sehe ich an diesem Ort nach. Begleitet mich jemand von Ihnen? Es wäre schön, wenn mehrere Lampen die Umgebung ausleuchten.«

Fragend sieht er in die Runde.

Oskar räuspert sich verlegen.

»Aber natürlich, Herr Professor. Sie haben mir auch geholfen mit dem ...«

»Wir alle helfen bei der Suche mit.«

Stella und Finn holen sofort vier Stirnlampen aus dem Vorratsregal des Kellers und verteilen an jeden der Anwesenden eine davon. Gut gerüstet und warm verpackt machen wir uns auf den Weg, mit dem Professor als Fahrer. Schließlich kennt nur er die genaue Stelle im Park.

Leise unterhalten wir uns über die Möglichkeiten, wie eine Nachricht oder ein Hinweis helfen könnte, mehr Licht in diesen Tatbestand zu bringen.

Fast am Tatort angekommen ist es schwierig, den gewissen Strauch von all den anderen zu unterscheiden, die hier stehen. Sie sehen sich alle ähnlich, denn der Sichelmond am bewölkten Himmel verweigert uns eine gute Sicht. Ein Stück vom Absperrband der Spurensuche bringt uns der Lösung ein Stück näher. Nacheinander durchsuchen wir den Busch und den darunterliegenden Boden. Ein Gewächs nach dem anderen wird von unseren Händen durchforstet. Und das aufgescheuchte Kaninchen, welches vermutlich entlaufen ist, wird von unseren nächtlichen Aktivitäten aufgeschreckt. Blitzschnell verlässt es fluchtartig Haken schlagend sein Versteck. Genau hier, an dieser Stelle hat sich Meister Langohr einen Schlafplatz eingerichtet. Mit einer kuscheligen Höhle aus altem Papier, Federn, Moos und Blättern aus dem Vorjahr.

Vorsichtig zerlege ich diesen Meisterbau und werde prompt fündig. Zwischen all den organischen Baustoffen, entdecke ich einen zerknüllten Zettel. Ist das wirklich genau das Stück Papier, nach dem wir suchen? Er wirkt angeknabbert und zerknittert, doch die Farbe darauf ist klar erkennbar. Nicht einmal das Wetter konnte ihm etwas anhaben. Dafür hat der entlaufene Hase mit seinem Trockenausbau des Nestes gesorgt. Die Suche ist beendet. Aufgeregt verlassen wir diesen Ort, um daheim in Ruhe die komischen Zeichen genau zu studieren.

Nicht unsere gewohnten Buchstaben finden sich darauf, sondern Symbole aus alter Zeit. Irgendwo habe ich sie schon gesehen. Obwohl ich meinen Verstand gebrauche, führt er mich zu keinem Ergebnis. Erst als der Professor das Wort *Henoch* in die Googlesuche seines Handys eingibt, klingelt es bei mir. Dieses Zeichen habe ich in einer Inschrift auf einer Tafel vor der Kirche bemerkt, die neben dem ominösen Erzengel Azrael verankert war. Was hat das nun wieder zu bedeuten?

»Wisst ihr, was *Henoch* bedeutet?«

Paulinas Vater wartet aber unsere Antwort gar nicht ab. Nun ist er wieder ganz der Vortragende, und wir alle sein aufmerksames Publikum.

»*Henoch* hat mit der Hilfe Außerirdischer die *Cheops-Pyramide*, circa 2.500 Jahre vor Christi Geburt erschaffen. So sagen es zumindest die alten überlieferten Schriftrollen. Auf ihnen ist der Platz verzeichnet, an dem sich, in dieser Pyramide versteckt, eine Zeitkapsel befindet. Übrigens sind sie in der ältesten apokalyptischen Schrift verfasst.«

Die Wirkung auf seine Worte durch die kleine Pause, war von ihm beabsichtigt. Konzentriert lauschten wir weiter seinen Ausführungen.

»Daraufhin fanden Ausgrabungen die Worte *Simera*, das bedeutet *Heute,* und *Awrio* für das *Morgen*. Eigentlich wollten sie uns mitteilen, dass es keine Zeit gibt. Heute und morgen findet man auf keiner Zeitachse. Die Zeitzonen finden nebeneinander, jedoch zum selben Zeitpunkt statt.«

Beeindruckt starren wir ihn an.

»Was hat das aber mit diesem Zeichen auf sich?«

Diese berechtigte Frage, die uns allen auf der Zunge liegt, kommt von der aufgeregten Stella.

»Ihr seht hier das ♏ für heute und ♌ für morgen. Übrigens sind das die Initialen für einen Geheimbund, der bis heute besteht. Bekannt wurde dieser Bund vor Jahrhunderten durch die Bekenntnisse für begangene Morde. Die Opfer wurden erstickt, lebendig begraben oder eingemauert. Dadurch huldigten sie ihren Göttern mit diesen Opfergaben.«

»Wie kann es so einen Bund, der früher unschuldige Opfer qualvoll ermordet hat, heute noch geben?« Ich kann es immer noch nicht fassen. In unserer modernen Zeit mit tausenden Möglichkeiten wählen ein paar Gewissenlose diesen Weg.

»Denkt doch an die christlichen Kreuzzüge. Auch da wurden in Gottes Namen zehntausende Unschuldige niedergemetzelt!«

Finn sieht erschüttert seinen Vater an.

»Nur weil sie in einem anderen Land, mit fremder Religionszugehörigkeit, geboren wurden.«

Ich erkenne nun die Zusammenhänge.

Wie froh bin ich, in unserer Zeit zu leben. Jeder Mensch darf, ab einem gewissen Alter, selbst entscheiden. Sein Glaube oder Nichtglaube wird auf jeden Fall anerkannt. Gäbe es da nicht immer noch Staaten, die das völlig anders sehen. Auch heute noch müssen viele Glaubensanhänger heimlich ihre Zugehörigkeit ausüben. Damit sie und ihre Familien geschützt sind und nicht von Andersdenkenden verfolgt werden.

»Oh mein Gott! Glaubt ihr, die haben meine Tochter auf dem Gewissen? Ich fasse es nicht, dass ich nie daran gedacht habe. Tagtäglich beschäftige ich mich diesem Stoff der Albträume und nun bin ich selbst davon betroffen.« Dicke Tränen kullerten über sein mageres Gesicht.

Verzweifelt pendelte seine obere Körperhälfte hin und her, ohne Rast und Ruh. Diese ungeheuerliche Vorstellung sprengt alles bisher Dagewesene. Keiner von uns wagt, sich zu rühren. Diese Stümper von Aufklärer suchten tagelang an den falschen Stellen. Vielleicht hätte Paulina überlebt, wenn sie die Kleine rechtzeitig gefunden hätten.

»Die Vorstellung …«, schluchzt er herzerweichend auf, »dass meine Kleine furchtbare Todesqualen erlitten hat.« Er schnäuzte sich lautstark.

»Und ich habe sie nicht gerettet. Keine Nacht bringe ich ein Auge zu. Wie ein Geist komme ich mir selber vor. Irgendwie funktioniert mein Körper, aber wie lange noch?« Die Unruhe in ihm ist plötzlich verschwunden. Stattdessen befällt ihn eine Starre, wie in einem Schock.

»Schnell, Stella, hole von den Bachblüten die Notfalltropfen. Er verkraftet das Ganze nicht mehr. Kein Wunder bei …!«

Oscar übernimmt die Verantwortung und träufelt nicht nur ein paar der Tropfen in den Tee, sondern streicht ihm dieselbe Menge an die Schläfen und auf die Rinne unter der Nase. Schweiß steht auf seiner Stirn.

»Kommt, helft mir, ihn zum Sofa zu tragen.«

Sofort reagiert Finn und nimmt ihn an den Füßen. Oscar hievt ihn im Schulterbereich hoch und Stella und ich machen den Weg frei.

Seine Füße werden durch zwei Polster hochgelagert, damit sich der Kreislauf stabilisieren kann. Jetzt haben wir alles Menschenmögliche getan. Sollte er sich nicht in den nächsten zehn Minuten erholen, rufen wir den Rettungsdienst. Nach ein paar tiefen Atemzügen in sein Zwerchfell hinein, erholt er sich zu unserer Überraschung aber sehr schnell wieder.

»Es tut mir leid, dass ich euch solche Umstände mache.« Taumelnd erhebt er sich, doch Stella drückt ihn unerbittlich wieder zurück.

»Nein, bleiben Sie liegen so lange sie möchten. Diesen Schreck müssen wir alle verarbeiten.«

Sie holt eine Decke und rückt sie über ihn zurecht.

»Wenn ihr mich nicht braucht, gehe ich mal für kleine Mädchen.« Erst nach meiner Aussage schiele ich zu dem Professor hin.

Wie kann mir in dieser Situation so ein Fauxpas passieren. *Kleine Mädchen* erinnern ihn sofort wieder an Paulina. Doch er reagiert nicht darauf oder hat es gar nicht gehört. Schnell verdrücke ich mich auf die Gästetoilette. Dort überfällt mich die lange unterdrückte Panik in Form von akutem Herzrasen. Dazu kommt noch das Gefühl, nicht genug Sauerstoff zu bekommen. Immer wieder versuche ich, verkrampft zu schlucken, doch es gelingt mir nicht. Ein lähmendes Gefühl breitet sich in meinem Rachen aus. In den Beinen kribbelt es unaufhörlich und die angsteinflößende Beklemmung in diesem kleinen Raum stellt mir ein Ultimatum: Entweder Straßennamen oder totaler Rückzug. Ich wähle die Nummer eins davon. Sitzend auf dem Klodeckel rezitiere ich meine Retter: *Palumstraße 4, Am Kreisweg 7, Tulpenstraße 2, Heldenplatz 59* und zuletzt *Waldstraße 1*. Mein Herzschlag normalisiert sich, der Puls rast nicht mehr mit hundert Stundenkilometer durch meinen Körperbahnen und ich kann ohne größere Probleme schlucken. Wieder einmal habe ich meiner Panikattacke ein Schnippchen geschlagen. Ich erledige mein kleines Geschäft, spüle und höre dem fließenden Wasser zu, bis der Spülkasten sich wieder gefüllt hat.

Der kleine Spiegel über dem Waschbecken daneben sieht wunderschön aus. Kleine Blumenranken umgeben das ordentlich geputzte Glas. Mit meinem Zeigefinger streiche ich vorsichtig darüber und nehme dabei eine Bewegung im Spiegel wahr. Bevor mein Verstand realisiert, was da gerade abgeht, beginne ich von Neuem mit meiner Aufzählung.

Hinter mir, in vollendeter Form, steht ein schwarzäugiger Engel und breitet die Flügel über mich aus. Mein letzter Gedanke, den ich noch kurz wahrnehme, lautet: *Holt er mich jetzt zu sich?*

Als ich wieder zu mir komme, liege ich im Wohnzimmer neben dem Professor.

»Du hast uns einen Schrecken eingejagt! Wir haben das Poltern gehört, als du umgefallen bist. Mum war richtig froh, dass wir die Tür auch von außen öffnen können.«

Der Professor neben mir schläft inzwischen tief und fest, was ich an dem lauten Schnarchton erkenne. Niemand wagt es, ihn aufzuwecken. Die Rückwand des Sofas hat Oscar umgelegt, um Platz für mich zu schaffen.

»Was war da eben los mit dir?«

Besorgt beugt sich Finn über mich und legt mir ein kühles, nasses Handtuch auf die Stirn.

»Ich dachte, jetzt ist es mit mir vorbei. Dieser Engel stand hinter mir und…« Meine Tränen lassen sich nicht mehr unterdrücken. Sie drängen nach draußen und mit diesem Reinigungsakt fließt auch meine Angst vor dem Tod mit. Nach der Sturzflut aus meinen Seelenfenstern kommt die Erleichterung, noch am Leben zu sein. Hier unter so lieben

Menschen, die sich fürsorglich um mich kümmern. Die mich niemals alleine lassen oder verurteilen.

»Danke!«, hauche ich und bin von der eigenen Emotion überwältigt.

»Mach dir nicht so viele Sorgen. Alles kommt zur richtigen Zeit zu dir. Wenn es so weit ist, kannst du immer noch den Sorgenkanal wählen.«

Stella drückt mich fest an sich.

»Wir stehen hinter dir, egal, was gerade los ist. Komm, speichere dir meine Nummer ein. Falls Finn oder Oscar gerade beschäftigt sind, stehe ich dir zur Verfügung. Bei Tag und bei Nacht.«

Ihre liebe Art öffnet ein weiteres Fenster in mir und die Tränenflut wetteifert mit einer neuen Welle des Friedens.

»Möchtest du dableiben?« Finn beugt sich über mich. Sein Aftershave kitzelt mein empfindliches Geruchsorgan und das befindet es für sensationell gutriechend.

»Das klingt sehr verführerisch.« Was ich damit sagen möchte, entzieht sich sogar meiner Vorstellung.

Sein Körpergeruch geht mir nicht mehr aus dem positiven Sinn. Er turnt mich an, selbst wenn ich traurig und ängstlich bin. Verflixt noch mal, so ein Dilemma. Möchte er inzwischen einen weiteren Schritt in unserer Beziehung machen? Leben wir überhaupt schon eine Romanze? Aus Angst vor einer direkten Abweisung habe ich das Thema zwischen uns noch nie angeschnitten.

Auch Finn vermeidet es, zu viel von sich preiszugeben. Eigentlich kenne ich ihn gar nicht. Sein Lieblingsessen, seine Art, sich zu kleiden, sein Bewegungsstil und sein Geruch sind mir oft schmerzhaft vertraut. Doch wie er tickt, welche Träume und Einstellungen er hat, wie seine Zukunft aussehen soll mit Beruf und Familie, dies alles liegt im Dunkeln.

»Nachdem aber Mama morgen heimkommt, möchte ich daheim anwesend sein. Es wäre schlimm, wenn sie die Tür öffnet und ich bin nicht da.« Ja, das ist meine größte Angst. Nicht für sie da zu sein, obwohl sie ihr Leben für mich geben würde.

»Das verstehe ich voll und ganz. Es ist in Ordnung. Wir reden morgen miteinander, wenn du wieder Zeit dafür hast. Genieße die Anwesenheit von deiner Mum und hilf ihr dort, wo es notwendig ist.«

Alle drei stehen um mich herum.

In diesem Moment rührt sich auch der Professor wieder. Die Hände weit von sich gestreckt, erwacht er wie nach einem erholsamen Schlaf. Seine Gesichtsfarbe hat sich normalisiert und der Kreislauf beruhigt. Langsam erhebt er sich und streift die Falten seiner Hose glatt.

»Ich bedanke mich vielmals. Ihr seid ein tolles Team.«

Ein paar seiner Haare stehen vom Kopf ab. Dadurch wirkt er ein wenig spaßig. Hastig sucht er nach seiner Jacke. Auch das Hemd sitzt noch nicht richtig. Zwei der Knöpfe haben die Knopflöcher vertauscht. Er sieht fast wie der Komiker aus dem Fernseher aus. Fahrig schiebt er sein verdrücktes Oberteil in den Hosenbund.

»Wir waren gerne für Sie da. Achten Sie bitte bei der Heimfahrt darauf, ob Ihnen noch der Mercedesschatten folgt.«

Oscar hat wieder Oberhand gewonnen.

»Kann ich Sie mitnehmen, Mara? Ihre Wohnung liegt auf meinem Heimweg. Es würde keine Umstände machen.« Verlegen wegen seines Mutes mich anzusprechen, dreht er sich kurz um.

»Das wäre fein!« Lieber wäre ich mit Finn nach Hause gefahren, aber inzwischen ist es sehr spät geworden. Auch Finn wirkt erschöpft und hat ein Bett und seinen Schlaf dringend nötig.

Gemeinsam verabschieden wir uns von den Personen, die mir inzwischen sehr ans Herz gewachsen sind. Kurz vor dem Auto des Professors sehe ich wieder eine Bewegung hinter der Straßenlaterne.

Heute habe ich aber keine Kraft mehr, mich einer Gefahr zu stellen.

In meiner Vorstellung steht deshalb dort ein schwarzer Engel mit strengem Ausdruck, einer mächtigen Ausstrahlung und einem schützenden Blick über uns.

Durch einen Stromausfall im Krankenhaus verschiebt sich die Heimkehr von Mum auf den frühen Abend. Abmeldungen müssen im Entlassungsbüro des Klinikums akribisch genau eingetragen werden, damit alles hier seine Richtigkeit hat. Vorher kann sie sich von dort nicht verabschieden. *Bürokratie vom Feinsten*, hat sie mir am Telefon gesagt. Den Vormittag habe ich dadurch für mich zur freien Verfügung und das Mittagessen darf ich mir also selbst besorgen. Meine Begeisterung hält sich in Grenzen.

Ich habe mich so auf Mum gefreut. Wegen ihr bin ich nicht bei Finn geblieben. Wieder einmal rattert die Gedankenmaschine. Was wäre wenn? Habe ich die Gelegenheit, uns anzunähern, dadurch verpasst? Das Warten zermürbt mich. Um von dieser Denkschleife wegzukommen, wechsle ich das innere Thema. Paulina hat meine oberste Priorität bekommen. Die Schule kann noch ein paar

Tage warten. Ohnehin sind in diesem Semester nur mehr Übungs- und Wiederholungszeiten, bis hin zu den abschließenden Prüfungen, erforderlich. Wie gut, dass ich so gut abgeschnitten habe. Dieser selbst erschaffene Freiraum tut mir gut. Besonders seit der Sache mit Paulina.

Magisch und unwirklich erscheint mir immer noch die Theorie, im Fall des toten Mädchens, mit den Henoch-Zeichen. Dieses *Buch der Giganten* wurde vor Jahrtausenden verfasst. Niemals wäre es mir in den Sinn gekommen, an deren Wahrheit zu zweifeln. Viele Wissenschaftler haben sich beim Überprüfen des Textes sicherlich die Zähne ausgebissen. Doch beim näheren Betrachten entdecke ich im Internet viele Formen der Auslegung.

Ursprünglich geht es um den Fall der Engel. Gott verdammte sie, wegen ihrer Begierde nach irdischen Frauen, in die Schlucht der Verfluchten. Das Gericht des Himmels beschreibt die Verurteilung der gefallenen Engel als Verlust der Unendlichkeit des Abbildes von Gott. Entzogen wurde ihnen sofort der göttliche Segen. Dadurch halten sie sich in einer Art Zwischenwelt auf, eine persönlich empfundene Hölle.

Ohne großen Eifer suche ich weiter und werde dann doch noch fündig. Groß prangt mir das Bild eines Redners entgegen, der die neue *Henoch*-Gruppe in einer Freikirche leitet. Seine Worte prägen sich tief in meinem

Bewusstsein ein. *Du wirst in mir verbleiben und ich in dir, darum wandle mit mir.* Ist das als Omen zu sehen? Verunsichert lese ich sie mehrmals. Bei jeder weiteren Wiederholung entdecke ich etwas Neues darin.

Gewiss ist aber für mich nur die Sicherheit, dass diese Worte genau auf mich und Paulina zutreffen. *Du wirst in mir verbleiben* bezieht sich auf mein Tattoo, *und ich in dir* auch das ist mir sonnenklar und voller Logik. *Darum wandle mit mir* zeigt die Unabänderlichkeit der ewigen Verbundenheit von Paulinas Asche und meinem Körper. Zusammen gehen wir überall hin, schlafen im gleichen Bett und fühlen die gleichen Emotionen. Wir sitzen miteinander am Tisch und wenn es so weitergeht mit Finn, lieben wir ihn auch gemeinsam. Wie verrückt klingt das denn? Sind das wieder Schritte, die mich von der Normalität entfernen und in Reichweite vom Irrsinn bringen? Geht es im Leben wirklich nur darum, wo diese Grenzlinie gezogen wird? Und von wem?

Durch verschiedene Lebensstile und Erfahrungen liegt oft die Verrücktheit direkt neben der monotonen Gewohnheit im Alltag. Beide haben einen Platz in meinem Leben. Solange sie sich vertragen und bei der Entwicklung meiner Persönlichkeit helfen.

Um aus diesem philosophischen Gedankenkonstrukt herauszukommen, schreibe ich Finn und bitte ihn um ein Treffen. Sofort ist sein typischer Geruch bei mir und vor meinen geschlossenen Augen tanzen die tätowierten Planeten auf seiner Haut. Unstillbare Sehnsucht nach ihm kriecht aus meiner Herzgegend hoch. Wieso fliegen bei mir nicht Schmetterlinge im Bauch, wie bei allen anderen Verliebten? Vieles in mir fühlt sich unsagbar schwer, raumfüllend und dunkel an. Gibt es etwas in seinem Leben, das mich dies alles mitfühlen lässt?

Geheimnisse haben wir doch alle. Denkbar wäre, dass seines tief in der Dunkelheit der Seele verborgen ist und ich dieses, als emphatischer Mensch, fühle. Dass ich damit in Resonanz gehe und eigene Symptome dadurch entwickle. Anders kann ich es mir nicht erklären. Leicht und unbeschwert sollte eine junge Liebe sein. Nicht belastend und in einer mystischen Welt angesiedelt. Soeben ertönt das Eingangszeichen auf meinem Smartphone und die Beleuchtung am Display flackert auf. Aus meinen Gedanken gerissen, beruhigt mich sein *ok* zu meiner Frage. Er hat sofort Zeit, auch das spricht für ihn und seinen starken Charakter in Bezug auf seine Verlässlichkeit.

Fast bin ich fertig angezogen. Beim Überstreifen der Stiefel bleibt ein kleiner Schmutzfleck auf meinem Zeigefinger. Ohne sie nochmals auszuziehen, schleiche ich auf Zehenspitzen ins Bad. Schnell seife ich meine Hände ein und genieße das saubere Gefühl nach dem Abtrocknen. Weil es gerade passt, sehe ich nach meinem Tattoo. Schön glatt und gesund sieht die Haut darunter aus. Der Heilungsprozess ist gut verlaufen, denn die Farbe sieht wunderschön klar aus. Stirnrunzelnd blicke ich genauer hin, halte meine Hand direkt unter die Spiegellampe. In dem hellen Schein sieht die Farbe des Tattoos nicht schwarz aus, sondern erstrahlt im edlen Grauton. Aber Finn hat doch schwarze Farbe genommen? Mit dem Vorhaben, bei Tageslicht draußen noch mal den Farbton zu überprüfen, laufe ich hastig die Treppe hinab.

Finn wartet sicher schon beim Park auf mich. Normalerweise komme ich nie zu spät, daher lege ich ein ordentliches Tempo vor. Atemlos sehe ich, eine Straßenecke vorher, dass auch Finn noch nicht da ist. Mit gemächlicheren Schritten lege ich den Rest des Weges zurück. Gerade, als ich nochmal die Farbe zwischen meinen Fingern überprüfen will, kommt er auf mich zu. Seine blonden Haare stehen ein wenig wirr vom Kopf ab durch den immer noch stürmischen Wind. Die Wangen sind gerötet und ich sehe zum ersten Mal goldene Bartstoppeln im klaren Tageslicht. Wie ein Model am Laufsteg sieht er aus, wild und sanft zugleich. Ein neuer Schal hängt um seinen Hals und lässt sein Outfit noch modischer erscheinen. Wenn ich nicht schon Gefühle für ihn hätte, kämen sie sicher in diesem Augenblick daherspaziert. Eigentlich habe ich mich zuerst in seine Art verliebt, doch kann ich nicht abstreiten, von der ersten Begegnung an auch von seinem Körper fasziniert gewesen zu sein. Grinsend drückt er mich an sich, hält mich kurz fest und streift mit seinen Lippen meine Wangen. Zuerst links, dann rechts entsteht dieses famose Gefühl der zarten Lippen. Erst ein wenig später spüre ich das Kratzen seines Dreitagebartes auf meiner Haut.

»Komm, wir gehen heute zum Teich. Hast du die kleine Brücke dort schon entdeckt? Richtig romantisch sieht sie aus, wenn sie nicht wieder ein Obdachloser in Beschlag genommen hat!«

Behutsam nimmt Finn meine Hand und umschließt sie mit seiner Wärme.

»Ja gerne. Ich möchte dich zum Tattoo auch noch etwas fragen. Aber erst genießen wir die Stille an diesem Ort. Nachmittags ist es hier ziemlich laut mit den Kindern, die zum Spielplatz wollen.«

Langsam schlendern wir auf dem Kiesweg dahin. Ich konzentriere mich auf das gute Gefühl seiner Nähe und höre nur mehr das Knirschen der Steine unter unseren Füßen. Vor dem kleinen Teich steht eine Parkbank, auf der wir uns trotz des kalten Wetters niederlassen. Finn legt sogleich seine Hand über meine Schulter und drückt mich an sich. Der raue Stoff seiner Jacke stört mich nicht. Voller Freude sauge ich seinen Geruch in mich auf und genießerisch schließe ich kurz die Augen. Dieser Moment sollte ewig dauern. Das Jetzt ist einfach nur wundervoll.

Auch Finn bereitet die Nähe kein Problem. Immer wieder spüre ich, wie er einen leichten Druck auf meinen Oberarm ausübt. Fast, als ob er damit auf seine Präsenz aufmerksam macht. Er beobachtet ein paar Enten, die schnatternd um die Wasserpflanzen schwimmen. Dadurch habe ich Gelegenheit, mir sein Profil einzuprägen. Seine gerade Nase, die vollen Lippen und die goldenen Bartstoppeln lassen ihn ein wenig draufgängerisch aussehen. Die blonden Haare locken sich an den Schläfen und verleihen ihm etwas Kindliches. Eine perfekte Mischung von unschuldig bis verwegen, so wie Finn eben ist. Genauso wie ich mir meinen Traummann vorgestellt habe. Ich bin ein Glückspilz. Zufrieden kuschele ich mich wieder näher an ihm. Auch sein Blick, der darauf folgt, zeigt mir, dass er es ähnlich sieht.

»Du bist so wunderschön«, kommt leise über seine Lippen.

Die weißen Zähne von Finn blitzen hervor und als er seine Lippen mit der Zunge benetzt, ist es um mich geschehen. Bevor er noch eine Initiative ergreifen kann, küsse ich ihn. Unendlich lange dauert dieser Kuss. Magisch schön ist er für mich. Ich knabbere an seinen Lippen und streiche dabei mit meiner freien Hand über sein Haar. Seine Finger gleiten unter meine Jacke und bleiben auf meinem Bauch liegen. Weiter geht er nicht und es ist gut so, hier in der Öffentlichkeit. Lange brauchen wir, bis uns die Gegenwart wieder zurückhat. Verlegen lächeln wir und Freude strahlt aus seinen Augen. Meine Lippen prickeln noch nach und fühlen sich viel voller an als vor dem Kuss.

»Was für eine Frage hast du zum Tattoo?« Er zieht einen leichten Schmollmund.

»Ist wieder wer bei dir aufgetaucht?« Etwas Besorgter klingt seine Stimme als noch kurz vorher.

»Nein, das ist alles klar. Aber sieh dir doch die Farbe genau an. Ist es nicht viel heller geworden?« Sofort strecke ich meine Hand in seine Augenhöhe. Sanft spreizt er meine Finger und überlegt.

»Ja, du liegst mit deiner Annahme richtig. Ich habe schwarze Farbe verwendet und heute sieht es hellgrau aus. Warte«, er schiebt seine Hand dazu hoch, »meines ist schon älter, aber viel dunkler. Vielleicht liegt es an der Mischung mit der Asche. Aber damit habe ich leider keine Erfahrung.«

»Ach egal, es ist immer noch wunderschön.«

Sanft streiche ich die Außenlinien des Tattoos nach. Beeindruckt von der Aussagekraft kommt mir eine spontane Idee.

»Was, wenn die Tätowierung immer heller wird? Könnte es nicht sein, dass die Farbe mit Paulinas momentaner Lage in der Anderswelt zu tun hat? Vielleicht ist die Farbe als Zeichen zu sehen. Je länger Paulina dort gefangen ist, umso heller wird das Tattoo auf meiner Hand. Als Gradmesser sozusagen. So kann ich ablesen, wie lange ich noch Zeit dafür habe, um ihre Weiterentwicklung zu forcieren. Ja, ich glaube fest an diese Sichtweise. Aber ich muss zugeben, es ist eine Theorie.«

Nachdenklich starre ich Finn an, ohne ihn als Person wahrzunehmen. Mein Blick geht durch ihn durch, als ob er aus Rauch bestehen würde.

»Komm bitte wieder auf den Teppich zurück.« Mit mahnendem Blick konzentriert sich Finn auf das Wesentliche.

»Du hast keinen Beweis für diese Annahme. Falls du dennoch Recht haben solltest, hilft uns dies jetzt auch nicht weiter. Wir müssen dringend den Sachverhalt klären.«

Finn nimmt aus der Jackentasche sein Handy in die Hand. Es vibriert leise, bis er seine Nachrichten aufruft. Seine Miene verdunkelt sich.

»Verflixt, bei uns wurde eingebrochen. Meine Mutter hat eben die aufgebrochene Terrassentür entdeckt und die Polizei gerufen.«

Die schlechten Nachrichten finden kein Ende. Vor wenigen Minuten schwebte ich auf Wolke sieben. Immer noch kann ich Finn auf meinen Lippen schmecken. Mit dieser Meldung hat er sich aber von mir meilenweit entfernt. Sachlich und kühl wirkt er. Bereit, seiner Mutter in dieser Lage Stütze und Halt zu sein.

Ein Funken Eifersucht drängt sich an die Oberfläche meines Gefühlswalls. Eben war er noch für mich alleine da, doch nun steht wieder einmal meine Welt auf dem Kopf. Und ich hintenan. Wie früher, denke ich noch kurz, bevor ich mich von der Bank erhebe.

Schaudernd erinnere ich mich an das belastende Gefühl von damals, nicht gesehen zu werden. Obwohl ich wieder einmal auf dieser Schwelle der Negativität stehe, entschließe ich mich, dieses Mal anders zu reagieren. Bewusst einen anderen Weg einzuschlagen, nicht das übliche Muster zu leben.

Meine Schultern straffen sich im gleichen Tempo, wie mein Ausdruck im Gesicht. Fast feierlich sporne ich Finn an:

»Auf was wartetest du noch! Schnell komm, wir müssen für sie da sein!«

Er nimmt meine Hand und wir laufen im Eiltempo los. Bevor jedoch einer von uns beiden reagieren kann, kommt etwas silbern Glänzendes auf uns zugerollt. Fast hebt es uns aus den Füßen, nur der gegenseitige Halt gibt uns die notwendige Unterstützung, damit wir nicht am Boden landen. Hätten wir uns nicht an den Händen gehalten, wäre es schlimmer ausgegangen.

Ein Obdachloser hat uns von der Seite her gerammt, mit einem alten klapprigen Einkaufswagen. Darin türmen sich leere Dosen und Mehrwegflaschen. Laut klirrt es in unseren Ohren nach, denn dieser zerbrechliche Inhalt rollt hin und her, bevor sich eine der

Flaschen entschließt, ihren Glaskörper in Einzelteile aufzulösen.

»Ihr macht mir alles kaputt!«, schreit der Bärtige laut, aber wenig verständlich.

Sein speckiger Mantel hat eine undefinierbare Farbe. Das verrunzelte schmutzige Gesicht versteckt er halb unter dem breitkrempigen Hut. Weit aufgerissen präsentiert er uns seinen Mund mit den braunen Zahnstümpfen.

»Immer wird mir alles genommen«, stammelt er weiter, ohne den Wagen zurückzuschieben. Im Gegenteil, er presst fest seine hagere Gestalt dagegen.

Keiner von uns wagt es, ihm zu widersprechen. Schließlich ist ja er in uns hineingeschlittert und nicht umgekehrt. Aber bei dem Alkoholdunst, der aus dieser offenen Mundhöhle entweicht, halten wir lieber unseren Mund. Um ja nichts anzuzetteln. Man weiß ja nie, wie ein Mensch, der bereits alles verloren hat, auf eine Anschuldigung reagiert.

»Erst nehmen sie mir mein Bett weg und jetzt das noch...«.

Der Rest ist unverständlich, den er von sich gibt. Mit gesenktem Kopf versucht er, die Scherben herauszufischen. Nur große Stücke kann er fassen, die kleineren Scherben sind bereits durch das Metallgitter des Einkaufwagens auf den Kiesweg gefallen.

Hoffentlich verletzt er sich nicht. Bevor ich dies zu Ende gedacht habe, ertönt schon ein lauter Schmerzensschrei und Blutstropfen sickern in die verschmierte Hose des Mannes. Sie vermischen sich mit den bereits nachgedunkelten Rändern auf diesem schmutzigen, zerrissenen Kleidungsstück. Mir graut bei der Vorstellung, was für Rückstände hier ein Muster darauf gezeichnet haben.

»Können wir Ihnen helfen?«

Finn scheint seine Frage ernst zu meinen. Schon wieder drängt sich ein anderer Mensch vor mich und meine Bedürfnisse. Nun darf auch Stella daheim warten, bis wir für sie Zeit haben.

»Wo schlafen Sie denn?« Hilfsbereit versucht Finn, ihn zu beschwichtigen. »Können wir sie begleiten?«

Mit dem dreckigen Ärmel der anderen Hand drückt der Sandler fest auf die blutende Stelle.

»Naja, wenn Sie meinen. Es ist nicht weit. Ich schlafe unter der Brücke.« Torkelnd dreht sich der Alte um.

Jetzt ist mir sonnenklar, wie dies alles passiert ist. Nicht einen geraden Schritt bringt er zusammen. Wie auf hoher See mit heftigem Wellengang bewegen sich seine Extremitäten. Ich packe den Einkaufswagen und Finn unterstützt den Betrunkenen. So dicht sein zu dieser frühen Stunde, ist nicht normal. Kein Wunder, dass er auf der Straße lebt, oder besser gesagt unter der Brücke.

Gemeinsam schaffen wir es, ihn weitgehend unbeschadet dorthin zu begleiten.

Überrascht sehen wir uns gegenseitig an, nach dem ersten Blick auf seine im Freien liegende Unterkunft. Fein säuberlich ist alles zusammengefaltet, was er besitzt. Decke, Polster und eine Tasche, vollgestopft mit gesammelten Essensresten, stehen hier an der unteren Brückenmauer. Das hätten wir ihm nicht zugetraut. Zwar muss Finn sich wegen seiner Größe etwas ducken, kann aber ebenso wie ich diesen Bereich betreten. Von unserem Blick vorerst verborgen, bleibt der größte Schatz dieses Obdachlosen. Erst als ich mich an das Dämmerlicht hier gewöhnt habe, fällt es mir ins Auge. Hier steht eine Echtholztruhe mit eingraviertem Blumenmuster. So etwas wird ansonsten nur in Einrichtungsstudios im Schaufenster zum Verkauf angeboten.

»Woher haben Sie diese antike Truhe? Wie kommt die hierher in den Park unter die Brücke?« Ungläubig wirbeln die Gedanken in mir umher. *Die kann es nicht wirklich hier geben.*

»Haha, das ist doch mein Bett!« Der Alte gluckst fröhlich vor sich hin und weidet sich an unseren überraschten Gesichtern.

»Es stand bereits da und ich habe es von meinem Vorgänger übernommen. Hierin schlafe ich. Schön warm kuschelig ist es da drinnen. In den letzten Wochen allerdings…«, ein Stück Schleim rutscht ihm hörbar die Kehle hoch, »…finde ich es darin nicht so nett.«

Endlich ist der Pfropfen in seiner Kehle angelangt und er spuckt ihn tatsächlich neben uns auf den Boden. Wie ekelig ist das denn. Bevor mir das große Grausen kommt, wende ich mich von ihm ab.

Vorsichtig streiche ich mit meiner Hand über das strukturierte Muster dieses Meisterwerkes. Wirklich, es ist Handarbeit vom Feinsten. Normalerweise kann sich dieses Möbelstück Otto Normalverbraucher nicht leisten.

»Niemand nimmt mir mein Bett weg!« Weinerlich klingt nun die Stimme des betrunkenen Obdachlosen wieder herüber. »Auch kein Kind darf drin schlafen!«

Sein Gemurmel wird immer leiser. Finn hat ihm unterdessen mit einem Taschentuch die Wunde abgetupft und den darin steckenden Scherben entfernt. Die Blutung hat aufgehört. Nur mehr ein dunkler Riss ist zu sehen. Angelehnt an die Truhe, ist der Obdachlose erschöpft eingeschlafen. Finn legt die Decke über ihn. Dabei stößt er mit dem Fuß an eine weitere versteckte Flasche. Mit klarem Inhalt deutet alles darauf hin, dass es sich dabei um hochprozentigen Fusel handelt.

»Komm, wir gehen.«

Ich versuche, mich lautlos zu entfernen. Mit genügend Abstand zur Brücke sinniere ich noch nach. Was kann der Alte gemeint haben mit dem Kind? Wieder abgelenkt von unserem Vorhaben vergessen wir zwei den Vorfall.

Immer noch steht ein Polizeiauto vor Finns Haus. Ein Beamter nimmt eben das Protokoll auf. Stella sitzt mit blassem Gesicht in der Wohnküche am Tisch mit dem Gesetzeshüter. Erleichterung macht sich auf ihrem Gesicht bemerkbar, als wir gemeinsam auftauchen.

»Wie gut, dass ihr da seid. Oscar ist noch beim Zahnarzt. Ich konnte ihn nicht erreichen.«

»Mama, was fehlt denn?«

Die Neugier lässt Finn und mich nicht los, bis wir den genauen Bericht gehört haben.

»Aber wenn nichts fehlt, wieso wird dann am helllichten Tag ein Einbruch verübt?«

Das geht nicht in meinen Kopf hinein. So etwas habe ich noch nie gehört. Normalerweise werden Schmuck, Handy, Computer und andere Wertgegenstände gestohlen. Finns Pupillen sind ganz dunkel und starr. Angestrengt denkt er nach.

Der Beamte verabschiedet sich gerade mit den Worten: »Wenn Ihnen noch etwas einfällt oder auffällt. Sie können mich jederzeit unter dieser Nummer anrufen.«

Er streckt Stella eine Visitenkarte entgegen.

»Vielen Dank, Herr Kreuzer!«

Stella begleitet den Polizisten noch zur Tür.

In diesem Moment springt Finn auf.

»Ich weiß, was fehlt!«

Schon stürmt er mit großen Schritten ins Studio.

»Hab ich es doch gewusst!«

Triumphierend sieht er mich und Stella an, die soeben durch die Studiotür kommt.

»Die Tattoofarbe mit der Asche von Paulina fehlt!«

Geschockt weiten sich unsere Pupillen. Stimmt, das Fläschchen stand immer auf der Ablagefläche. Bereit für die Abholung durch Paulinas Vater. Bei seinem letzten Besuch haben wir vergessen, sie ihm mitzugeben.

»Wer hat von dieser Farbe gewusst?«

Stella ist erschüttert.

»Kann mir jemand erklären, was das zu bedeuten hat?«

In der darauf folgenden Stille ist nur mehr das Ticken der Uhr zu hören. Sprachlos stehen wir hier. Ein weiteres Rätsel will möglichst schnell gelöst werden.

Immer noch aufgewühlt sitzen wir in der Küche. Oscar ist inzwischen eingetroffen. Seine Backe ist noch von der Behandlung des Zahnarztes leicht angeschwollen. Eine Wurzelbehandlung ist nicht gerade das, was man sich wünscht. Daher hält sich seine Euphorie noch stark in Grenzen, was Finns Theorie betrifft. Stella hat ihm einen heißen Tee gemacht, in der Hoffnung, die Schmerzen etwas zu lindern. Dankbar für ihre Zuwendung,

schlürft er den heißen Mix aus Johannis-
kraut, Quendel, Melisse und ein paar Tropfen
Nelkenöl. Der Duft zieht durch das ganze
Haus, intensiv und verführerisch.

»Kann ich auch eine Tasse davon haben?«

Mir rinnt inzwischen das Wasser im Mund
zusammen. Seit meiner Kindheit liebe ich
Nelken. Mit ihrem Aroma verbinde ich die
schönsten Feste in der dunklen Jahreszeit.

»Sofort!« Stella holt eine weitere Tasse und
schenkt mir aus der großen Teekanne ein.

Der erste Schluck ist ein wahrer Genuss.
Kräftig breitet sich der Geschmack in meiner
Mundhöhle aus, betäubt fast die Zunge und
entspannt den Gaumen. Fantastisch, wie
man mit einfachen Hausmitteln solche Reaktionen hervorrufen kann. Das Johanniskraut
beruhigt meinen aufgeregten Puls und die
Süße der Melisse sorgt für ein Wohlbehagen.
Stella lächelt mich an, in dem Wissen, was
gerade bei mir abgeht. Auch das verbindet
uns inzwischen. Die Liebe zur Natur und zu
ihren heilkräftigen Erzeugnissen. Tief in mir
drin, gut versteckt, gibt es ein intensives
Fühlen. Nur wenn alles rund um mich
stimmt, kann ich es wahrnehmen. Rund und
warm verbreitet diese Stelle im Bauch ihre
Energie. Das Außen verschwimmt in einer
beruhigenden Geräuschkulisse.

Finn streichelt meine Hand. »Bist du noch
bei uns oder treibst du dich wieder einmal in
einer Fantasiewelt herum?«

Ich hoffe, er meint das jetzt nicht sarkastisch oder ernst. Tief atme ich in mein Zwerchfell hinein und stöhne dabei auf. »Nö, aber ein wenig müde bin ich doch.«

Richtig wach werde ich erst, als eine Diskussion über Professor Alwin Zopf in Gang kommt.

»Glaubst du wirklich, dass er ein Mitglied dieser Szene ist? Das kann ich mir nicht vorstellen. Nicht, nachdem er Paulina verloren hat. Stell dir nur vor, wenn das stimmen würde. Dann wäre er doch ein Mitverursacher des Ganzen. Nein, nie und nimmer lässt sich so ein intelligenter, feinfühliger Mann mit denen ein.« Finn hat sich in Rage geredet.

Seine Wangen glühen und eine vorwitzige Locke fällt ihm ins aufgebrachte Gesicht. Fahrig pendeln die Hände neben ihm, in schaukelnden Bewegungen.

Stella mischt sich auch ein. »Er ist ein Vater. Und Väter beschützen ihre Kinder. Wozu hätte er den Diebstahl der Farbe in Auftrag geben sollen? Er bekommt sie doch sowieso von uns. Freiwillig hätten wir sie ihm gegeben. Also, dieser Diebstahl muss von jemandem begangen worden sein, der davon wusste, aber etwas völlig anderes im Sinn hat!«

Emotional rutscht sie auf dem Sessel nach vorne und kippt beinahe herunter. Gerade noch fängt sie sich. Dabei schlägt ihre Hand auf die Tischkante, als sie sich abfangen will.

»Hoppla, gerade noch mal gutgegangen!«, ist ihre resolute Reaktion darauf.

»Wartet mal, wir übersehen irgendetwas. Hat Professor Zopf nicht davon gesprochen, dass ein Assistent eingeweiht war? Ich glaube, mich zu erinnern, etwas darüber gehört zu haben.« Oscar rülpst leise. Er hat sicher beim Teetrinken zu viel Luft geschluckt.

Dem stimme ich zu. »Ja, aber sicher bin ich mir nicht. Paulina hat aber vor ein paar Tagen in einer Vision davon gesprochen, dass ihr Vater den Schlüssel in der Hand hat. Meinte sie vielleicht mit dem Schlüssel eine Information? Wir sollten uns noch einmal mit ihm treffen. Direkt fragen verhindert Irrwege, sagt meine Mum immer.«

Schnell sind wir uns einig, den Professor Zopf gleich anzurufen, damit wir die Missverständnisse ausräumen, bevor sie von einem Kieselstein zum *Mount Everest* werden.

Oscar hat seine Nummer gespeichert und nimmt die Sache sofort in die Hand. Der Lautsprecher wird aktiviert, damit alle im Raum mithören können. »Hallo, Professor Zopf. Ich hätte eine wichtige Frage an Sie«, beginnt er sein Gespräch. »Heute wurde bei uns eingebrochen und die Tattoofarbe mit dem Rest von Paulinas Asche gestohlen. Wir möchten gerne von Ihnen wissen, wer von dieser Asche bei uns wirklich wusste. Dies würde den Täterkreis erheblich einschränken.«

»Ich bin entsetzt darüber. Hoffentlich missbraucht niemand die Asche meiner Kleinen für andere Zwecke«, vernehmen wir laut und deutlich seine Stimme.

»Nur mein engster Assistent, Dr. Vincent Schlag wusste davon. In einer schwachen Minute habe ich ihm davon erzählt. Wirklich Trost gespendet hat er mir allerdings nicht. Im Gegenteil, er ist nach diesem Gespräch sehr schnell aus dem Büro gerannt. Angeblich musste er zu einem dringenden Termin.«

Die kleine Pause, die darauf folgt, tut uns allen gut. Unsere Rädchen im Gehirn rattern augenblicklich los.

»Später habe ich dann vergessen, ihn auf eine Geheimhaltung anzusprechen. In unserer Arbeit ist es eigentlich selbstverständlich, keine Informationen nach außen zu lassen.« Erschöpft vom langen Redefluss hält er inne.

»Das erklärt einiges.« Oscar nickt uns zu. »Ich werde mich umhören. Ein guter Freund von mir ist Privatdetektiv. Vielleicht kann er uns dabei helfen, Licht ins Dunkel zu bringen. Vielen Dank, Herr Professor, für Ihre aufrichtige Antwort.«

»Nichts zu danken. Falls Sie Probleme mit der Versicherung haben, melden Sie sich bei mir. Ich übernehme selbstverständlich sämtliche Kosten, die Ihnen durch den Einbruch entstanden sind.«

Ich muss mich bereits verabschieden. Bald wird meine Mutter daheim ankommen. Da möchte ich unbedingt vor Ort sein. Finn begleitet mich noch bis zur Straßenecke. Eng umschlungen gehen wir wortlos auf dem Gehsteig dahin. Seine Nähe und der vorher konsumierte Tee tun das Übrige dazu, um mich auf das Wesentliche zu konzentrieren.

»Glaubst du, dass dieser Detektiv uns helfen kann?« Immer noch bin ich leicht verunsichert.

»Wenn Paps das sagt, sicher. Aus diesem Dr. Schlag werde ich nicht ganz schlau. Am Abend widme ich mich den Internet-Recherchen dazu. Morgen wissen wir mehr darüber. Vertraue mir, ich mach das.«

Er lehnt seinen Kopf seitlich an meine Schulter. Dafür muss er sich ordentlich hinunterbeugen. Unser Größenunterschied macht sich auf diese Weise bemerkbar.

»Und ich werde morgen nochmal den Pater Jonas aufsuchen. Er scheint mir sehr belesen zu sein.«

Unvermittelt halte ich an. »Um Paulina helfen zu können, brauche ich mehr Informationen zu den sieben Welten.«

»Das überlasse ich dir. In diesem Bereich kenne ich mich nicht aus.«

Lächelnd sieht er auf mich herab und streicht mit seinem Zeigefinger über meine Unterlippe. Unendlich zart, wie ein Flügelschlag eines Schmetterlings, wirkt diese Berührung auf mich. Ein Schauder läuft mir über den Rücken. Seine Stimme ist wieder dunkel und rau, gepaart mit einer erotischen Schwingung.

Das darauffolgende *tschüss*, passt so gar nicht dazu. Es klingt nach Flucht vor dem, was unweigerlich folgen würde, wenn er bei mir bliebe. Vielleicht kann er sich auch mehr Nähe mit mir vorstellen? Das wäre ein Traum und wie ein süßes Versprechen klingt es nach mehr von diesem Gefühl.

16

Mum ist so froh, wieder zuhause zu sein. Gut gelaunt sitzt sie bei mir und hört meinem Bericht zu, was sich inzwischen ereignet hat. Alles erzähle ich ihr, bis auf das, was zwischen Finn und mir passiert. Oder eben nicht passiert. Obwohl ich mich inzwischen unendlich danach sehne. Meine Neugier betrifft nicht nur Finn und seinen Körper, sondern auch, wie ich auf seine Berührungen reagiere.

Die lange Warterei im Krankenhaus hat Mum sehr angestrengt. An ihrem Gesichtsausdruck und dem, hinter vorgehaltener Hand, verhaltenen Gähnen, macht sich ihre Müdigkeit bemerkbar. Gerade noch rechtzeitig fällt mir ein, mich bei Pater Jonas um einen Gesprächstermin für morgen zu kümmern.

»Geh doch ins Bett, Mum, und ruhe dich aus. Morgen erzählst du mir, wie deine Therapien aussehen, wie es bei dir weitergeht.

Auch ich bin schon müde. Muss nur noch einen Termin für morgen fixieren.«

»Triffst du dich wieder mit Finn? Du brauchst auf mich keine Rücksicht zu nehmen. Zum Essen mache ich mir selbst eine Kleinigkeit. Genieße noch deine freie Zeit!«

Mum streckt ihren Körper und schickt mir noch eine Kusshand nach, bevor sie im Badezimmer verschwindet.

Schnell hole ich mein Handy aus der Jackentasche und suche mir, über die Nummer der Pfarre, die von Pater Jonas heraus. Sofort hebt er ab. Freundlich, aber etwas reserviert lauscht er meiner Anfrage.

»Gerne können wir uns morgen treffen. Aber gleich nach der Frühmesse. Komm rechtzeitig, denn ich fahre anschließend zu einer Tagung.«

Das wäre geschafft. Über das frühzeitige Aufstehen bin ich weniger entzückt. Gerade in der Morgendämmerung ist es kuschelig warm im Bett.

Während ich noch überlege, sehe ich zufällig auf mein Tattoo hinunter. Entsetzt stelle ich fest, dass es nur mehr in hellgrauen Farbtönen sichtbar ist. Zart und verletzlich wirkt meine Mondgöttin. Es ist dringend an der Zeit, im Fall Paulina weiterzukommen. Angst kriecht in mir hoch, dass es vollkommen verschwindet. Was, wenn es fast schon zu spät ist, um Paulina Seele zu retten? Umso besser, gleich morgen mit den Recherchen zu beginnen. Ein wichtiges Puzzleteil fehlt mir noch, ebenso wie der Kontakt mit Paulina. Seit vielen Stunden habe ich sie nicht mehr wahrgenommen. Ich habe keine Vision gehabt, die mir die Dringlichkeit verdeutlicht, wie es um Paulina derzeit steht.

In der Wohnung ist es still geworden. Mum schläft ihren Genesungsschlaf. Doch für mich gibt es noch kein Zurücklehnen. In Gedanken lasse ich eine Erkenntnis nach der anderen noch auf mich wirken. Hat diese Gruppierung wirklich etwas mit ihrem Tod zu tun? Welche Rolle spielt Professor Zopf? Ist er nur ein trauernder Vater oder könnte es sein, dass ihm die Wissenschaft wichtiger ist als sein Kind?

Im Halbschlaf, kurz vor dem Wegtauchen meiner Sinne, höre ich eine weit entfernte Stimme zu mir sprechen. *Komm zu uns. Wir warten auf dich.* Sofort tauche ich ab in eine bizarre Traumwelt. Ein schwarz gefiederter Engel wartet auf mich und umhüllt mich mit seinen Flügeln. Er drückt mich und ein enormer Energiestrom fährt durch meinen Körper hindurch. Selbst im Traum fühle ich diese Stärke. Was ich fühle, ist aber keine Angst, sondern pure Macht. Unbändig zerrt sie an allem, was mich abhalten möchte von diesem Verlangen nach mehr.

Verwirrt wache ich auf. Mein Wecker zeigt mir an, dass ich noch eine Stunde länger schlafen könnte. Aber die innere Unruhe hat mich bereits erfasst. Alles in mir dreht sich um diesen Traum. Was hat er zu bedeuten?

Als machthungrig hätte ich mich noch nie gesehen, eher introvertiert und schüchtern.
Manchmal auch ängstlich. Nur in seltenen
Fällen, wenn ich Ungerechtigkeiten bei hilflo-
sen Menschen oder Tieren wahrnehme,
schreite ich selbstsicher ein. Schützend halte
auch ich meine Hand über die Schwächsten
unserer Gesellschaft. Wollte mir dieser
Traum das bestätigen? Machtgelüste habe
ich aber nie dabei gehabt.

Um Mum nicht aufzuwecken, schleiche
ich auf Zehenspitzen durch die morgendliche
Routine. Jetzt freue ich mich auf das Gespräch mit Pater Jonas.

Auf dem Weg zur Kirche, fest eingepackt,
um dem morgendlichen Frost zu trotzen, be-
gegne ich keiner Menschenseele. Alle liegen
noch in ihren Federn und träumen. Ich stelle
mir die Traumwolken über ihren Betten vor
und bin so in Gedanken versunken, dass ich
erstaunt bin, bereits zwischen den Gräbern
zu gehen. Im Halbdunkel des Morgens sieht
der schwarze Engel an der Kirchenmauer
wieder sehr geheimnisvoll aus. Blickt er mir
etwa nach? Ein Gruselschauer läuft über
meinen Rücken und meine Füße bewegen
sich eine Spur schneller. Beim Öffnen der
großen Doppeltür des Kirchenportals ertönen
die letzten Klänge der Orgelmusik. Nur vereinzelt sind die Bankreihen besetzt. Hier haben sich nur ein paar von den älteren Besu-
chern zur Messe eingefunden. Wahrscheinlich konnten sie auch nicht länger schlafen.

Von Mum weiß ich aus ihren Geschichten über den Krankenhausalltag, dass alte Menschen nachts oft Schmerzen haben und nicht mehr gut schlafen. Dafür nicken sie tagsüber öfters ein. Einfach so, ohne ersichtlichen Grund. Wenn alle anderen zur Schule gehen oder arbeiten müssen, schlummern sie in den Tag hinein. Das muss ein Leben sein.

Damit sie meine frevelhaften Gedanken nicht sichtbar an mir erkennen, neige ich demutsvoll den Kopf und schleiche mich seitlich der Bänke entlang. Pater Jonas hat mich entdeckt und nickt mir zu. Er winkt, damit ich in den halb versteckten Eingang zum Nebenraum mitgehe.

In der Sakristei zieht er das Messgewand über seinen Kopf. Darunter trägt er seine schwarze Soutane. Trotzdem ist es mir ein wenig peinlich, ihn dabei zu beobachten. Ich drehe meinen Kopf zur Seite und starre die Steinbögen an, die sich von der Decke bis zum Boden erstrecken. Dazwischen hebt sich die ehemals weiße Farbe blättrig ab. Die Feuchtigkeit ist auch direkt in der Luft wahrnehmbar, denn der Raum ist nur wenig beheizt. Fröstelnd kuschle ich mich in meine Jacke hinein.

»Ja, in diesem Bereich der Kirche ist es ein wenig kalt im Winter. Dafür sitze ich gerne an heißen Sommertagen hier und erledige meine Schreibarbeiten. Diese Kühle ist dann unbezahlbar.«

Ein breites Lächeln erscheint auf seinem ansonsten ernsten Gesicht. »Was hast du noch für Fragen? Leider habe ich wenig Zeit.«

»Danke für den Termin. Dass Sie ihn möglich gemacht haben, trotz ihres vollen Kalenders.« Verlegen räuspere ich mich, bevor ich mich traue, diese wichtige Frage zu stellen.

»Glauben sie an eine Zwischenwelt? Eine die mitten auf dem Seelenweg liegt von der Erde bis hin zum Himmel?«

Endlich ist es ausgesprochen.

Sein Mund hat nur unmerklich gezuckt. Bedächtig nickend, mit den Pupillen nach links oben sehend, sucht er nach den richtigen Worten. »Nun, es gibt diese Welt. Manche Priester bezeichnen sie als die eigentliche Hölle. Wer dort verweilen muss, erinnert sich aller Qualen, die er auf dieser Erde verursacht und durchlitten hat. Ein persönliches Fegefeuer sozusagen. Auch die Bibel beschreibt diesen Zustand als unabänderlich. Dennoch gibt es auch dort Hilfe. Engel, Geistführer und Menschen, die auf der Erde Gebete für Verstorbene sprechen, können eine Weiterreise in das Paradies bewirken.«

Prüfend sieht er mich an. »Wieso interessierst du dich in deinem Alter dafür? Gibt es einen Grund?«

Abwartend streicht er seine über der Stuhllehne abgelegte Stola glatt.

»Richtig, ich habe einen Grund. Aber diesen möchte ich noch nicht nennen. Interessant finde ich auch das Gericht über die verlorenen Seelen. Wer ist da wirklich der Richter? Gott oder die zurückgelassenen Menschen auf der Erde?«

»Das Totenreich ist sehr mystisch und wenig begreifbar. Doch gefallene Engel haben uns in der Bibel davon erzählt. Jeder, auch sie, sind ein Teil des göttlichen Planes. Alle haben ihre Berechtigung, damit die Seele vollkommen wird. Sterbende berichten oft kurz vor ihrem Tod, dass liebe Verwandte und Freunde, die bereits vorausgegangen sind, ihnen entgegenkommen und sie abholen, um ihnen den direkten Weg zu weisen. Das tiefe Gefühl von Frieden und Einheitserleben spiegelt sich in den Gesichtern der Toten wider. Unaussprechlich ist auch die Erkenntnis bei Nahtoderfahrungen. Diese in unsere Welt Zurückgekehrten, sind von der Existenz Gottes überzeugt. Sie haben keinerlei Ängste mehr, denn sie wissen, dass eine wunderbare und kostbare Erfahrung sie in himmlische Sphären trägt.«

Sein Blick gleitet über mich. »Magst du ein Glas Wasser? Du siehst etwas blass aus.«

»Oh, ich habe noch nicht gefrühstückt. Das kann ich später nachholen. Aber ein Schluck Wasser wäre gut.«

Pater Jonas holt aus einem versteckt liegenden Schrank der unteren Möbelreihe - eine Flasche Mineralwasser hervor. Während er mir einschenkt, berichtet er begeistert weiter. »Mediziner bezeichnen diesen Zustand der Nahtoderfahrung übrigens als besonderen Bewusstseinszustand. Angeblich produziert unser Gehirn, kurz vor dem Tod, halluzinogene Substanzen, ähnlich wie es Drogen tun. Daher nimmt der Sterbende seinen eigenen Körper, ebenso wie die eigene Persönlichkeit, als fremd wahr. Er sieht sich selbst von außen, wie einen anderen Menschen. Unter dem Sauerstoffmangel brechen Lichterscheinungen hervor. Sogar von Tunneln und wunderschönen sphärischen Klängen ist die Rede. Gläubige sehen das allerdings ein wenig anders.«

»Aber was glauben Sie, Pater Jonas?« Meine Augen sind noch immer fest auf ihn gerichtet. Die Kälte ist längst vergessen. Ich sauge jede Information von ihm auf wie einen Schwamm. Um ja nichts zu versäumen, konzentriere ich mich voll auf seinen Mund. Ob dieser schon einmal geküsst hat? *Sorry*, füge ich noch in Gedanken hinzu. Einem Priester dies zu unterstellen, gleicht einem Frevel.

»Das ist eine gute Frage. Durch persönliche Erfahrungen und Erlebnisse, die ich in meiner Zeit des Studiums und danach gemacht habe, bietet sich mir ein Weltbild der sieben Ebenen und mit ihnen zusammenhängend, die der sieben Schleier an.«

Etwas ungläubig dreinblickend, ziehen sich meine Lippen zusammen.

»Da wäre als erstes die weltliche Ebene, die wir alle kennen. Danach kommt die Neophyten-Ebene, in der wir Angst, Trennung, Depression und Enttäuschung erleben können. Etwas im Menschen drängt danach, mehr zu erfahren. Wieso und warum das passiert. Im Anschluss erleben wir die Adept-Ebene. Sie macht bewusst und fördert die Empathie. Hobbys und Gewohnheiten verändern sich. Ebenso wie Freunde.«

Genauso passiert es gerade in meinem Leben. Er liest quasi aus meinem Lebensbuch. Umso interessierter zeige ich mich, indem ich ihn genau beobachte und einfach abwarte.

»Ja, da wäre noch die Ebene der Lehre. Du erkennst, was real und wertvoll in deinem Leben ist. Es können sich Vorahnungen und Zufälle ergeben. Gleich anschließend, manchmal sogar überlappend zeigt sich die Ebene des Suchens. Alles in dir drängt dich dazu, mehr darüber zu erfahren. Um unabhängig von Dunkelheit und Schmerz zu werden, Gleichgesinnte zu finden und Kontakt aufzunehmen. Die Menschen in deinem Umfeld sehen in dir eine neue Person, die positiv und zufrieden strahlt, trotz der Widrigkeiten des Alltags. Da kommt oft der Neid auf. Von denen, die noch nicht so weit sind.«

Auch er nimmt nun einen großen Schluck aus dem Wasserglas. »Darauf folgt die Meisterebene. Du wirst zum Beispiel für die Welt, inspirierst andere Menschen und hörst Botschaften aus der geistigen Welt. Personen werden von deinem inneren Licht angezogen und suchen Hilfe bei dir. Manche können die

Zukunft erahnen oder wissen Dinge, die bisher unentdeckt blieben. Dein Wesen zeigt sich großzügig und geduldig. Begeisterung springt auf andere über. Schließlich noch die letzte Ebene des Phönixes. Dies ist die höchste Stufe der Spiritualität. Schwingungen werden ständig angehoben und du bist eine Quelle der Kraft und Transformation. Es existiert hier nur mehr Liebe.«

Den letzten Satz sagt er leise, aber sehr gefühlvoll und durchdringend. Sein Blick schweift ins Leere.

Mir ist, als ob wir ganz alleine auf der Welt wären. Hier in dieser Sakristei entsteht gerade der wichtigste Punkt des Universums durch diese beseelten Worte. Benommen versuche ich, meine Sitzposition neu anzupassen. Die Bewegung lässt die Starre weichen, die mich nicht nur von der Kälte her befangen gehalten hat.

»Aber was sind dann die sieben Schleier?«

»Leider habe ich nur mehr fünf Minuten Zeit. Deshalb muss ich mich über sie sehr kurz fassen. Selbstverwirklichung bedeutet, sich mit allen Ängsten auseinanderzusetzen. Haltlosigkeit, Wertlosigkeit, Überforderung und Unzulänglichkeit sind die ersten Schleier. Ihnen muss man entrinnen, um die Nächsten sehen zu können. Dann kommt die große Angst vor dem Kontrollverlust. Gesellschaftliche Normen und Ideologien, sowie übernommene Verhaltensmuster locken das Opferverhalten in uns hervor. Dies gilt es zu besiegen, damit wir von der Sinnlosigkeit unseres Daseins wegkommen. Das Ablegen des Integritätsverlustes macht uns von starren Selbstbildern und Beziehungen frei, um die eigene Ganzheit spürbar zu machen. Wenn wir von dieser Welt abberufen werden und im selbsterschaffenen Paradies landen, vergisst unsere Seele dies alles. Genau bis zum dem Zeitpunkt, an dem die Seele die nächste Erdenerfahrung in Form einer Wiedergeburt macht.«

»Ich dachte, die Kirche glaubt nicht an eine Wiedergeburt!«

Mein Einspruch macht allerdings keinen großen Eindruck auf Pater Jonas. »Früher schon, aber irgendwann um 450 nach Christus strich man diese Passage aus den Schriften. Menschen waren viel leichter zu lenken und gefügiger zu machen, wenn sie Angst hatten. Angst vor der Hölle, Angst vor Schmerz und Pein. Übergroß erscheint ihnen auch die Angst, nur ein Leben zu haben und dann für alle Ewigkeit verloren zu sein. So log man sie nicht an, sondern nahm ihnen lediglich das Vertrauen in ihr göttliches Erbe: Das Geburtsrecht eines Menschen. Gleich welcher Nationalität er angehört. Egal, in welcher Gesellschaftsschicht er hineingeboren wurde.«

Er zieht seinen Mantel aus dem offenen Schrank und nimmt die bereitgestellte Tasche an sich.

»Leider muss ich nun wirklich fahren. Ich freue mich über dein Interesse an diesen Dingen. Lass alles ein wenig in dir sacken, vielleicht sprechen wir zu einem späteren Zeitpunkt noch genauer darüber.«

Bevor ich es realisiere, ist er schon verschwunden. Diese Dinge, die ich hier erfahre, sind hochinteressant. Es tauchen zwar wieder viele neue Fragen auf, aber einige hat er so nebenbei beantwortet. Einen wichtigen Punkt hat er bestätigt. Engel und diese Anderswelt gibt es wirklich. Sie sind Teil einer Realität, die wir zwar nicht sehen, jedoch fühlen können. Auch der Kontakt damit ist bestätigt. Ich bilde mir das Ganze nicht ein. Es ist weder ein Traumgefüge, noch aus meinem irren Geist entsprungen.

Nur weil niemand darüber spricht, heißt es nicht, dass es diese Zwischenwelt nicht gibt. Viele Möglichkeiten, die wertvoll sind, alles in Betracht zu ziehen. Dazuzulernen, um das größtmögliche Potenzial daraus zu schöpfen. Damit Paulina endlich ins Licht gehen kann. Und ihr Vater die Trauer verarbeitet. Und ich wieder ruhig schlafen kann.

17

Nirgendwo auf der Welt wäre ich jetzt lieber. Vor einigen Wochen noch habe ich mich bitter über dieses Kaff beschwert. Ein paar kleine Änderungen, das Kennenlernen von Personen und neue Erkenntnisse über den Himmel und die Erde, haben meine Sichtweise auf die Daseinsform für mich gewandelt. Wie muss sich dann erst eine bombastische Neuerung anfühlen? Kann man das überhaupt aushalten, auch wenn sie positive Auswirkungen hat? Diese Fragen kreisen wie Planeten in meinem privaten Weltall herum. Nur die Sterne fehlen noch.

Eine Seite aus den Briefen meiner Großmutter zieht vor meinem inneren Auge die Aufmerksamkeit auf sich. Da war doch etwas, das so ähnlich klang. *Nicht an ihren Tod soll ich mich erinnern, sondern an die Zeit und das Wirken ihres Lebens.* In diesen Worten finde ich Kraft, mein Bauchgefühl trägt mich selten. Daher höre ich ausnahmsweise sofort darauf.

Während ich weitergehe, fische ich das Handy heraus. So viele Anrufe von Finn. Sogar Mum hat mir eine Nachricht hinterlassen. Zuerst schreibe ich ihr liebevoll zurück. Dass mich abwertende Blicke einer alten Frau dabei begleiten, tut nichts zur Sache. Die hat sicher noch nie eine Nachricht auf einem Mobiltelefon geschrieben. Moment mal, habe ich das Recht, darüber zu urteilen? Wo ist bloß meine Toleranz geblieben, die mich Mum gelehrt hat? Jeder darf so sein, wie er ist, lautete eine dieser Regeln. Schon wieder bin ich in ein Fettnäpfchen getreten. Da darf ich noch viele Schleier lüften, bevor ich reif für die spirituelle Szene bin. Will ich da aber überhaupt hin?

Etwas abgefahren ist die Sache schon. Vor allem kann ich, außer mit Mum und Finns Familie, mit niemandem darüber sprechen. Eine Gesellschaft mit dieser niedrigen Toleranzgrenze für spirituelle Dinge macht es einem nicht leicht, sich zu offenbaren, ohne augenblicklich als verrückt abgestempelt zu werden.

»Hallo Finn, ich habe dich nicht vergessen. Eben noch war ich bei Pater Jonas. Er hat so viel über die Anderswelt gewusst. Wie ein kleines Wunder erscheint mir die Tatsache, dass es sie wirklich gibt.«

»Komm doch her zu uns. Wir frühstücken gerade. Dann kannst du uns alles erzählen, was du erfahren hast. Anscheinend bewegt es dich sehr tief. Das höre ich an deiner Stimme.«

»Ja, richtig. Noch ein paar Minuten und wir plaudern über alles.«

So vieles geht mir durch den Kopf. Ich brauche ein wenig Zeit für mich. Da ich mich gerade auf Höhe des Parks befinde, gehe ich ein paar Meter auf dem Kiesweg hinein. Nur das Zwitschern der Vögel ist zu hören.

Zum Niedersetzen auf die Bank ist es zu kalt. Deshalb stelle ich mich zum ersten Baum, der in der Nähe seine Wurzeln ausbreitet. Mit meiner Handfläche berühre ich seine Rinde. Trocken und rau fühlt sich die borkige, äußere Schicht von ihm an. Um in den Genuss der Baumenergie zu kommen, konzentriere ich mich auf einen Punkt in meinem Bauch. Langsam lasse ich diese Energie in meine Hände fließen und in der Schnittstelle zwischen uns fühle ich feine, prickelnde Wärme. Sogleich beruhigt sich mein Gemüt und alles Belastende sucht sich seinen Weg fort von meinem Verstand. Einfach herrlich, diese Verbundenheit mit der Natur zu spüren. Kraft und Freude kommen zurück zu mir.

In mir pulsiert im Herzbereich eine Lichtkugel. Anders kann ich dieses Gefühl nicht beschreiben. Mein Verstand erkennt, in dieser Verbindung mit dem unscheinbaren Baum, dass nur der sein Licht findet, der die

Dunkelheit in sich erkennt. Starke Hände legen sich auf meine Schultern. Anstatt mich niederzudrücken, vermitteln sie mir das Gefühl von Unterstützung. Ohne mich zu vergewissern, ahne ich, niemanden real hinter mir stehen zu sehen. Doch ich weiß genau, wer mich unterstützt. Meine ganze Ahnenreihe ist es, die ich nie vergessen werde. Ansonsten wären sie wirklich tot. Einzig die Liebe verbindet über den Tod hinaus.

Wie ein Sandkorn in der Wüste würden mich momentan Außerirdische sehen. Klein, unwichtig und trotzdem Teil eines großen Ganzen. Jetzt löse ich mich von diesen inneren Bildern und atme tief durch. Klar und rein ist die Luft, die mich am Leben hält. Unsichtbar und doch immer bereit, wie der Wassertropfen im weiten Meer. Genug von diesen philosophischen Gedanken. Das Leben hat mich wieder zurück.

Gutgelaunt komme ich in die Küche von Finns Elternhaus gestürmt. Mein Freund hat mir die Tür geöffnet, mit einem strahlenden Lächeln. Finn sieht stolz auf mich. Er merkt an meiner Körperhaltung, dass ich viel selbstbewusster bin als kurz zuvor. Oscar hat gleich einen Termin im Studio. Er isst den letzten Bissen seines Müslis im Stehen.

Fragend blicke ich zu ihm hoch.

»Gibt es etwas Neues wegen diesem Assistenten, Dr. Vincent Schlag?«

Meine Frage bleibt nicht lange unbeant-wortet. Vorerst schluckt er schnell die letzten Fruchtstücke hinunter.

»Ja, er ist ein leitendes Mitglied in dieser *Henoch*-Bewegung. Es könnte etwas Wahres daran sein, dass er die Verantwortung für den Diebstahl trägt. Mein Ermittler hat her-ausgefunden, dass sie für ihre geheimen Ri-tuale die Asche von unschuldigen Kindern verwenden, weil diese Reinheit symbolisie-ren.«

Finns Vater schüttelt sich vor Grauen.

»Und das passiert in unserem Jahrhun-dert. Wie viele Verrückte rennen hier wirklich herum, ohne dass man ihnen etwas an-sieht?«

Bis jetzt bin ich noch nicht richtig mit ihm warm geworden. Zu oft wirkt er auf mich ver-schlossen und geheimnisvoll. Und die Sache mit der verbotenen Farbe kommt auch noch dazu. Aber mit dieser Reaktion hat er viele Pluspunkte bei mir gesammelt.

»Komm, iss endlich etwas!« Stella schiebt mir das Körbchen mit dem frischen Gebäck herüber.

»Du bist richtig dünn geworden. So schlank ist schon fast nicht mehr gesund. Magst du auch lieber ein Müsli? Es ist noch etwas da ...«

Bereitwillig halte ich ihr ein leeres Schäl-chen entgegen. Frisch zubereitetes Müsli liebe ich. Wenn es nicht so viel Arbeit wäre, würde ich so jeden Tag beginnen. Die saftigen

Rosinen runden die natürliche Süße darin ab und der Verdauung tut es auch gut. Finn hat schon das zweite Kornweckerl mit Butter bestrichen. Er zieht es vor, altmodisch mit Marmelade oder Honig zu essen. Jeder, wie er mag. Ich lächle bei dem Gedanken, weil ich an vorhin denken muss. Dieses Mal fällt es mir leicht, tolerant zu sein. Es kommt halt auf den Menschen an.

»Ach ja, fast hätte ich es vergessen,« Oscar schaut mit seinem Kopf zur Tür herein, »dieser Geheimbund trifft sich heute Abend. Ich werde in dieser versteckt liegenden Bar in der Schubertstraße vorbeischauen.«

»Soll ich dich begleiten?« Finn kaut laut weiter an seinem Brötchen. Ein Tropfen Marmelade bleibt im Mundwinkel hängen, als er mit seinem Vater spricht.

»Finn, bitte. Schluck erst einmal den Bissen und rede danach. Was wird sich deine Freundin von dir denken? Und erst von uns?«

Stella grinst beim Schelten. Daran erkenne ich, dass sie das nicht wirklich ernst gemeint hat.

»Ich werde es ihm beibringen«, verspreche ich ebenfalls humorvoll.

»Nein, alleine falle ich weniger auf.«

Oscar zieht seinen Kopf aus der Schusslinie, denn Finn hat eine Weintraube nach ihm geworfen.

»Schluss mit lustig!«, kommentiert Stella die Situation.

Schlagartig wird es ruhig. Mit viel Appetit mache ich mich daran, ebenfalls meinen hungrigen Magen zu füllen. Es tut mir gut, mich in dieser Familie zugehörig zu fühlen. Seit dem Tod meines Vaters fehlen mir diese Alltagsrituale und Blödeleien unendlich.

Nach einer Stunde bin ich wieder bei Mum zuhause. Auch sie hat inzwischen gefrühstückt. Nun haben wir Zeit, über alles zu sprechen. Das Mittagessen lassen wir aus. Viel zu groß war die Menge an Essen am Morgen. So ein Brunch muss erst verdaut werden. Müde vom baldigen Aufstehen, ziehe ich mich in mein Zimmer zurück.

Doch an Einschlafen ist nicht zu denken, deshalb wende ich autogenes Training an. Das habe ich in der Selbsthilfegruppe erlernt und liebgewonnen. Es tut mir gut, die direkte Entspannung zu spüren. Bevor ich endgültig abdrifte, erscheint mir nach langer Zeit wieder Paulinas Gesicht.

Mit ernstem Blick und lockendem Finger versucht sie, mich zum Begleiten in die Anderswelt zu überreden. *Komm mit*, flüstert ihr lautloser Mund. *Ich muss dir etwas zeigen.* Ohne Angst folge ich ihr immer weiter hinein in einen dunklen Sog. Ihre Worte hallen nach, wie bei einem Echo. Ein großer Spiegel erscheint vor mir. In ihm sehe ich mein Bild verzerrt. Langsam klärt es auf. Aber nur mein Gesicht ist hell erleuchtet. Mit präziser Genauigkeit verändert sich die Mimik darin. Fast nicht wiederzuerkennen, denn Körper und Kleidung sind immer noch dieselben wie vor meiner Mittagsrast. Nun bin ich Paulina und sie ist ich. Verflixt, was passiert da gerade mit mir? *Weißt du, was nach dem Tod passiert?* Verzweifelt versuche ich wegzurennen, doch wie angewurzelt verharre ich vor diesem schrecklichen Spiegel. Niemals würde ich mir freiwillig das ansehen, was nun kommt. Die Person im Spiegel zerfließt wie Schnee in der Sonne. Zurück bleibt nur ein Mund, der spricht. *Zuerst siehst du deinen Körper von oben. Du fühlst dich frei und leicht. Hinter dir steht ein Engel mit schwarzen Flügeln. Doch du fürchtest dich nicht sonderlich vor ihm. Nichts engt dich mehr ein. Du kannst schweben. Ein Geistesblitz und du bist am Ort deiner Wahl bei deinen Lieben. Bis das Licht erlischt und dunkle Schatten um dich kreisen. Du möchtest die Hand, die sich dir entgegenstreckt, berühren, doch sie bleibt für dich unerreichbar.* Paulina erscheint wieder kurz im goldenen Lichtstrahl, bis auch er erlischt. Der Spiegel lässt sich nur mehr erahnen, denn eine Kälte geht von dieser Stelle aus, an der die Gedanken abprallen und auf mich zurückgeworfen werden.

Panisch schrecke ich hoch und setze mich viel zu schnell auf. Der zurückbleibende Schwindel lässt mich freiwillig wieder die Augen schließen, bis dieses ungute Gefühl nachlässt. Visionen wie diese verzaubern und erschrecken mich gleichermaßen stark. Laut schlägt mein Herz bis zum Hals hoch und trägt kaum zu einer Beruhigung bei. Obwohl ich es nicht wirklich will, müssen die Straßennamen her, um mich gänzlich zu stabilisieren. *Palumstraße 4, Am Kreisweg 7, Tulpenstraße 2, Heldenplatz 59* und *Waldstraße 1.* Es ist vollbracht. Bei der Nennung der letzten Straße sehe ich auf den Wecker. Fast schon neunzehn Uhr, so lange habe ich geschlafen. Nein, ich war mit Paulina unterwegs. Schnell wähle ich Finns Mobilnummer.

»Finn, hat sich dein Vater schon gemeldet? Konnte er etwas herausfinden?« Neugierig beginne ich mit meiner direkten Art unser Gespräch. Anstatt liebevolle Worte zu flüstern, komme ich sofort auf den Punkt und falle mit der Tür ins Haus.

»Geht's dir gut?« Finn zögert ein wenig.

»Du hörst dich eigenartig an. Weit weg und mit fremd klingender Stimme.«

»Doch, alles ist in Ordnung. Ich habe nur den Schlaf nachgeholt, den ich heute Nacht versäumt habe.« *Und furchtbar geträumt,* hänge ich lautlos dran.

»Beruhige dich, Liebes. Paps hat uns informiert, dass das Treffen geplatzt ist. Keiner ist erschienen. Er glaubt, dass es diesbezüglich eine Warnung gegeben hat und sie das Treffen daraufhin absagten.«

»Okay, ich melde mich morgen wieder. Oder musst du bei den Vorprüfungen anwesend sein? Wir haben noch nicht darüber gesprochen, wann es für dich in der Schule weitergeht.«

»Kein Problem, auch ich habe noch ein paar Tage Zeit. Und hoffe, dass wir bis dahin alles geklärt haben.«

»Das hoffe ich auch. Ich drück dich fest!« Abwartend horche ich, ob er diese Art der Liebkosung annimmt.

»Wie schön. Ich drücke dich auch an mich. Bis Morgen!«

Der darauffolgende Piepston erreicht mich nicht mehr. Verliebt träumend vergesse ich alle Widrigkeiten und schlafe wieder ein. Der folgende Traum hat aber nur mit Finn und mir zu tun. Unendlich verlockend und intensiv entschwebe ich in eine andere Dimension.

Am nächsten Nachmittag treffen wir uns im Hallenbad der Schule. Während der Ferien steht es für alle angemeldeten Schüler offen. Doch die Meisten von ihnen sind weggefahren, daher sind wir fast alleine im Flur vor den Kabinen. Hier trennen sich unsere Wege. Immer noch gilt die Aufteilung der Geschlechter in den Umkleideräumen. Gespannt, wie Finns großes Tattoo aussieht, ziehe ich mich schleunigst um. Bis heute hat er sich immer davor gedrückt, es mir zu zeigen. Nun ist die Stunde der Wahrheit gekommen.

Der türkisfarbene Badeanzug betont meine schlanke Figur. Gänseblümchen im weiß-gelben Design lassen eine gewisse Verspieltheit von mir ahnen. Alles weist auf eine junge Frau hin, die ihren Körper nicht verstecken muss. Finn wartet bereits bei der Drehtür vor dem großen Bereich der Schwimmbecken, eingewickelt in ein großes blaues Badetuch.

Bevor ich nur einen Blick auf seinen Körper werfen kann, hat er das Frotteetuch entfernt und einen Kopfsprung ins Wasser gemacht. *Schade*, denke ich mir. Zu gern würde ich wissen, was er vor mir verbirgt. Denn das tut er ohne Zweifel. Zu lange schon hält er mich damit hin. Mit kräftigen Zügen durchschwimmt er mehrere Längen. Währenddessen gleite ich vorsichtig in das warme Wasser und bleibe immer in der Nähe der Stiege. Vor tiefem Wasser fürchte ich mich, daher ist dieser Platz für mich reserviert.

Schwer atmend bremst er sein Tempo ab und presst sich von hinten an mich, kurz vor dem Beckenrand. Das warme Wasser und seine bewusste Nähe lassen meine Körpertemperatur rapide steigen. Sanft hält er mich im Arm und flüstert wunderschöne Koseworte in mein Ohr. Dieser Augenblick soll nie mehr vergehen. Seine Nähe bewirkt ein Wunder. Völlig vergesse ich in diesem Moment meine Angst vor tiefem Wasser und wie Finn aussieht, welches Tattoo er hat. Nur mehr das Gefühl zählt.

Irgendwann wird mir doch kalt. Finn bemerkt es vor mir. Er schiebt mich zur Ausstiegsstelle und unterstützt mich mit seinen Armen, denn ein Zittern läuft über meinen Körper.

»Deine Lippen sind bläulich verfärbt. Rubble dich ordentlich ab nach der warmen Dusche. Wir treffen uns im Liegebereich.«

Wie ein Kokon umhüllen mich weiterhin seine Worte. Automatisch lenke ich meine Schritte unter die heiße Dusche. Wie gut das tut. Nur ein leichter Geruch nach Chlor ist auf meiner Haut noch zu schnuppern. Rötlich zeigt sie sich, doch es ist mir egal.

Finn liegt schon dick eingehüllt auf einer Liege. Seine Augen sind geschlossen. Unordentlich stehen seine Badschuhe daneben. *Wenn das Stella sehen würde,* kichere ich in mich hinein. Leise rücke ich meine Liege näher zu Finn hin. Bevor ich ganz zugedeckt bin, spüre ich seine Hand, die nach meiner greift. Selbst hier scheut er sich nicht, öffentlich seine Liebe zu zeigen. Wie wundervoll solche Kleinigkeiten das Leben versüßen. Besser als das tollste Schokoladenkonfekt. Was will Frau mehr?

Gemeinsam dösen wir ein wenig dahin. Erst ein lauter Ruck holt mich in die Gegenwart zurück. Gerade noch sehe ich einen Teil von Finns Tattoo, bevor er aus meinem Blickfeld verschwindet. Ich bin mir sicher, dass es ein Frauenbild war. Mit längeren Haaren. Habe ich mich so in ihm getäuscht? Könnte es wirklich sein, dass er noch vor wenigen Wochen seine frühere Freundin auf seiner Haut verewigt hat? Von einer Minute auf die andere fühle ich mich schrecklich.

Enttäuscht springe ich auf und laufe auf die Umkleidekabinen zu. Nur noch schnell anziehen und abhauen. Zu nichts anderem bin ich in der Lage. Tief in mir wühlt sich ein bohrender Schmerz durch meinen Körper, den ich so lange weggesperrt hatte. Niemals wieder wollte ich ihn in meinem Herzen wahrnehmen.

Mit verweinten Augen komme ich zuhause an. Mum nimmt mich einfach ohne Worte in den Arm. Traurig sitze ich mit einem Taschentuch in der Hand da und überlege, wie mein Leben weitergeht. Ohne Finn kann ich mir es nicht mehr vorstellen. Aber mit einem solchen Bild auf seiner Haut, die eine fremde Frau zeigt, auch nicht.

»Alles wird wieder gut!«, murmelt Mum ständig wie ein Mantra.

Mein größter Wunsch ist es, dass sie diesen Segensspruch schleunigst in meine Welt bringt, bevor er sich wieder verflüchtigt.

Diese Nacht war ein einziger Albtraum. Wie gerädert komme ich mir vor. Meine Haare hängen wirr herunter und dunkle Augenringe kann ich sogar beim dämmrigen Licht im Flurspiegel erkennen. Schuld daran ist weder eine Vision, noch ein besonderer Traum. Immer wieder kommt mir die Szene im Hallenbad unter. Dieses Tattoo auf Finns Haut lässt mich nicht mehr zur Ruhe kommen. Einer plötzlichen Eingebung folgernd, krame ich meine Joggingsachen aus dem Schrank, binde meine Haare zusammen und ziehe mir die Sportklamotten über. Die alten Laufschuhe in der einen Hand und in der anderen den Wohnungsschlüssel, so schlüpfe ich leise aus der Garderobe heraus in das Stiegenhaus. Mein Handy wartet in der Trainingsjacke auf seinen Einsatz, ebenso die Kopfhörer. Nachdem ich die Schuhbänder zu einer Masche geformt habe, steige ich lautlos die Stufen hinunter. Erst beim tiefen Durchatmen im Freien fühle ich mich wieder besser. Hier kann ich zu dieser frühen Stunde klarer denken.

Langsam laufe ich los. Nur vereinzelt erblicke ich auf der Straße Lichter. Nicht viele sind zu dieser Zeit unterwegs. Das kommt mir gerade recht. Nach den ersten beiden Häusern muss ich mich für eine Richtung entscheiden. Spontan beschließe ich, zu diesem Lokal in der Schubertstraße zu joggen. Vielleicht kann ich etwas erkennen oder den dunklen Van sichten. Alles ist besser, als über Finn und mich nachzudenken. Trotzdem schluchze ich kurz auf. Erst als ich meinen natürlichen Atemrhythmus der Laufgeschwindigkeit angepasst habe, fühle ich mich freier. Fast augenblicklich treten auch die pochenden Kopfschmerzen zurück. Ich konzentriere mich nur mehr auf meine Füße und bin nach einer halben Stunde überrascht, als ich die Leuchtreklame dieser Bar vor mir sehe.

Wirklich, im Schatten von ein paar knorrigen Kastanienbäumen steht ein dunkles Auto. Ob es sich dabei um diesen Van handelt, ist aber unklar. Zu viele von diesen Fahrzeugen gibt es hier im Ort. Eines gleicht dem anderen. Auch der Eingangsbereich der Bar ist hell beleuchtet, denn eine Lichtquelle aus bunten Leuchtdioden ist seitlich an der Tür und darüber angebracht. Seit es diese Ketten aus Halogenlämpchen gibt, findet man sie überall.

Schnell laufe ich bis zum daneben liegenden Gastgarten. Hier befindet sich der Lieferanteneingang. Warum ich das weiß, obwohl ich noch nie hier war? Die Stimmen verraten es mir, die ich hinter der Gartentür höre. Außerdem knarrt ein aufgehängtes Schild am Gartenzaun im Takt des Windes und bekommt dadurch meine volle Aufmerksamkeit. Nach einem Blick in beide Straßenrichtungen versuche ich, etwas von diesem Gespräch zu verstehen. Dazu halte ich mich an den schmiedeeisernen Gitterstäben fest. So kann ich mit meinem Ohr näher an die Geräuschquelle kommen. Als sich die Tür ins Haus ein wenig weiter öffnet, dringt ein Lichtstrahl nach draußen. Ich nehme an, dass es sich hier um den Barbesitzer und diesen Dr. Vincent Schlag handelt. Nein, das ist so sicher wie das Amen nach jedem Gebet. Leicht vorgebeugt steht er da und seine Hände fuchteln in der Luft herum. Ein weiterer Windstoß verhindert, dass ich seine Worte verstehen kann. Zittrig verharre ich an diesem Platz. Mir ist extrem kalt, denn durch das Laufen hat sich ein leichter Schweißfilm auf meiner Haut gebildet. Mit diesem kalten Luftzug wirkt es, als ob sich eine dünne Eisschicht darauf befindet und an meiner obersten Hautschicht anfriert.

Abgelenkt von meiner eigenen Empfindung, habe ich ganz versäumt, dass sie wieder ins Haus zurückgegangen sind. Die Tür steht aber immer noch offen. Daher warte ich

ab und versuche mit trippelnden Füßen etwas Wärme in meinen Körper zurückzubrin-
gen. Was suche ich hier eigentlich? Finn wäre
entsetzt über die lauernde Gefahr, in die ich
mich hier begebe. Oder vielleicht doch nicht.
In meiner Vorstellung liegt Finn im Bett und
denkt an seine vergangene Liebe. Sofort
schießt Wut in mir hoch und Wärme. Diese
feurige Energie der Eifersucht kommt mit einem ganzen Flammenmeer daher. Erzürnt
von diesen Gedanken bemerke ich fast zu
spät, dass die beiden Männer vorne aus dem
Haupteingang stürmen. Ihre Mantelkrägen
sind hochgestellt. Dadurch sehen sie mich
nicht, sondern eilen auf dieses dunkle Ge-
fährt auf der anderen Straßenseite zu. Minuten später brummt der Motor dieses Vans.
Gekonnt manövriert ihn der Lenker aus der
engen Parklücke und schießt mit enormer
Geschwindigkeit davon. Im Nachbarhaus
steht ein rauchender Mann im Ruderleib-
chen am offenen Fenster und schüttelt seinen Kopf darüber.

Bevor ich es mir anders überlege, schlüpfe
ich durch das Gartentor bis hin zur ange-
lehnten Tür. Die haben sie wirklich vergessen
zuzumachen. Niemand ist im Haus zu hören.
Im Licht meiner Handylampe durchstöbere
ich diesen Raum. Hier sind aber nur zuge-
klappte Bänke und Tische gelagert. Am Boden liegt ein Stoß mit karierten Tischdecken.
Schritt für Schritt bewege ich mich die kleine
Treppe hinauf. Hin und wieder knarzt einer

der Holzstufen. Durch die nächste Tür komme ich direkt in den Schankraum. Schnuppernd durchquere ich ihn, denn der Gestank von Alkoholresten aus ungespülten Gläsern hängt im Gastraum noch immer fest. Aschenbecher mit ausgedrückten Zigarettenstumpen erfüllen dieses Raumaroma mit dem abstoßenden Geruchsfeld des kalten Nikotins. Und das, obwohl das Rauchen in öffentlichen Räumen verboten ist. Doch keiner hier schert sich um diese Gesetze. Dahinter gibt es einen kleinen Verbindungsflur mit alten Bildern an den Wänden. Die Schwarz-Weiß-Aufnahmen zeigen dieses Haus in der Entstehungsphase.

Endlich finde ich das Büro. Hier stapeln sich Berge von Papierrechnungen und Akten. Dafür habe ich aber keine Geduld, denn jederzeit könnten die Männer wieder zurückkehren. Erst als der Strahl meiner kleinen Lichtquelle einen am Beistelltisch abgelegten Ordner findet, komme ich aus meiner Anspannung heraus. Hier bin ich genau richtig. Groß sind Buchstaben aus der Henochschrift am Rücken abgebildet. Meine Neugier lässt mich sogleich hineinsehen. Die anfänglichen Tabellen zeugen von den vielen Treffen. Akribisch genau sind die Teilnehmer darauf angeführt. Beim schnellen Überblick finde ich aber nirgends den Namen vom Professor Alwin Zopf. Er hat die Wahrheit gesagt. Zunehmend beruhigt mich diese Erkenntnis. Irgendwie habe ich immer an dieser Theorie gezweifelt. Zu echt hat seine Trauer auf mich gewirkt. Allerdings kommt der Name von seinem Assistenten fast bei jedem der Treffen vor. Dieser Mann dürfte die Zusammenkünfte sogar leiten.

Ein Geräusch lässt mich zusammenzucken. Durch die Glasscheibe des schmutzigen Fensters sichtbar, fährt gerade langsam ein Auto vorbei. Entwarnung, dieses Mal ist es gutgegangen. Angetrieben von meiner Entdeckung blättere ich schnell weiter. Vieles davon verstehe ich nicht, jedoch wird mir bald klar, dass niemals von der Asche der Kinder die Rede ist. Vielmehr werden Rituale mit Kerzen und Beschwörungsformeln verwendet. Auf beigelegten Bildern sehe ich nur Männer in dunklen Roben, die diese Handlungen an einem Altar durchführen. Ich habe genug gesehen und mache mich langsam wieder auf den Weg zum Keller.

Gleich nach dem Treppenabgang links, habe ich eine Tür beim Hinaufgehen übersehen. Mit ein wenig Druck auf die Klinke öffnet sie sich und mir bleibt bei diesem Anblick die Spucke weg. Hier ist also dieser ominöse Altar und damit der Treffpunkt dieser Sekte. Die Wände sind mit einer karminroten Stofftapete bespannt. Alte gepolsterte Sessel, wie aus einem Schloss aus dem vorherigen Jahrhundert, stehen rund um eine Erhöhung. Ein großes Becken in der Mitte wird von hohen Kerzenhaltern in den Mittelpunkt des Raumes gehoben. Über jedem der vielen Sessel hängen diese schwarzen langen Roben. Wie eine Samtpfote bewege ich mich zu diesem Becken. Obwohl ich leichten Ekel verspüre, tauche ich meinen Finger in die darin enthaltene Flüssigkeit und rieche daran. Völlig geruchlos, wie Wasser, zeigt sie mir ihre Ungefährlichkeit. Als ich jedoch mit dem zweiten Finger darüber reibe, fühle ich eine etwas sandige Beschaffenheit. Ich umkreise dieses Becken und entdecke am Boden dahinter einen kleinen Behälter. Unter dem Strahl der Handylampe lese ich das Etikett. Es handelt sich um pulverisierte Lava mit dem Titel: Unendlichkeit. Darunter ist die liegende Acht abgebildet.

Sofort kombiniere ich in Gedanken, dass sie mit dem erstarrten Magma ihre Ritualasche haben. Wie erleichtert bin ich darüber, dass kein Kind dafür sterben musste oder die Asche illegal am Schwarzmarkt erworben wurde.

Ein Auto nähert sich wieder. Ich kann es hören. Sofort verziehe ich mich aus diesem erhabenen Raum und verlasse den Keller schnell durch die Seitentür. Autotüren knallen zu und Stimmen ertönen. Alles deutet darauf hin, dass sie zurückgekehrt sind.

Längst bin ich wieder unterwegs. In den vergangenen Minuten habe ich kein einziges Mal an Finn und diese Tattoogeschichte gedacht. Während ich weiterjogge und mich in Richtung meines Zuhauses hin bewege, denke ich nach. Eine Stimme ruft mich. Das ist sicher Paulina. Tatsächlich höre ich sie nun genauer. *Sie sind nicht die Schuldigen.* Ja, Paulina, so weit bin ich nun auch gekommen. Diese *Henochgruppe* ist zwar dubios und eigenartig, jedoch hat sie sicher nichts mit deinem Tod zu tun. Denn am mutmaßlichen Todestag von Paulina, den die Polizei ermittelt hat, gab es hier ein Treffen. Eingetragen in dem Verzeichnis. Das ideale Alibi für diese Gruppierung und ihre Mitglieder.

Ob mir das Finns Familie auch glaubt?

Sofort nach dem Erreichen meiner Wohnungstür ziehe ich meine Joggingsachen aus und stecke sie in die Waschmaschine. In meiner Nase befindet sich immer noch der eigenartige Geruch des Lokals. Auch an mir selbst haftet noch diese Energie, die ich auf keinen Fall mit hierherbringen will. Der warme Duschstrahl spült schnell alles fort. Meine müde Muskulatur genießt ebenfalls das warme Wasser und ich wärme mich damit auf. Bevor ich aber dagegen ankommen kann, taucht das Gesicht von Finn vor meinen geschlossenen Augen auf. Sogleich lösen sich wieder die aufgestauten Tränen und vereinen sich mit den Wassertropfen. Gurgelnd tanzen sie ihren traurigen Tango, bis der Sog des Abflusses sie endgültig vereint.

Seufzend, aber auch aufgebracht starre ich mein Handy an. Seit gefühlten Stunden versucht Finn, mich zu erreichen. Aber ich kann mich nicht überwinden, das Gespräch anzunehmen. Erst als es an der Wohnungstür Sturm läutet, erwache ich zu neuem Leben.

»Mum, lass ihn nicht herein. Ich will nicht mit ihm reden.«

Abwehrend halte ich meine Hände über dem Kopf. Wie ein kleines Kind schmolle ich in der Ecke und schalte auf stur.

»Aber meine Kleine«, beschwichtigt sie mich. »Redet doch miteinander. Deine Ahnung ist nicht bestätigt, das hast du selbst gesagt. Gib ihm eine Chance, sich zu erklären.«

Nach längerem Zögern gebe ich nach. Nicht wegen Finn, sondern für Mum. Weil sie sich so bemüht um mich. Außerdem will ich nicht kindisch und naiv wirken. Mit zusammengepressten Lippen öffne ich ihm. Vor mir steht ein völlig verzweifelter Finn. Seine rechte Hand liegt auf Brusthöhe. Fest hat er sie über die Stelle seines Herzens gepresst. Als ob er es schützen muss.

»Was habe ich falsch gemacht? Bitte kläre mich auf, Mara. Ich bin doch nur kurz auf das Klo gegangen, dann fand ich dich nicht mehr. Kein Anruf hat dich erreicht. Bitte sag es mir.«

In seinen wunderschönen Augen sammelt sich das Wasser. Er ist wirklich am Ende.

Da sprudelt es aus mir heraus. »Du zeigst mir weder dein Tattoo, noch redest du darüber. Und dann sehe ich plötzlich auf deiner Haut eine fremde Frau …«

Auch bei mir bahnt sich eine Sturzflut an. Tropfen um Tropfen perlt diese an meinen Wangen entlang.

Finn öffnet auf der Stelle seine Arme und drückt mich an sich. Leise schließt sich die noch offenstehende Tür hinter uns. Niemand braucht zuzuhören, was wir uns zu sagen haben. Mum zieht sich mit einem Kopfnicken diskret in ihr Schlafzimmer zurück. Alleine stehen wir uns gegenüber.

»Du hast nicht alles gesehen. Möglicherweise bin ich dir noch eine Erklärung schuldig. Aber ich habe nichts Unrechtes getan. Es ist nicht immer so, wie es im ersten Augenblick scheint.«

Schnell wischt er sich mit dem Ärmel über die tränenden Augen.

»In jeder Familie gibt es Geheimnisse. Auch in meiner. Deshalb bitte ich dich, genau zuzuhören. Damit du mich und meine Familie verstehst, brauchst du Informationen dazu, die ich dir geben werde. Aber alles zu seiner Zeit. Zuerst das Tattoo.«

Ohne Scham beginnt sich Finn auszuziehen. Den wässrigen Blick, den er mir zuwirft, werde ich nie vergessen. In ihm liegt so viel Schmerz, so viel tiefes Seelengefühl. Wie ein Spiegel erinnert er mich an meine eigenen Augen. Damals, als mein Vater starb. *Ist seine Freundin umgekommen?* Eingebungen wie diese, die mich hinabziehen, verdränge ich gleich wieder von der Wahrnehmungslinie.

Finn steht inzwischen mit nacktem Oberkörper da. Seine dunkle Jeans sitzt weit unten, direkt auf dem Hüftknochen. Der durchtrainierte Bauch deutet Spuren von einem Sixpack an. Leicht dreht er sich zur Seite. Somit ist mein Blickfeld auf das Tattoo frei zugänglich. Über der Hüfte an der linken Seite sehe ich … das Bild eines kleinen Mädchens. Mit wunderschönen, langen Haaren. Fröhlich lächelt es mich an, als ob es mir sagen möchte: *Spiel mit mir.* Fast eine Ähnlichkeit mit Paulina kann ich feststellen. Und auch mit Finn. Woher kenne ich diese Züge, dieses Lächeln?

»Wer ist das?«

Verwundert berühre ich das Engelsgesicht der Kleinen. Zarte Linien machen aus diesem Tattoo ein wahres Kunstwerk.

»Darf ich vorstellen?« Finns Stimme zittert.

»Das ist meine Zwillingsschwester Madita. Sie hat uns mit acht Jahren verlassen. Ein Gehirntumor, inoperabel. Du kannst dir vorstellen, welch ein unfassbarer Schmerz das für uns alle war, aber besonders für mich. Wir standen einander sehr nahe.« Dicke Tropfen laufen auch über Finns Wange. Keine Scham, nur unendliche Trauer sehe ich.

Mein Gott, ich dämliche Person verdächtige ihn. Ghoste ihn, während er in seinem tiefen Schmerz unsagbare Qualen erleidet. Nur zu gut kann ich mir das vorstellen. Er muss mich dafür aus tiefstem Herzen hassen. Niemals wird er mir das verzeihen. Jetzt bin ich nur mehr ein Häuflein Elend. Gemeinsam setzen wir uns auf das Sofa und weinen. So findet uns Mum vor.

»Ich mache euch einen guten Tee. Dann sehen wir weiter.«

Praktisch veranlagt, holt sie uns aus diesem dunklen Tal der Trauer zurück.

Aufgewühlt rührt Finn in seiner bunten Teetasse herum. Danach spricht er über seine wunderbare Schwester und was ihr Tod für ihn bedeutet hat. »Jahrelang hatte ich ein schlechtes Gewissen, fühlte mich für ihren Tod verantwortlich.«

»Aber warum nur?« Meine Worte erreichten ihn nicht.

Erst Mum trifft genau den Punkt, indem sie sich in ihm hineinfühlen kann. Glasklar für sie, liegt dort die Antwort darauf.

»Ich verstehe!«

Finn spürt ihr intuitives Wissen. »Ja, ich sollte an ihrer Stelle sterben. Sie war so süß, gescheit und unser Sonnenschein. Nicht sie sollte gehen, sondern ich.« Finn starrt auf einen unbestimmten Punkt.

»Es tut immer noch so weh, wenn ich von ihr spreche. Zuhause reden wir selten gemeinsam über sie. Anfangs hat uns das noch mehr aufgewühlt, als wir ohnehin schon waren. Mit dem Tattoo habe ich einen Weg gefunden, wie sie zu mir zurückkehren kann. Ich fühle mich seitdem viel besser, weil sie immer bei mir ist. Nie wieder wird sie mich verlassen ...«, presst er noch hervor.

»Hast du auch ...?« Meine Stimme bricht.

»Nein, es ist normale Tattoo-Farbe. Für diesen Schritt konnte ich mich nicht begeistern. Wir hätten so viele Jahre ihre Asche bei uns daheim aufbewahren müssen. Das wäre nicht in Frage gekommen. Ihr Platz ist am Waldfriedhof, wo sie so gerne spazieren gegangen ist. Sie meinte immer, es sei so friedlich dort, wo die Tiere wohnen. Irgendwie hat sie es geahnt.«

Nur das Ticken der Wohnzimmeruhr ist zu hören. Längst hat Finn aufgehört, mit dem

Löffel in seinem Tee zu rühren, den er ohnehin pur, ohne Zucker und Milch trinkt.

»Verzeihst du mir, Finn?«

Meine Körperhaltung ist demütig, zeigt an, wie ich mich fühle. So schnell geht es, vom Täter zum Opfer zu werden. Vorher habe ich fleißig ausgeteilt und nun ...

»Ich war nicht nur verblendet von meiner Eifersucht, sondern habe dich auch beschuldigt, ohne die Wahrheit zu kennen. Es tut mir unendlich leid.«

Wie schwer mir dies alles fällt, weiß nur Mum. Sie kennt mich bis ins letzte Detail.

»Ich hätte dir schon viel früher davon erzählen sollen.« Finn schnäuzt sich laut und das löst bei uns allen ein Lächeln aus. Viel leichter fällt es mir nun, ihm wieder in die Augen zu sehen, ohne Selbstvorwürfe in meinen Gedanken zu behalten.

Lange noch halten wir uns bei der Hand.

»Findest du nicht auch, dass Madita ein wenig der Paulina ähnelt?«

Erschrocken sieht mich Finn an. »Ich bin etwas irritiert, welche Verbindung du gerade schaffst. Denkst du, Madita hält sich immer noch in der Anderswelt auf? Furchtbar, dieser Gedanke ...«

»Nein, du hast mich missverstanden. Das glaube ich auf keinen Fall. Sie ist sicher direkt ins Licht gegangen. Aber dieser Gesichtsausdruck erinnert mich ... an was?«

Überrascht von meiner Vorstellungskraft streicht er mir die Haare aus dem Gesicht.

»Liebes, denke nicht so viel nach. Kinder sehen sich oft ähnlich, da ihre Kopfform noch nicht fertig entwickelt ist. Die rundliche Stirn, die glatte Haut und ihr bezauberndes Lächeln, unschuldig und rein, erscheint uns ähnlich.«

Zum Glück hat sich unser Zwist schnell wieder bereinigt. Finn ist weder nachtragend noch streitlustig. So einen Partner kann man sich nur wünschen. Es macht alles einfacher, schneller lösbar. Nicht zu vergessen, seine absolute Treue und Loyalität seiner Familie gegenüber. Nicht verwunderlich, dass ich mir genau dies wünsche: zu dieser Familie zu gehören.

Immer wieder wirft uns das Leben Steine in den Weg. Gemeinsam sind sie aber schnell wieder, zum Aufbau einer guten Sache, brauchbar gemacht. Anders, aber dennoch verwendbar, um das neue Glück einzuladen. Davon kann man nie genug haben. Und man kann es jederzeit gebrauchen.

Mum ruft mich in die Küche. Dort hat sie vor fünfzehn Minuten mit dem Kochen begonnen. Um sich abzulenken, wie sie sagt. Karotten, Kartoffeln und anderes Gemüse ist bereits kleingeschnitten in den großen Topf gewandert. Ein köstlicher Duft nach den Aromen der beigemischten Gewürze zieht hoch. Blubbernd kocht es auf kleiner Flamme dahin.

»Achte darauf, dass nichts anbrennt. Finn hat sich ein wenig auf die Couch gelegt. Ich hole inzwischen frisches Brot. Passt sicher lecker zum Eintopf. Was meinst du?«

»Danke, Mum. Ich passe auf und rühre von Zeit zu Zeit um. Geh ruhig und hole uns einen Leckerbissen.«

Grinsend winke ich ihr mit dem Kochlöffel nach. Bewusst höre ich das Einschnappen der Wohnungstür. Dann führen mich die kleinen Blasen im Topf in einen hypnotischen Bann. Meine Pupillen werden groß. Der Entspannungszustand nimmt von meinem Verstand aus immer mehr Raum ein. Mehr als mir lieb ist. Aber ich kann mich dem nicht entziehen. Anstatt Gemüsestücke sehe ich Licht und Schatten im Topf. Schwimmt eine schwarze Feder darin? Wer gaukelt mir da etwas vor? Immer noch kann ich meinen Blick nicht davon lösen.

Warmer Atem bläst auf meinen Hals. Von hinten kommt er in regelmäßigen Zügen. Ist Finn wieder aufgestanden? Langsam drehe ich mich um. Niemand ist da. Wieder rühre ich wie im Zeitlupentempo um. Der Kochlöffel wird immer schwerer in meiner Hand. Mit dem letzten Funken Verstand schalte ich die Herdplatte aus und lasse mich auf den Boden gleiten.

Obwohl nun meine Augen geschlossen sind, sehe ich einen dunklen Schatten auf mich zukommen. Azrael steht vor mir und blickt mit seinen schwarzen Augen auf mich nieder. In meinem Kopf höre ich seine Stimme, doch sein Mund bewegt sich keinen

Millimeter. Selbst seine Lippen sehen aus wie auf einem Bild. Nicht real und trotz all dieser Vernunftsgedanken weiß ich, dass dies hier in der Küche passiert.

Ich grüße dich und deine Seele. Tief vibriert seine Bassstimme in mir, als ob mein Körper ein Hohlraum wäre. *Die Zeit läuft dir davon. In meiner Welt gibt es sie aber nicht. Hier warten die Kinder in der Ewigkeit auf die Erlösung, um ins Licht zu gehen. Unendlich lange kommt ihnen diese Qual vor. Unendlich erleichtert sind sie, wenn sie einen Führer gefunden haben. Paulina ist dein Schützling. Deshalb mache ich dir ein Angebot.*

Träume ich etwa? Mein Körper fühlt sich schlapp an. Er nimmt keine Befehle von mir entgegen. Als ob ich nicht zu ihm gehöre. Was passiert da mit mir? Sterbe ich etwa hier auf dem Küchenboden? Dunkle, wabernde Schatten lassen nur ein kleines Sichtfenster frei. Nebel steigt vom Boden auf. Ich rieche Rauch und den Duft von Verbranntem. Bin ich etwa in der Hölle? Wer hilft mir? *Azrael, was muss ich tun, um mich und Paulina aus dieser Anderswelt zu befreien?* Sehe ich da im Hintergrund etwa meinen Vater? Wieso löst er sich in Luft auf? *Papa, bleib bei mir.* Ein Schluchzen steigt in mir auf und findet keinen Ausgang. Schwer drückt diese Emotion auf mein Herz.

Der schwarze Engel breitet seine Flügel aus. Mächtig thront er vor mir. Ich kann jedes Detail an ihm erkennen. Wie aus Stein gemeißelt sieht seine dunkle Haut aus. Mein Überlebenswille präsentiert sich überraschenderweise ebenfalls hart und unnachgiebig. Um die Gewalt über meinen Körper zurückzubekommen, würde ich alles tun, was er verlangt. Oder doch nicht?

Das Verzeihen ist der Code, die Melodie der Seele ist die Liebe. Sie zeigt Paulina den Weg ins Licht. Vergebt, dann werdet ihr beide, du und sie frei. Denn das Licht kann nur siegen, wenn die Liebe sich vereint zeigt. Wahrheiten haben viele Gesichter. Finde das Richtige für dich und reiche deinem Vater die Hände entgegen, um die göttliche Verbindung der Liebe wiederherzustellen. So wirst du wahre Freiheit erlangen. Dann kannst du hingehen, wohin dein Herz dich trägt. Das ist mein Angebot. Nimmst du es nicht an, wirst du das Schönste in dir verlieren.

Immer leiser vernehme ich seine Worte. Sein Bild löst sich auf und verschwindet.

Etwas rüttelt an meiner Schulter. Mum ist zurück und sieht mich vorwurfsvoll an. »Du hast den Eintopf anbrennen lassen. Kaum ist man ein paar Minuten weg, …!«

Schnell holt sie einen weiteren Topf aus dem Schrank und versucht zu retten, was noch zu retten ist. »Gut, dass du wenigstens die Herdplatte ausgeschaltet hast. Da könnte die Küche in Flammen aufgehen. Mach das nie wieder.«

Nach diesem Gezeter sieht sie mich an. »Geht es dir nicht gut? Ich dachte, du bist nur müde gewesen und hast ein Nickerchen gemacht!« Erschrocken hält sie mir die Hand an die Stirn. »Nein, Fieber hast du keines.«

In mir hallen die Worte des Engels noch nach. Bin ich wirklich sauer auf ihn, weil er mich so jung verlassen hat? Es stimmt, nach seinem Tod war ich oft wütend auf ihn. Er hat uns schließlich zurückgelassen, ohne sich vorher zu verabschieden. Mich alleine gelassen, obwohl ich ihn gebraucht hätte.

Unfähig, Mum alles zu erklären, belasse ich es beim Schweigen. Später werde ich von meiner Vision berichten. Mein Körper fühlt sich an, als ob ich einen Marathonlauf hinter mich gebracht habe. Schmerzvoll verziehe ich mein Gesicht beim Aufstehversuch. Wackelig wanke ich zum nächsten Sessel. Mum bringt mir ein Glas mit Wasser. Das Hausmittel hilft immer.

Auch Finn ist wieder wach und kommt zu uns in die Küche. »Ich muss los, bin nach dem Schrecken einfach eingepennt. Bis bald!«

Er drückt noch seine Lippen auf meine Stirn und grinst mich verwegen, aber auch ein wenig verschlafen an. *So ein müder Pirat,* denke ich.

Trotz dieses Vorfalles schmeckt uns eine halbe Stunde später das Essen vortrefflich. Mit dem frischen Brot merkt man den leichten Rauchgeruch gar nicht mehr wirklich. Der Topf mit dem angebrannten Bodenbelag muss auf den Balkon wandern. Dort kann er in Ruhe aufweichen, ohne unseren Appetit mit seinem Geruch zu stören.

»Was war vorhin los?« Mum sieht mich nicht an, um mir die Gelegenheit zu geben, ohne Vorwurf zu antworten.

»Das ist eine lange Geschichte.«

Und ich erzähle ihr von meiner Vision. Je länger ich rede, umso mehr reißt sie ihre Augen auf. Nicht jeden Tag hört man von schwarzen Engeln und verlorenen Kindern aus der Zwischenwelt. Nur über die Sache mit meinem Vater schweige ich. Das geht nur mich und ihn etwas an.

»Sarah kann uns helfen«, meint sie lapidar. »Nur sie kennt sich da genau aus mit den Erlösungsritualen. Nach dem Essen werde ich sie gleich anrufen.«

Erleichtert wendet sie sich wieder dem Eintopf zu. So ist meine Mum. Denkt immer lösungsorientiert. Wenn sie eine Entscheidung getroffen hat, dann ist das Problem für sie verschwunden.

Aber auch ich werde ruhiger. Diese Sarah ist sicher eine geheimnisvolle Frau, wenn sie über solche Dinge Bescheid weiß. Gespannt bin ich dennoch. Noch nie habe ich von solchen Ritualen gehört. Sollte sie es schaffen, mich und Paulina zu retten, werde ich ihr ewig dankbar sein. Bis dahin muss ich mich aber gedulden. Das wird nicht einfach, denn dieses Wort *Geduld* bleibt für mich ein Fremdwort.

Schnell hat Mum mit Sarah eine Verabredung vereinbart. Am nächsten Tag werden wir uns treffen. Bei Sarah zuhause. Laut ihrer Aussage braucht sie eine gereinigte Umgebung, um das Ritual durchführen zu können. Nein, nicht mit Putzmittel, sondern durch kosmische Energie gereinigt. Zu lange würde es dauern, diesen Zustand bei uns zu erschaffen. Die Zeit läuft mir davon, deshalb erkläre ich mich sofort damit einverstanden. Wie wird diese Frau aussehen? Wie eine Hexe, oder wie eine Wahrsagerin? Solche Gedanken tummeln sich auf meiner Verstandeswiese. Weil ich ja ansonsten keine anderen Probleme habe.

Pünktlich stehen wir am nächsten Tag vor der Wohnungstür meiner Helferin. Das Einzige, das mit meiner Vorstellung von Sarah übereinstimmt, sind ihre schwarzen langen Haare. Doch sie fallen in weichen Wellen modisch über ihre Schultern und stehen nicht wirr vom Kopf ab. Weit entfernt von meinem inneren Bild über sie. Fröhlich öffnet sie die Tür in ihren Energiebereich. Ohne viel Schnickschnack präsentiert sich uns ein heller Raum. Leuchtende Farben dominieren auf dem einzigen Bild im Raum. Abgebildet ist eine Familie aus den Anden, sogenannte Q'eros. Mit diesen direkten Nachfahren aus der Inkakultur bringt sie eine schwungvolle Energie hier herein, auch wegen ihrer farbenprächtigen Umhänge. Gewebte Muster, überliefert von Generation zu Generation, sorgen für die optimale Farbauswahl und bergen in sich eine geheimnisvolle Belebung dieser Kultur. Nur eine große Zimmerpflanze und ein kleines Siteboard mit einer Vierdochtkerze dienen noch als Einrichtung. Am edlen Parkettboden liegen wunderschöne farbige Matten. Einladend, mit kleinen farblich dazu passenden Polstern, ordnet sie einen Kreis an. Sternförmig liegen Heilsteine und kleine Blüten in Form eines Mandalas in der Mitte. Das ist alles. Durch die Leere füllt sich das Zimmer schnell mit Energie. Warm und wohlig wirkt es auf uns. Fast wie zuhause, fühle ich mich gleich hier wohl.

»Mara, ich freue mich ehrlich und fühle mich geehrt, dass du heute bei mir bist.« Ihre Hand liegt auf meiner Schulter und sofort spüre ich die Wärme, die von ihr ausgeht. »Meine Helfer sind heute deine Unterstützer. Egal was hier passiert. Nie wirst du alleine gelassen.«

Genau das brauche ich momentan. Menschen, die auf mich und meine Situation eingehen, ohne zu bewerten. Mum wirkt noch ein wenig gestresst. Ihr verletzter Knöchel ist durch die Belastung wieder kräftig angeschwollen. Genau dies kann sie wirklich nicht brauchen.

»Soll ich dir einen Stuhl holen?« Besorgt ruht Sarahs Blick auf dem ramponierten Fuß meiner Mutter.

»Nein, ich kann mich gut auf den Boden setzen. Hier ist genug Platz zum Ausstrecken.

Später jedoch dürft ihr mir beim Aufstehen helfen. Das schaffe ich noch nicht alleine. Immer, wenn ich mein Gewicht auf den Fuß verlagere, dann schmerzt er und knickt weg.«

»Aber Mum, natürlich helfen wir dir.«

Ich lächle sie an und Sarah holt noch ein paar größere Polster aus dem Nebenraum, um Mum die Sitzposition zu erleichtern und bequemer zu gestalten.

Recht schnell kommen wir auf den Punkt. Zuerst erzähle ich Sarah die Vorkommnisse aus meiner Sicht. Mum hat schon Vorarbeit am Telefon geleistet. Daher begnüge ich mich mit den wichtigsten Details. Meine letzte Vision in der Küche lässt sogar bei Sarah eine Gänsehaut aufziehen.

»Das passiert, weil ich sofort in dieser Energie bin. Meine Aufmerksamkeit und mein Mitgefühl genügen, um in dieses Feld einzusteigen.« Ihre Augen schließen sich aber erst, nachdem sie uns Becher mit kaltem Tee serviert hat. Jetzt geht es los.

Versteckt blinzle ich noch ein paar Mal, ob sich irgendetwas im Raum verändert hat. Doch vorerst geschieht nicht viel. Sarah murmelt leise vor sich hin. Wie beim Rezitieren von alten Gebeten verstehe ich nicht alles. Sollte etwas Gefährliches geschehen, würde Sarah rechtzeitig eingreifen. Das hat sie versprochen. Ich wage noch einen Blinzler, denn das Gefühl der Anwesenheit von mehreren Personen verstärkt sich bei mir immens. Wie unwirklich ist das denn? Reden hier mehrere

Stimmen durcheinander? Dann höre ich klar und deutlich Paulinas helle Stimme wieder: *Hilf mir.* In meinen Gliedern beginnt alles zu kribbeln und mich ergreift eine solche Unruhe, dass ich nicht mehr still sitzen kann. Meine Augenlider gehen fast von alleine auf und bestätigen, was ich bereits vermutet habe. Paulina sitzt in der Mitte des Kreises, direkt auf den Blüten. Magisch sieht es aus, denn keine der Blumen ist zerdrückt. Jedes filigrane Blütenblatt kann ich deutlich erkennen, obwohl Paulinas Körper darüber schwebt.

Durchscheinend und sehr verletzlich sieht das kleine Mädchen aus. In meinem Augenwinkel quillt eine Träne der Rührung. Sehen denn Mum und Sarah nicht, dass wir Besuch haben? Wie eingefroren wirken sie auf ihren Plätzen. Da beginnt Sarah zu sprechen. Wie anders, fast fremdartig, ihre Stimme klingt! Erschrocken starre ich sie an.

»Ich sehe mit meinen inneren Augen, Mara. Paulina, dich grüße ich. Deine Seele nehme ich wahr. Danke, dass du unserer Einladung gefolgt bist. Was hast du auf dem Herzen? Wieso gehst du nicht ins Licht? Hier kannst du Hilfe bekommen, aber vorher müssen wir wissen, was dich bedrückt.«

Langsam und bedächtig fängt das Kind an, zu erzählen. In kindlicher Sprache beschreibt sie ihr Todesszenario: *Ich war mit Ella und ihrer Mutter, unserer Nachbarin, am Spielplatz. Papa hat es mir erlaubt. Sogar nachgewunken hat er mir. So stolz war ich, dorthin fast alleine gehen zu dürfen. Wisst ihr, ich bin sein großes Mädchen.*

Paulina verliert an Konturen, auch ihr zartes und hohes Stimmchen ist fast nicht mehr hörbar.

»Komm zurück und erzähle weiter. Du machst das sehr gut.«

Verzweifelt versuche ich, das Kind wieder zu uns zu locken. Kurz danach gelingt mir dieses Vorhaben, denn Paulina nimmt wieder den Platz in der Mitte ein.

Auf einmal musste ich Pipi machen. Ich bin deshalb hinter die Büsche gegangen. Aber es waren so viele Leute dort, da habe ich mich geschämt. Um einen Platz dafür zu finden, musste ich weit gehen. Bis an eine Brücke. Darunter fand ich etwas Seltsames. Noch nie habe ich so ein Bett gesehen. Das Spielen und das weite Laufen haben mich sehr müde gemacht. Nur kurz wollte ich mich dort ausruhen. Der Deckel stand weit offen und ich bin direkt hineingeplumpst. Niemand sollte mich sehen, daher habe ich ihn einfach zufallen lassen. Wieder verschwimmt die Sicht auf sie. Wahrscheinlich ist es ungeheuerlich anstrengend, diese Form in unserer Welt beizubehalten. Ich höre mehr ihre Stimme, als dass ich ihren Körper sehe.

Als ich dann aufgewacht bin, hat ein Engel meine Hand genommen. Hier in dieser komisch dunklen Welt. Immer, wenn es finster ist, habe ich Angst. Papa ist auch nicht da.

Kannst du mir helfen? Ich möchte zu meiner Mama ... Bin ich schuld, dass Papa so traurig ist?

Ich fange an, lautlos zu weinen. Durch meinen Tränenschleier sehe ich, dass auch Mum und Sarah in Tränen aufgelöst sind. Das ist sogar für uns Erwachsene viel zu viel. Wie kann so eine kleine, unschuldige Seele das aushalten? Paulina ist wieder verschwunden. Aufgelöst hat sich ihr Bild, mitsamt der Stimme.

Auf diesen Schreck trinken wir erst einmal den angebotenen Tee. Sarah konzentriert sich noch auf Details. Dann übernimmt sie das Wort.

»So wie uns Paulina das geschildert hat, ist sie nicht ermordet worden, sondern verunfallt. Ein zugefallener Deckel einer Vollholztruhe ist für ein zartes kleines Mädchen nicht mehr von innen zu öffnen. Wenn der Sauerstoff zu Ende geht, wacht sie einfach nicht mehr auf. Wenigstens musste sie keinen Todeskampf durch das Ersticken erleiden. Die arme Kleine ...«

Schniefend wischt sich Sarah ihre Nase im Taschentuch ab.

Mum ist viel zu ruhig. Ihr fahriger Blick sucht immer noch nach der Vision von Paulina.

»Sie ist wieder zurück in ihrer Anderswelt.«

Eigentlich bestätige ich das in erster Linie für mich selbst. Denn auch ich suche immer noch mit den Augen nach Spuren ihrer Erscheinung.

»Aber wer hat sie gefunden und unter die Büsche gelegt, anstatt eine Anzeige und Aussage bei der Polizei zu machen? Kein Wunder, dass sie bei der groß angelegten Suche nicht gefunden wurde. Wer weiß, wie lange sie in der Truhe gelegen hat.« Bevor ich den Satz zu Ende gesprochen habe, flackert kurz eine Erinnerung auf. Ich kann sie aber nicht fassen und am Ende bin ich genau so schlau wie vorher.

»Wenigsten wissen wir jetzt, wie sie zu Tode kam. Das könnte ihrem Vater helfen, die Trauer um sie zu verarbeiten. Wenn kein fremder Schuldiger involviert war, kann man damit viel besser umgehen. Dieses Wissen ist wie ein kleiner Trost.«

Seit Mum sich zu Wort gemeldet hat, überzieht wieder ein rosiger Farbton ihre Wangen. Ich habe mir Sorgen um sie gemacht, auch wegen ihrer Verletzung. Es könnte der Kreislauf darunter leiden, oder sogar eine Thrombose im Anmarsch sein, da sie sich nicht viel bewegt hat in den letzten Tagen. *Ruhig Blut*, meldet sich mein innerer Heiler. In diesem Fall hat er die Zauberworte gesprochen. Sogleich gewinne ich an Fassung zurück, die ich übrigens dringend benötige.

»Wie gehen wir nun weiter vor?« Fragend blicke ich abwechselnd von Mum zu Sarah.

»Egal, auf welche Art sie gestorben ist. Was sie nun braucht, um ins Licht gehen zu können, ist ein uraltes Ritual. Eigentlich ein Gebet für ihre Seele.« Sarah hat Erfahrung und wir vertrauen ihr.

»Wir nehmen uns an den Händen. Vorher entzünde ich noch die weiße, geweihte Kerze und stelle sie an den Platz, an dem Paulina vorher erschienen ist. Danach spreche ich Zeile für Zeile vor und ihr wiederholt diese Worte. Um Sicherheit zu bekommen, dass es klappt, bitte ich anfangs noch ein paar Engel und Geistführer zu uns, die uns dabei helfen können.«

Die Stille, die folgt, tut uns allen dreien gut. Sie gibt uns Raum zum Sammeln und Loslassen der einstürmenden Gedanken. Warm und immer nach oben züngelnd taucht das Kerzenlicht den Raum in eine sanfte Stimmung.

»Wir atmen tief durch.« Sarah beginnt mit diesen Worten die Einführung des Rituals. »Ich bitte die geistige Welt, alle Helfer und Engelwesen, die uns bei diesem Ritual dienen, zu uns zu kommen.«

Immer stärker beginnt die Kerze zu flackern.

»Alle unsere Geistführer, die uns jeden Tag begleiten, und die fleißigen Schutzengel, kommt an unsere Seite. Zeigt uns den richtigen Kraftort, wo wir sicher Zeuge werden können, wenn Paulina und die anderen Kinder ins Licht gehen.«

Das haben wir eigentlich nicht abgesprochen. Sarah übernimmt automatisch den Schutz für alle Kinder in dieser Zwischenwelt, nicht nur den für Paulina. Tief in mir zweifle ich die Wirksamkeit von diesem Vorhaben noch immer an, daher halte ich mich zurück und warte ab.

Trotz meiner Bedenken sehe ich, wie ein Bild in mir entsteht, ähnlich wie ein Maler es malen würde. Schicht für Schicht füllt es meine innere Leinwand mit Farben und Formen. Zuerst sind da nur blauer Himmel und braune Erde, ein paar Grasbüschel dazwischen. Danach kommt der anthrazitfarbene Klecks eines Felsens dazu. Ich presse meine Augen fester zusammen, um es klarer sehen zu können. Wie durch Zauberhand gemalt, sprudelt plötzlich daneben eine Quelle. Ein geheimnisvoll wirkendes Ornament tritt auf dem Plateau der Felsplatte hervor. Fast so, als ob Außerirdische von oben über eine große Fläche dieses Zeichen eingeritzt hätten. Sofort denke ich an die Nasca-Linien aus Peru, die man auch nur vom Flugzeug aus sehen kann. Ich konzentriere mich wieder auf das sprudelnde Wasser der Quelle, um weiter den Kraftplatz entstehen zu lassen.

Mum und Sarah kann ich nicht mehr erkennen, so weit weg stehen sie von mir. Diese Hochebene pulsiert unter meinen Füßen, im Takt meines eigenen Herzschlags. Trotz der großen Entfernung verstehe ich jedes Wort,

das Sarah spricht. Zu mir trägt es der himmlische Wind, der sanft meinen Körper um-
spült.

Meine Stimme kann ich nicht hören, aber
ich spüre, wie sich meine Lippen zu den Worten bewegen. Während ich diese heiligen
Worte aus meinem Herzraum entlasse, verschwimmt die Welt rund um diese Erhebung.

In sanftem Brausen, ohne meine Angst zu
schüren, umspielt mich eine dichte Energieform. Zwischen meinen Beinen baut sich eine
gewaltige Kraft auf und strömt in meinen
Körperbahnen hoch, bis sie auf dem Scheitel
wieder ausströmt. Ich bin mit allem eins. Im
Hier und Jetzt.

Sarah spricht uns vor:

»Nicht lange ward ihr uns gegeben,
genommen wurde euch das Leben.
Doch einst werden wir uns wiedersehen,
und Hand in Hand mit euch dann gehen.
Untrennbar sind wir immer noch verbunden,
nur Körper und Stimme sind verschwunden.
Danke denen, die helfen, das Licht zu sehen,
die Liebe zwischen uns wird immer bestehen.
Aschekinder, haltet euch fest an der Hand,
und folgt gern den Engeln ins Seelenland.
So leuchte euch der neue Weg ins Licht,
klar erkennt ihr das Ziel, die heilige Sicht.
Macht euch sofort auf ihr Kinder, geht,
Wunderschön ist es, wo das Paradies steht.«

Nach einer unbestimmten Zeit öffne ich
meine Augen. Sarahs Zimmer wirkt nun viel

heller. Es kommt mir vor, als ob hochschwingende Töne noch hier verweilen. Ein Vibrieren ist in der Luft zu spüren. Das Atmen fühlt sich anders an. Viel schneller und tiefer erreicht der Sauerstoff jede Körperzelle in mir. Freudig nehme ich das begleitende Freiheitsgefühl wahr. Das ist Leben pur.

Draußen neigt sich der Tag seinem Ende zu. Hoffnung, tief in uns drinnen, strömt durch jede Pore unserer Haut. Für Paulina und die vielen anderen Aschekinder. Die das gleiche Schicksal mit Paulina geteilt haben. Auch sie waren durch das Stechen von Aschetattoos ihrer Angehörigen immer noch in der Anderswelt gebunden gewesen. Manche von ihnen ereilte ein ähnliches Geschick. Ihre Asche wurde entweder vermalt oder in Diamanten gebunden.

Nun haben sie es endlich geschafft, ins Licht zu gehen.

Das erhabene Gefühl nach dem Ritual bei Sarah bleibt noch immer bei mir. Gestern sah meine Welt noch ganz anders aus. Viel farbintensiver und lebendiger wirkt heute jede Bewegung. In meiner Vorstellung tanzen sogar die freigelassenen Töne aus meinem Radio ihre Formation in der Luft.

Glücklich und zufrieden lehne ich mich zurück. Auch Mum wirkt viel entspannter heute. Ihr Knöchel tut nicht mehr so weh und sieht viel normaler aus. Fast wie vor dem Unfall. Lediglich ein paar Farbschattierungen sieht man noch auf ihrer Haut. Von dem fürchterlichen gelbgrünen bis violetten Farbtönen ist nur mehr ein bläulicher Schatten zu sehen. Hingebungsvoll trägt sie mit leichten Massagebewegungen die Heilcreme auf, die Sarah ihr mitgegeben hat. Sie soll auch die Abschwellung im Inneren des Fußes bewirken. Damit endlich die Energiebahnen ihre gewohnte Aufgabe aufnehmen können.

»Wie hast du das Ritual empfunden?«

Ihr Blick ist auf das Bein gerichtet.

»Ich war ja schon öfter bei ihr, aber so intensiv war noch keine Zeremonie vorher.«

Beeindruckt zieht sie ihre Mundwinkel nach unten und nickt leicht mit dem Kopf. Wie ein traurig blickender *Klinikclown* sieht sie aus und ich pruste los. Nur die rote Nase fehlt ihr noch.

»Verzeihung, dein Anblick war zu komisch.«

Um wieder herunterzukommen von dem unfreiwillig entstandenen Spaß, betrachte ich wieder einmal meine Finger.

»Glaubst du, dass mich meine Mondgöttin begleitet hat? Und dass Paulina endlich bei ihrer Mama im Licht angekommen ist? Wie können wir uns eigentlich sicher sein, dass es geklappt hat?« Das Fragezeichen ist mir ins Gesicht geschrieben.

»Sarah sagt, dass du noch einmal Verbindung aufnehmen sollst. Sprich bewusst den Wunsch aus, sie sehen zu wollen. Wenn es nicht klappt oder sich stattdessen der Engel Azrael zeigt, dann wissen wir endgültig darüber Bescheid.«

»Ich glaube nicht, dass man diesen Vorgang einschalten kann wie einen Fernseher.« Schon wieder kommen Zweifel an meinen Fähigkeiten hoch.

»Doch, du kannst das. Denk daran, was dir durch deine Blutlinie vererbt wurde.

Deine Großmutter hat dir diese Gabe weiter-
gegeben. Aber abrufen kannst nur du dieses
Wissen. Tief in dir drinnen wartet es. Solange, bis du es ans Tageslicht holst.« Ihre
Augen kreisen um einen imaginären Punkt.

»Mir fällt noch etwas dazu ein. Dein Tattoo
kann dir vielleicht bei dieser Aufgabe helfen.
Reibe es, oder rufe deine Mondgöttin an. Du
hast ja eine direkte Verbindung zu ihr erschaffen.«

Vorsichtig spreizt sie meine Finger, zwischen denen mein Tattoo versteckt ist.

»Sieh nur, es ist wieder fast schwarz geworden. Noch ein oder zwei Tage, dann sieht
es aus wie neu.«

Tatsächlich strahlt mir die Mondgöttin in
voller Schönheit entgegen. Wenn das kein
Beweis ist? Das könnte klappen, wenn ich es
probiere. »Aber ich mache es alleine. Nur
dann kann ich mich konzentrieren. Dazu
brauche ich absolute Ruhe.«

»Okay, ich verstehe das. Lege dich doch
auf dein Bett und versuche, dich mittels au-
togenem Training so zu entspannen, dass
dein Geist bereit ist, auf die Reise in die Anderswelt zu gehen. Sollte ich in einer Stunde
noch nichts von dir gehört haben, komme ich
und helfe dir zurück. Gemeinsam schaffen
wir es, dich wieder zu erden.«

Um wirklich ungestört in die Geistwelt zu
gelangen, muss der Körper auf Sparflamme
zurückgefahren werden. Daher befreie ich
meine Blase noch von ihrem Druck, trinke

ein paar Schluck reines Wasser, um die Leit-
fähigkeit der Energie zu erhöhen, und dann
passt alles. Zumindest für mich. Kuschelig
weich fühlt sich das Bett an. Trotzdem stehe
ich noch einmal auf und lasse die Jalousien
heruntergleiten, damit mich der helle Lichtstrahl nicht stört. Das Fenster habe ich vorher bereits geschlossen. Kein Lärm soll in
den Raum dringen.

Langsam fühle ich den Wechsel von Anspannung hin zur Entspannung. Monoton
befehle ich meinen verschiedenen Körperstellen, was sie zu tun haben. Jetzt bin ich bereit, in die Astralwelt zu reisen.

Aber es passiert nichts. Die Verbindung
kommt nicht zustande. Was mache ich
falsch? Genervt von den unzähligen Versuchen bin ich geneigt, aufzugeben. Ich lasse
los.

Mit voller Wucht erwischt mich eine Ener-
giewelle vom Feinsten, strömt über meine
Fußsohlen herein und herauf auf meinen
höchsten Punkt: den Scheitel. Nebel zieht an
meinem inneren Auge vorbei. Es fühlt sich
an, als ob ich fliege, in einem Tempo wie ein
Düsenjet. Unsagbar schnell und doch sehe
ich die Umgebung in Zeitlupe. Wunderschön
farbige Wolkenfelder mit glitzernden Punkten
darin. Schlieren, die um mich herumpulsie-
ren, bis sie sich wieder von meinem imaginären Körper lösen. Meine Hand erscheint mir
wie aus Glas, doch viel beweglicher und

leichter als Papier. So habe ich die Anderswelt noch nie gesehen. Schwärze ummantelt mich, doch von Angst ist keine Spur zu merken. Wohlig fühle ich mich, angenommen und ekstatisch wundervoll aufgeladen.

Ein großer Schatten kommt auf mich zu. Wirklich, es ist der Engel Azrael. Selbst sein dunkles Aussehen erschreckt mich nicht mehr. Im Gegenteil, würdevoll und voller Liebe funkeln seine dunklen Augen. Auch die Stimme hat sich verändert. Immer noch dunkel, aber fern von jedem Bedrohungsgefühl spricht er zu mir.

Du hast deine Liebe in dir gefunden. Paulina war nur dein Spiegelbild. Sie ist längst mit den anderen Kindern ins Licht gegangen, Dank deiner Hilfe. Deine Reise war nicht umsonst. Heilung sollst du erfahren, damit deine Kraft bei dir bleibt. An allen Tagen. Sieh her, du Kind der Mondgöttin.

Unbeschreibliche Freude breitet sich in meinem Herz aus. Hinter dem wunderschönen Engel kommt mein Vater hervor. Ein Abbild, wie er früher war. Lächelnd reicht er mir die Hand. Bei dieser Berührung tanzen Funken, hell wie die Sonne, über uns. *Ich bin so stolz auf dich. Meine Liebe wird dich begleiten und beschützen.* Nach diesen, mit dem Herz gesprochenen Worten, löst sich seine Gestalt auf.

Wie kommt es, dass ich nicht mehr traurig bin? Die neue Empfindung, die den Platz der Trauer einnimmt, ist unbeschreiblich schön. Azrael lächelt mich an und umhüllt mich mit seinen Flügeln. Wie ein Küken im sicheren Nest, presse ich mich an ihn.

Rufe mich, wenn du mich wieder brauchst.

Die Stimme verhallt im unendlichen Universum.

Mum rüttelt an meiner Schulter. Verschlafen rapple ich mich hoch. »Was ist denn passiert?«

»Das frage ich dich. Fast hätte ich dich nicht mehr wachbekommen. Wenn mir Sarah nicht geholfen hätte!«

Jetzt bemerke ich erst, dass noch jemand im Zimmer steht. Sarah blickt mich lächelnd an. Wissend strahlen ihre Augen. »Ich habe deiner Mum gesagt, dass du nur noch ein wenig Zeit brauchst. Dass es dir gut geht, und alles für dich gut verlaufen ist.«

Sie nimmt Mum in den Arm. Immer noch steht ihr der Schreck ins Gesicht geschrieben.

»Es war so wunderschön. Ich habe Papa auch gesehen. Es geht ihm gut und ...«

Nun rollen doch die Tränen auf meinen Wangen herab. Beide Frauen beugen sich über mich und weinen mit mir. Es rührt uns zu Tränen, zu wissen, dass Paulina im Licht angekommen ist. Wir freuen uns gemeinsam über ihre Rettung und dass sie endlich wieder mit ihrer Mama vereint ist. Dieses spirituelle Erlebnis wird uns allen im Gedächtnis bleiben. Besonders berührt hat mich die Begegnung mit meinem Papa. Endlich konnte ich ihm verzeihen und seinen Tod akzeptieren. Die Gewissheit, dass es ihm im Jenseits gut geht, löst nicht nur bei mir, sondern auch bei Mum und Sarah Freudentränen darüber aus. Gemeinsam sitzen wir auf meinem Bett und umarmen uns gegenseitig.

»Ist das alles nicht wunderbar?«, stammle ich berührt. »Niemals hätte ich gedacht, dass ich wirklich Paulina helfen kann. Oft habe ich gezweifelt, dennoch ist alles gutgegangen.«

Sarah hat für mich noch ein besonderes Geschenk mitgebracht. Einen geweihten Gegenstand, den sie aus der, neben dem Bett abgestellten, Tasche zieht. Noch bevor sie ihn mir übergibt, erkenne ich bereits, was es ist.

»Mum, ist das der Anhänger von Papa?«

Nun schüttelt sich mein ganzer Körper. Alles zittert an mir, selbst mein Magen rebelliert auf diesen Schock und ballt sich zusammen.

Als man Papa gefunden hatte, nach seinem Unfall, hatte er diesen wunderschönen *Picasso Jaspis* Heilstein in seiner Hosentasche. Erst Tage nach seinem Tod bekam ihn Mum von der Polizei zurück, samt seiner persönlichen Sachen. Richtig gesehen habe ich ihn aber nie. Mein Blick war damals sowieso ständig verschleiert von den vielen Tränen. Irgendwann hat ihn Mum dann zu Sarah gebracht, um daraus alle negativen Einflüsse und gespeicherten Emotionen von dem Unfall zu entfernen.

»Einen Gegenstand kann man nur weihen, wenn die abgelagerten feinstofflichen Schichten neutralisiert wurden.« Sarah hat soeben meine Gedanken gelesen.

»Der Einfluss von himmlischen Mächten durch Gebete und heilbringende Rituale macht es den niederen Geistern unmöglich, sich in ihm einzunisten«, vervollständigt sie diese Weisheit.

Was ich von diesem besonderen Heilstein weiß, habe ich von meinem Vater gehört. Immer schon war er der Kunst zugetan gewesen. Perfektion bedeutete für ihn, dass die Natur es erschaffen hat, und nicht der Mensch. Auf diesem Anhänger sieht man, in Millionen Jahren auf natürlichem Weg ins Leben gerufen, das Bild der Mondgöttin. Silbrig grau schimmert der Hintergrund. Im Vordergrund prangt, wie mit feinen Linien gezeichnet, ein verästelter Baum, an den sich die Mondgöttin umrissartig anlehnt. Ich könnte mir vorstellen, dass sie kurz Pause macht und ihre Energien, so wie ich es oft tue, am Baum auflädt. Nur wenig Vorstellungskraft ist nötig, um die Perfektion darin zu erkennen.

»Weißt du noch, wie er ihn oft zwischen seinen Händen rieb? Immer wieder, wenn er nachdachte oder nach einer Lösung suchte, bat er diesen Heilstein um Unterstützung. Jetzt gehört er dir!« Liebevoll umarmt sie mich erneut.

»Er wird Mara helfen mit Durchhaltevermögen bei Konflikten. Außerdem fördert er die Erdverbundenheit. In ihrem Fall ist das sehr wichtig. Denn wer zwischen den Welten zu Hause ist, braucht eine gute Erdung, um auch hier bestehen zu können. Bei irdischen Angelegenheiten vermeidet man leichtsinnige Handlungen durch die Unterstützung mittels dieser Energieform. Alles kann effektiver durchdacht werden, denn mit der besseren Zurechtfindung wird der Geist mental gestärkt.« Sarah ist sichtlich zufrieden mit dem Verlauf der Dinge.

Wunderschön liegt er in meiner Hand. Das daran angebrachte dunkelgraue Lederband ist neu. Vorsichtig reibe ich über die Mondfrau. Wohlige Wärme entsteht und vermittelt mir das Gefühl, den Stein auch zu verdienen. Mum zieht ihn über meinen Kopf, richtet ihn gerade, direkt auf meiner Haut. Pulsartig spüre ich seinen Rhythmus. Ergänzend zu meinem eigenen Körperkreislauf wird er meine Heilkräfte stärken. Da bin ich mir sofort sicher.

Mein schlechtes Gewissen Finn gegenüber muss ich noch loswerden. Einen ganzen Tag lang habe ich mich nicht bei ihm gemeldet. Die Reise in die Anderswelt hat nicht eine

Stunde gedauert, sondern laut Sarah und Mum fast vier Stunden lang.

Kein Wunder, dass sie sich um mich Sorgen machten. Zeitlos kam mir dieser Trip vor. Vom Gefühl her hatte er nur fünf Minuten gedauert. Sarah meinte, dies sei ein typisches Phänomen, wenn man eine Astralreise macht. Diesen Ausdruck liebe ich auf der Stelle, obwohl ich noch nie davon gehört habe. Aber es war sicher nicht mein letzter Versuch. Fast süchtig kann dieses gute Gefühl machen, wenn man aus dem irdischen Körper tritt. Das Geräusch allerdings, das beim Austritt aus dem Körper entsteht wenn er sich loslöst von dem irdischen Mantel, habe ich nicht gehört. Diese kluge Frau kann mir noch einiges beibringen. Vielleicht ist es auch bei jedem Menschen etwas anders.

Das werde ich sehen, wenn es eine Wiederholung gibt.

Vieles hat sich seitdem verändert. Mein Tattoo mit der Mondgöttin wird jeden Tag etwas dunkler. Noch ist es nicht schwarz, aber der satte Farbton erinnert zumindest daran. Finns Augen leuchten wieder wie zuvor. Keine Trauer überschattet mehr sein Gesicht, wenn er von Madita spricht. Selbst Stella nimmt kein Blatt mehr vor den Mund, spricht aus, was sie gerade fühlt. An manchen Tagen ist sie immer noch traurig. Immer öfter aber lachen wir zusammen und berichten von denen, die uns vorausgegangen sind. Ihre Geschichten sollen weiterleben in uns. Solange es die Erinnerung an sie gibt, bleiben sie Teil dieser Familien.

Auch von meinem neuen Anhänger ist Finn sehr angetan. Oft spielt er damit, weil sich die Energie darin so gut anfühlt.

»Irgendwann finden wir auch einen *Picasso Jaspis* mit einer Sonne darauf, für dich.« Es klingt fast wie ein Versprechen von mir. Daher nehme ich mir vor, öfter mal im

kleinen Steineshop unseres Ortes nachzuse-
hen.

Oder der Heilstein findet Finn von ganz alleine, per Zufall.

Immer noch gibt es offene Fragen, daher
hat Oscar ein weiteres Treffen mit dem Professor einberufen. Dieses Mal werden wir uns
aber in seinem Haus treffen. In drei Wochen
ist es soweit.

Die Einladung kam heute per Post an.
Beim gemeinsamen Mittagessen mit Finns
Familie erzählen sie mir alles. Alwin Zopf hält
sich derzeit in Indonesien, bei den *Torajas*
auf, um die Begräbnisrituale der Ureinwoh-
ner zu studieren. Oscar hat mit ihm per
Skype telefoniert.

»Stellt euch vor, bei ihnen bleibt der ein-
balsamierte Leichnam oft wochen- oder mo-
natelang im Haus der Familie. Erst wenn eine
große Beerdigung finanziert werden kann,
wird das tote Familienmitglied beerdigt. Was-
serbüffel werden dann geopfert und Hahnen-
kämpfe finden auch statt. Aber das Abar-
tigste für uns kommt erst noch danach.«

Oscar schüttelt sich bei der Vorstellung
seiner Nacherzählung. »Jedes Jahr holen sie
die Toten wieder aus den Gräbern. Einem
verstorbenen Opa wird schon mal eine Ziga-
rette angezündet und zwischen die getrock-
neten Lippen gesteckt. Insekten werden mit
dem Pinsel von den Toten weggefegt. Neue
Kleidung wird ihnen angezogen und Famili-

enfotos werden gemacht. Besucher, wie Touristen, sind dabei willkommen. Sie fühlen sich dadurch geehrt.«

Das ist wirklich eine makabre Angelegenheit. Wie aus einem Horrorfilm entsprungen, mutet dieses Vorstellung an. Was mir prompt dazu einfällt, muss ich gleich den anderen mitteilen. »Nie könnte dort das passieren, was uns widerfahren ist. Nachdem sie die Trauer wie bei uns nicht kennen, können die Seelen der Toten sofort ins Licht gehen. Ihre Liebe sorgt dafür, dass es keine emotionale Trennung gibt. Mit diesen Ritualen bestätigen sie für ihren Verstand die Vorstellung eines Weiterlebens. Eigentlich machen sie genau alles umgekehrt.«

»Mara, du hast es erfasst.« Oscar wirbelt um mich herum und hebt mich hoch. So gut gelaunt habe ich ihn selten gesehen. Wie ein kleiner Bub schaut er aus. Vielleicht haben unsere Rituale bei allen Beteiligten Wirkung gezeigt. Wie ich durch Sarah erfahren habe, geht es auch bei Familienaufstellungen genau darum.

Auch Stella wirkt gelöster. »Das wird ein Abend. So viele interessante Themen. Aber diese Gespräche über Begräbnisrituale verbanne ich bis nach dem Essen vom Tisch. Ansonsten geht uns der Appetit verloren.«

Herzhaft und fröhlich geht es bei uns weiter, bis Oscar uns an eine pikante Sachlage erinnert.

»Dieser Dr. Vincent Schlag ist gestern verhaftet worden.«

»Nein wirklich, warum?« Finn nimmt seinen Vater ins Visier.

»Er wird verdächtigt, illegale Geschäfte zu machen. Internationaler Handel mit verbotenen Substanzen.«

Mehr braucht Oscar nicht zu sagen. Dieser Mann kam mir immer schon verdächtig vor. Was hat sich der Professor Zopf da eingebrockt?

»Haben sie auch Paulinas Vater beschuldigt?«, hakt Stella nach.

»Nein, erst als sie diese *Henoch*-Gruppe unter die Lupe genommen haben, auf Grund unserer Hinweise zum Einbruch, sind sie auf die brisanten Informationen gestoßen. Doch die breite Auswirkung hat sie sehr überrascht. Viele Beamte werden nun auf Hochtouren arbeiten dürfen, diese Verwicklungen zu entwirren.«

Oscar wackelt mit dem Kopf hin und her. »Für euch habe ich aber noch wichtigere Informationen.«

Was kann das sein? In dieser Familie gibt es immer Überraschungen.

»Die Polizei hat bei ihren Ermittlungen um den Tod von Paulina noch etwas herausgefunden. Kennt ihr im Park die kleine Brücke?«

Zustimmend nicken wir Oscar zu. Finn und ich sehen uns an. Ohne es auszusprechen, denken wir das Gleiche. Sicher wissen sie jetzt, wie Paulina wirklich starb.

»Paulina ist in einer großen Holztruhe, unter der Brücke, erstickt. Ohne Fremdverschulden. Dennoch haben unzählige Zufälle mitgespielt, um es wie einen Mordfall aussehen zu lassen. In dieser Truhe schläft normalerweise ein Obdachloser mit dem Namen Theo. Er ist der Polizei längst bekannt. Meistens verhält er sich ruhig, außer er hat zu viel Alkohol von Mitbürgern erhalten. Dann kann es vorkommen, dass er rebelliert und sich verletzt. Genau an diesem besagten Nachmittag ist es wieder passiert. Eine Horde Jugendlicher hat ihm eine Flasche Schnaps gespendet. Danach hat er sich mit ihnen gestritten und ist ausgerutscht. Bei diesem Sturz verletzte er sich am Arm und musste im Krankenhaus genäht werden. Zum Ausnüchtern und Durchchecken blieb er zwei Tage dort. Als er wieder zu seiner Schlafstelle unter der Brücke kam, fand er Paulinas Leiche in seiner Truhe. Um nicht wieder mit der Polizei einen Konflikt zu bekommen, versteckte er abends die Leiche des Mädchens unter den Büschen.«

Mir wird gerade heiß. Das war es, was ich in meinen Gedanken nicht fassen konnte. Er hat bei unserem Treffen im Park davon gesprochen. Sauertöpfisch beschwerte er sich bei uns, dass sogar Kinder ihm etwas wegnehmen. Gemeint war sicher sein Bett. Ob er gewusst hat, dass Paulina tot war?

»Und wie es der Zufall will, kam noch ein weiteres Indiz ans Tageslicht.«

Oscar schluckt, bevor er mit den Bewegungen seiner Arme die Situation auch bildlich beschreibt.

»Dieser Dr. Vincent Schlag saß an gleichen Tag auf der Bank im Park. Er nahm dort sein Mittagessen ein und las zwischendurch aus seinen abgehefteten Niederschriften. Plötzlich kam ein starker Wind auf«, Oscar fuchtelt wild mit seiner Hand, um ihn nachzuahmen, »und wirbelte einige kleine Zettel hoch. Nicht alle konnte er anschließend wiederfinden. Das ist die Erklärung für die Zeichen, die ihr an dieser Stelle an Paulinas Fundort gefunden habt.«

Wie in einem Thriller kommt mir das alles vor. Das gibt es doch nicht wirklich, oder? Genau passt alles zusammen. Gute Arbeit von der Polizei.

»Eines verstehe ich aber noch nicht ganz. Wann hat dieser obdachlose Theo denn dies gebeichtet?« Stella blickt ratlos von einem zum anderen.

Prompt weiß Oscar auch darauf eine Antwort.

»Polizeibeamte haben einen Kollegen im Krankenhaus besucht. Dieser hat sich wiederum mit einer jungen Assistenzärztin angefreundet. Bei einem nachmittäglichen

Plausch zwischen ihnen erzählte sie von Theo. Da sie zuvor noch nie einen Obdachlosen behandelt hatte, prägte er sich ihr ein. Theo kam in kurzen Abständen immer wieder in den Genuss ihrer Fürsorge. In einem seiner Räusche prahlte er mit dieser, für sie unglaubwürdigen Geschichte. Sie hatte zu diesem Zeitpunkt bereits den Verdacht, dass sich Theo manchmal absichtlich verletzt, um zu einem warmen Bett und guten Mahlzeiten zu kommen. Durch einen Schichtwechsel in der Abteilung und ein paar Urlaubstage dieser Assistenzärztin dauerte es etwas, bis sie mit dem verletzten Polizisten darüber sprach. So nahm es schließlich seinen Lauf, dass die Polizei fündig wurde.«

»Da wird Professor Zopf aber gestaunt haben.« Finns Bemerkung lässt uns in Gedanken versinken.

»Ich hatte eher den Eindruck, ein wenig Erleichterung zu spüren. Diese Gedanken, dass der Mörder seiner Tochter da draußen unterwegs ist und wieso dieser sein kleines Mädchen erstickt hat, welche Ängste sie durchgestanden haben musste, hatten ihn sehr belastet. So findet er eher seinen Frieden.«

Finn nimmt meine tätowierte Hand. Wir halten unsere Finger zusammen, damit sich Sonne und Mond vereinen können. Wohlwollende Blicke begleiten uns dabei.

Oscar und Stella gehen heute Abend aus. Ein Konzert mit klassischer Musik wird bei uns im Ort abgehalten. Seit langer Zeit machen sie sich, wunderschön festlich gekleidet auf, um nach der Veranstaltung noch einen Drink mit neuen Freunden einzunehmen.

»Viel Spaß«, rufen wir ihnen nach.

Sobald die Haustür zugefallen ist, umarmt mich Finn. Behutsam hält er meinen Kopf fest und küsst mich mit viel Gefühl. Erst leckt er feinfühlig meine Lippen, um Einlass zu begehren. Voller Neugier und Vorfreude zieht er mich danach in sein Zimmer. Leise Musik und gedämpftes Licht machen es mir leicht, mich auf ihn und seinen Körper einzulassen. Stück für Stück zieht er meine Kleidung aus.

Seine Blicke, die bewundernd über meine Haut gleiten, verursachen Gänsehaut auf meinem Körper. Unendlich viel Liebe spüre ich in jeder seiner achtsamen Berührungen. Aber erst, als er sich selbst seiner Kleidung entledigt hat, legen wir uns eng umschlungen auf sein Bett. Alles rund um mich versinkt ins Bedeutungslose. Nur durch meine aufsteigende innere Hitze und seine Nähe bin ich mir bewusst, am Leben und hier bei ihm zu sein. Ganz nah an einem Gefühl, wie ich es in meinem Leben noch nie gespürt habe. Er will mich, das kann ich mit jeder Faser meines Körpers spüren. Ich bekomme kaum mit, was wirklich hier geschieht, und trotzdem möchte ich mehr davon erfahren. Gierig suche ich nach seinem Blick. Finns Pupillen weiten sich und die Farbe seiner Iris wird immer dunkler. Als ob in seinen Seelenspiegeln die Wogen hochgehen, aber dennoch immer klarer werden. Ich will mich darin verlieren und diese gewaltige Begierde in mir endlich stillen. Tief ziehe ich die Luft in meine Lungen, überwältigt von diesen himmlischen Empfindungen. Fast schmerzhaft pulsiert ein neues Verlangen in mir und schreit nach Erlösung.

»Ich liebe dich, Mara. Bitte bleib immer bei mir!«

Sein wundervolles Geständnis löst eine letzte Schranke in meinem Inneren auf.

Dieses Mal brauche ich nicht in die Astralwelt zu reisen. Nein, ich finde hier in diesem Augenblick die gleiche Wonne. Gepaart mit der völligen, liebevollen Hingabe an das Leben.

Das ist alles, was ich immer wollte.

Über die Autorin

Rosemarie Johanna Sichmann wurde im Frühjahr 1961 in Oberösterreich geboren. Auch heute noch lebt und arbeitet sie hier, wo sie sich neben dem Schreiben ihrer großen Familie widmet. Sie liebt alte Heilmethoden sowie das Reisen in ferne Länder und fördert bei Kindern das Lesen durch Lesewanderungen und Kindertheater.

Seit Herbst 2017 hat sie als Selfpublisherin (BoD, Norderstedt) achtzehn Bücher veröffentlicht. Inspirationen dafür findet sie in Selbsterfahrungen sowie in der Schönheit des regionalen Gebietes. Ihre Schwerpunkte im Leben und beim Schreiben sind Spiritualität, Eigenverantwortung, Empathie und Mitgefühl mit allen Lebewesen.